MARELLE BOERSMA

Blind date

Wie heeft het op Moons leven gemunt?

DE CRIME COMPAGNIE
CRÈME DE LA CRIME

voor Jan
mijn ultieme date

Zesde druk, augustus 2019

Omslagontwerp: Studio 100%, www.studio100procent.nl
Boekverzorging: Michiel Niesen, ZetProducties, Haarlem
Foto omslag: © Stephen Mulcahey / Arcangel images
Auteursfoto: Vicky Keulen, PhotograVics

ISBN 978 94 6109 306 6
NUR 332

Meer informatie over De Crime Compagnie op www.crimecompagnie.nl

PROLOOG

Tijdens de snelle fietstocht in het donker is de angst weer teruggegleden in haar lijf. Het is iets wat altijd op de achtergrond aanwezig is en op de meest onverwachte momenten opduikt. Maar dit keer weet Moon precies waardoor het komt: ze zag iemand in de schaduw van die boom. Iemand volgt haar. Was het eerder alleen maar een vermoeden, vanavond weet ze het zeker. Iemand houdt haar in de gaten.

Ook al is ze nu weer veilig thuis, toch blijft de onrust hangen. Ze rilt als ze haar woonkamer binnenkomt. Snel geeft ze haar thermostaat een slinger. Voor ze zich op iets anders kan concentreren moet die rusteloosheid eruit. Ze móét vanavond nog een nieuwe blog schrijven over het idee dat ze tijdens het gesprek met haar vriendin Amy opdeed, maar voorlopig is het onmogelijk om woorden te vinden. Ze heeft de tijd, slapen lukt nu toch niet.

Ze pakt de afstandsbediening en zapt langs de kanalen terwijl ze haar hand op de radiator legt om de eerste warmte op te kunnen vangen. Terwijl de beelden over haar tv-scherm flitsen, zakt ze langzaam onderuit op de bank. De kleine tweezitter geeft haar voldoende ruimte om haar verkrampte spieren te kunnen ontspannen. Ze weet best hoe het komt dat die belachelijke kortsluiting in haar hoofd is ontstaan. Het zijn lijnen die haar terugleiden naar die bewuste nacht in november.

Er staat nog een glas op het tafeltje. Geen idee wat ze heeft laten staan, meestal verspilt ze geen drank, maar nu is ze er dankbaar voor. Snel laat ze die paar slokken in haar keel lopen. Ze vertrekt haar gezicht als ze de zure wijn proeft, toch doet het haar goed.

Op het scherm is een uitzending van RTL Nieuws te zien. Bekende beelden zorgen ervoor dat ze stopt met zappen. Het centrum van Utrecht, het spiegelende water van de Oude Gracht en sfeervolle lichtjes die bij het uitgaansleven horen, begeleiden de stem die zonder emotie het nieuws opdreunt.

'Vanavond heeft een wandelaar een schokkende ontdekking gedaan in Utrecht. Tussen de struiken naast een fietspad vond hij een vrouw die was vastgebonden aan een boom. Ze was er erg aan toe. De vrouw, die alleen een blinddoek droeg, is direct naar het ziekenhuis vervoerd.'

Moon schudt langzaam haar hoofd. 'Het kan niet,' fluistert ze.

Ze sluit haar ogen om de beelden te laten verdwijnen. Ze kunnen niet kloppen; het stadscentrum is het verkeerde decor.

De nieuwslezer praat gewoon verder: 'Een woordvoerder van de politie gaf aan dat het niet kan gaan om de Utrechtse verkrachter; deze man zit nog vast. Ze gaat er op dit moment van uit dat er in Utrecht een nieuwe aanrander actief is. Het wordt vrouwen aangeraden om stille plekken te mijden. Verdere details ontbreken nog.'

Moon staart weer naar het scherm en blijft maar één zin herhalen: 'Het kan niet. Het kan niet.'

Terwijl een verslaggever op straat verschillende mensen interviewt, luistert Moon ademloos naar hun reactie.

'Doodeng,' zegt een jonge vrouw van wie het blonde haar een rode glans vertoont. 'Wat afschuwelijk om zo vastgebonden te worden.'

'Die engerd was toch opgepakt?' geeft haar vriendin aan.

Moon slaat haar armen over haar buik waar een kramp haar lijf doormidden snijdt. 'Nee, niet weer.' Snel zet ze de televisie uit. De woorden blijven echter hangen in de kamer.

Alles komt terug. Geen mensen op straat. Niemand die je kunt vertrouwen. En die vent die alles kapot maakt wat ze in haar leven heeft opgebouwd.

‘Smerig zwijn!’ schreeuwt ze. De woorden weerkaatsen in haar hoofd waar ze blijven gonzen tot alleen de belangrijkste klinker overblijft. Pijn.

Ze slaat hard op de tafel. De woede waar ze toen naar zocht is er nu ineens. ‘Waar? Waar is het? Vertel het me. In het centrum? Lombok? De Uithof? Waar was het dit keer?’ Ze haalt hijgend adem, terwijl het scherm blijft zwijgen.

‘Of is het dichterbij?’ De laatste vraag komt in een zucht naar buiten.

Haar gevoel geeft een antwoord dat ze niet wil weten.

MOON

Met een glimlach die onuitwisbaar om haar lippen ligt, beseft Moon dat dit weleens serieus kan worden. Kevin is hot. Ze is dik in de dertig en heeft eindelijk de man van haar dromen gevonden.

Kevin is een knul voor wie ze zich op straat zou omdraaien, voor wie ze naar de sportschool zou gaan en voor wie ze zelfs op hoge hakken zou gaan lopen. Hoewel dat laatste niet zo slim is gezien zijn geringe lengte.

Na hun eerste kennismaking gaven hun ogen direct alle antwoorden. Zo snel mogelijk hadden ze hun bestelde drankje opgedronken. Geen tijd voor geleuter. Ze waren hongerig naar meer. Zoiets. Al binnen een uur stapte Moon achter hem aan zijn huis binnen.

Maar nu haar shirtje ergens bij haar voeten ligt en Kevin haar uitgebreid bekijkt, voelt ze zich ineens onzeker worden.

'Misschien moeten we...' Voor ze haar zin kan afmaken duwen Kevins lippen zich weer op de hare. Moon glijdt dieper in zijn armen. Hij is echt leuk! Het is bijna een wonder dat ze hier nu met zo'n lekkere vent op de bank ligt. Ze krijgt alleen de zenuwen van die hond die met de tong uit de bek naar hen zit te kijken.

'Ik krijg het er warm van.'

'Dat is ook de bedoeling.'

Hun monden vinden elkaar weer, waarbij ze zich vastzuigt aan zijn onderlip. Ze is geil en wil hem helemaal. Maar ze houdt zich in. Hij moet haar niet als seksdate zien. Rustig aan dus.

Haar lichaam is het daar helemaal niet mee eens. Er trilt van alles in haar buik en de geluiden die Kevin maakt begeleiden haar naar ongekende hoogte.

'Kom mee naar boven,' zegt hij hees.

Moon is helemaal niet van plan hem los te laten, maar ziet dan zijn knikje in de richting van de hijgende retriever. Dat is voldoende om haar te laten opstaan. Haar spijkerbroek plakt aan haar lijf.

'Je bent nog kleiner dan ik dacht,' grinnikt ze als ze achter hem aan naar de gang loopt. Hij zegt niets, maar ze ziet zijn schouders verstijven. Wat een kluns is ze toch met daten, ze zegt altijd dit soort stomme dingen.

Gelukkig loopt hij gewoon door en is zelfs bij de laatste traptreden al bezig zijn broek uit te trekken. Struikelend en lachend opent hij zijn slaapkamerdeur. Ze laat zich achterover op het bed vallen met haar armen wijd. Kevin belandt boven op haar. Haar neus glijdt over zijn gladde borstkas en snuift zijn geur diep op. Dat laat het kleine restje reserve direct verdwijnen. Kevin blijkt snel en handig met alle sluitingen. Ze spreidt haar benen en is vanaf dat moment alleen nog maar gericht op zijn mond, tong en zijn waanzinnig lekkere lijf. Met haar ogen dicht laat ze het intense gevoel nog dichterbij komen. Ze steunt zacht als hij in haar komt. Elke stoot brengt haar dichter bij die grens vanwaar het onmogelijk is om terug te keren. Je kunt alleen maar door. Verder in het diepe genot. Ze duikt weg in zijn hals en likt de zoute geur van liefde op. Ze moedigt hem aan om door te gaan, terwijl haar lijf het uitgilt. Of is ze het zelf?

Dan knijpt haar onderlijf zich samen, haar spieren spannen zich, tot het orgasme door haar heen golft met een heftigheid die ze in tijden niet gevoeld heeft. Het duurt lang voor ze weer hijgend adem kan halen. Zweet verbindt hun lichamen.

Was ze daarna maar weggegaan. Ze weet toch dat de *morning after* altijd problemen geeft? Nu zit ze in elkaar gedoken aan de keukentafel en wacht tot Kevin aandacht voor haar heeft. Ze heeft trek. Vind je het gek, na zo'n nacht. Hij beloofde haar vers fruit en muesli. Maar eerst moest de hond uitgelaten worden. Kon dat niet even snel in de tuin, dan zou zij koffie zetten? Nee, natuurlijk kon dat niet. Zijn hond moest een rondje van zeker een halfuur. Net als altijd.

Moon kijkt naar Kevin die het ontbijt van zijn hond uiterst serieus neemt en staat te wachten tot het dier water heeft gedronken. Zelfs nu is hij hot. Hij heeft een goed figuur en prachtige ogen waarin een lach verborgen zit. Alleen kijkt hij niet meer naar haar.

'Hij drinkt altijd zo gulzig.' Hij haalt een doek langs de hondenbek om het knoeien te beperken.

Moon likt haar droge lippen af en probeert naar hem te glimlachen. Een antwoord blijft steken in haar keel, maar hij ziet het niet eens. Hij pakt vol aandacht vers vlees uit de koelkast, prakt dat in een glimmende metalen bak en zet het zijn huisgenoot voor.

Hap, slik, weg.

Moon ziet fruit op het aanrecht liggen. Voor haar staan twee bakjes klaar. Waarom zit ze hier eigenlijk zo braaf te wachten? Ze kan net zo goed gewoon beginnen met eten.

Gelukkig begint Kevin met het schillen van een appel, daarna een banaan en nog een mandarijn. Er knort iets in haar maag. Zelf koopt ze meestal pitloze druiven, minder bewerkelijk. Soms een meloen, maar dat is altijd te veel voor één persoon. Dat gaat binnenkort veranderen. Hoopt ze. Samen met een man ontbijten is veel leuker. En met Kevin kan ze zich voorstellen dat haar honger nooit gestild zal worden.

Het fruit verdwijnt in de roestvrijstalen bak, die eerst grondig is omgespoeld. Nee, hè. Gedver. Net als ze een opmerking wil maken dat ze dat toch echt niet gaat eten, wordt de bak op de grond gezet. Voor de hond.

Hap, slik, weg.

Ademloos kijkt ze toe. Haar bewondering verandert in rustig observeren. Ze vraagt zich zelfs af hoe haar leven samen met zo'n man eruit zou zien. Luisteren, wachten en af en toe een aai over haar bol? Is dat wat ze wil? Nee, ze wil weg.

Maar net als ze wil opstaan, lacht Kevin haar zo ontwapenend toe dat ze direct weer terugdenkt aan hun vrijpartij waarbij hij liet zien hoe lief en zorgzaam hij was. Haar lichaam werd compleet door hem verwend.

Als hij zich van haar afdraait, kan ze haar ogen niet van zijn strakke billen afhouden. Hij loopt naar de koelkast en pakt twee bakjes Griekse yoghurt. Oké, tijd voor ontbijt. De aangebroken beker zet hij voor haar op de tafel. De ander maakt hij open. Hij schept twee volle lepels van de verse yoghurt in de alweer grondig omgespoelde bak. Hè?

'Dat vindt hij zo lekker.' Het klinkt verontschuldigend.

'Dat kan ik me voorstellen,' zegt Moon. Ze merkt dat er een sarcastisch toontje in haar stem zit.

Ineens is het duidelijk. Mooie Kevin is een hondenman. Het dier staat op de eerste plaats, hoog verheven boven de vrouw die hier ooit een plekje gaat vinden.

Maar in plaats van op te staan en hem duidelijk te vertellen wat ze van deze actie vindt, blijft ze rustig zitten. Het gaat niet meer om koffie of eten, ze krijgt lol in dit speciale ontbijt.

Met een stuk kaas in zijn hand, lokt de man zijn huisdier naar zijn mand. 'Hij luistert altijd zo goed naar me.'

'Ja, het is een lieve hond.' Er begint iets te trillen in haar wangen. Ze moet opletten zodat ze straks nog precies weet hoe het ging. Niets zeggen. Observeren. De inspiratie begint al lekker te broeien. Dit wordt heel bijzonder.

Inmiddels is het viergangenontbijt weggeslikt. De hond is tevreden.

'Zo, waar heb je zin in?'

'Koffie,' zegt Moon, en ze probeert erbij te grommen. De rest van het fruit doet Kevin in een schaal die hij op tafel zet; de oude yoghurt staat ernaast. Ze schept zelf haar bakje vol.

'Gezellig dat je bent gebleven,' zegt hij, terwijl hij een hand op haar arm legt. Nu is het kennelijk Moontijd.

'Zeker.' Ze meent het zelfs, al is het nu om een andere reden dan hij denkt.

'Wat gaan we doen vandaag?'

Ze weet precies wat ze gaat doen. 'Sorry, ik moet aan het werk.'

'Ga je niet mee naar Amelisweerd?'

'Wandelen met je hond?'

Hij knikt blij. 'Dat doen we altijd op zaterdag. Ga je mee?'

Wie gaat eigenlijk mee met wie? Ze neemt snel een grote hap en maakt een gebaar dat ze niet kan praten met volle mond.

De hond komt naast haar zitten en kijkt haar kwijlend aan.

'Hij vindt je leuk,' zegt Kevin met een vertederde glimlach op zijn gezicht.

Ze schiet zo hard in de lach dat de yoghurt over tafel vliegt.

Dat is meteen het einde van hun date. 'Ik moet weg,' zegt ze ineens gehaast. Bij de deur ziet ze de teleurgestelde blik van Kevin. Toch weet ze dat het niets kan worden.

Ondanks de teleurstelling, omdat ze Kevin een kanjer vond, kan ze niet wachten om haar ervaring op te schrijven. Deze blog zal vast en zeker een topper worden. De woorden verschijnen in een moordtempo op haar scherm. Het is genieten!

DATE MET EEN HONDENMAN, is de titel.

Normaal dikt ze haar ervaringen nog een beetje aan, maar dit keer is dat niet nodig. Onmogelijk zelfs. Het viergangenontbijt, haar tweederangs rol in het gezin en de afsluiting dat hij haar leuk vond, pratend vanuit zijn hond; ze had het nooit zelf kunnen verzinnen.

Natuurlijk anonimiseert ze het een beetje, een andere woonplaats, ander hondenras. Meer niet. Het zijn haar eigen ervaringen. Dus.

Als ze de tekst nog een keer doorleest, moet ze weer lachen. Hoe zoekt ze die dates toch uit? Want het is niet de eerste keer dat ze in een bizarre ontmoeting terecht is gekomen.

Toch zit er een vaag gevoel van onrust in haar maag. Ze weet dat ze zichzelf voor de gek houdt. Kevin was geweldig. Zo'n man wil ze. Zonder hond. Eigenlijk is het kut dat ze het weer voor zichzelf verpest heeft. Als het al die andere vrouwen wél lukt, waarom haar dan niet? Ze moet doorzetten. En erover blijven schrijven.

Als ze de blog online zet en deelt op de social media, blijft ze stil zitten wachten. Dit is het leukste onderdeel van haar uit de hand gelopen hobby: de reacties.

In no time zijn er al driehonderd pageviews en tientallen reacties variërend van 'hilarisch' tot 'echt een man naar mijn hond, uhhh… hart', met de nodige smileys erachter.

Ze schuift haar bruine haar achter haar oren. Het is weer gelukt, maar om haar blog actief te houden heeft ze wel weer een nieuwe date nodig. Of zal ze tot die tijd misschien een researchonderwerp aansnijden? Of een poll, ook altijd goed voor veel reacties.

Haar blog is inmiddels een serieuze bijbaan geworden, waar ze veel tijd in steekt. En sinds gisteren weet ze dat het nog meer kan worden. Veel meer zelfs. Maar dat maakt het ineens ook minder vrijblijvend.

Ze hoeft de mail niet eens op te roepen; ze weet nog woordelijk wat erin stond. Het voorstel kan haar toekomst gaan bepalen. Maar er zit iets achter. Dat voelt ze. Iets in de zinsstructuur, de gebruikte woorden, maar vooral door de naam van de afzender.

Dit is de kans waar ze zo lang op heeft gewacht, maar het kan tegelijkertijd haar ondergang betekenen.

MOON

'Hij was waanzinnig,' schatert Amy tegenover haar aan tafel. 'Misschien wel de leukste die ik ooit van je gelezen heb.' Ze schudt haar zwarte krullen naar achteren en neemt een slok van haar rode wijn.

'De hondenman of de blog?'

'Allebei! Maar die woorden... Jij hebt echt een gave om het zó op te schrijven dat ik het direct voor me zie.'

Moon geniet van het compliment van haar vriendin, maar de zwarte gedachte dat Kevin alweer uit haar leven verdwenen is, blijft hangen.

Amy buigt naar haar toe en een haarlok valt bijna in haar bord. Haar stem is laag en zacht. 'Was het lekker?'

'Lekkerder dan ik wilde.'

'Lag dat aan die hond?' Er twinkelt iets in haar ogen.

'Doe niet zo gek.' Ze heeft helemaal geen zin om over dit soort zaken uit te weiden.

Maar Amy is nog niet tevredengesteld. 'Is het echt gebeurd?'

Moon glimlacht geheimzinnig. 'Je weet dat ik me daar niet over uit laat.'

'Maar tegenover mij...?'

Ze schuift wat peultjes op haar vork en zwijgt. Amy is de enige die weet dat zij achter de blogsite zit.

HET DATINGCAFÉ was bedoeld als anonieme uitlaatklep. Ze maakte zoveel dingen mee in het datingcircuit dat ze die wilde vastleggen. Gewoon voor zichzelf, om ze niet te vergeten. Maar ook uit frustratie dat het haar niet lukte om de liefde te vinden. En om dit om te zetten in iets positiefs. Woorden hadden haar altijd al geholpen in haar bewogen leven. Dus het was een logische stap.

Wat ze nooit had bedacht, gebeurde: het aantal volgers groeide. Moon had het verbaasd geregistreerd. En toen mensen ook nog begonnen te reageren, werd het zowaar leuk. Haar blogs werden zelfs gedeeld, waardoor ze nog meer pageviews kreeg.

'Hoeveel mensen hebben deze tekst gelezen?'

Moon haalt haar schouders op, hoewel ze net voor ze naar het restaurant vertrok nog heeft gekeken. 'Ongeveer duizend.'

'In een paar uur?'

Ze humt bevestigend.

'Man, dat is echt veel.'

Moon legt haar bestek weg en kijkt om zich heen. Ze vraagt zich af of de mensen in dit restaurant misschien ook haar belevenissen volgen. Veel lezers gebruiken een *nickname*, er zijn er maar weinig die hun eigen naam opgeven. Die laatsten vindt ze best dapper, zeker op een blog over dating.

De mail komt terug in haar gedachten. Het idee dat ze straks alleen maar bezig hoeft te zijn met het schrijven over daten is meer dan ze kan wensen. Toch benauwt het haar ook. Stel dat ze inderdaad met het bedrijf in zee gaat dat haar financieel wil ondersteunen, welke consequenties zal dat hebben? Wat doet dat met haar leven? En stel dat ze écht iemand ontmoet. Wat dan?

'Oké, vertel het maar.'

Ze ziet nu pas dat Amy haar observeert.

'Ik keek of hier nog een lekker hapje rondliep.' Ze grinnikt niet erg overtuigend.

'Ja hoor, en ik ben je bovenbuurman,' zegt Amy spottend.

Moon kijkt weg. Haar vriendin kent haar goed. Te goed, misschien wel. Het is prettig om in de verborgen sfeer van een blog haar binnenste te laten zien, maar soms heeft ze er spijt van dat

Amy ook alles weet. Er zijn nu eenmaal dingen in haar leven die ze met niemand wil delen.

'Dus?' Amy tikt ongeduldig met haar lange nagel op haar glas.

'Ja, ik lust er nog wel eentje.'

'Kom op, Moon. Er is iets. Ik voel het.' Maar Amy steekt wel haar hand op om de ober te wenken.

Pas als er twee nieuwe bellen wijn voor hen staan, vertelt ze over het aanbod dat ze heeft gekregen.

'Wow, dat is fantastisch!'

'Ja, dat denk ik ook.'

'Dénk ik? Je bent gek! Dit is een waanzinnige kans. Dan kun je ontslag nemen en leven van wat je het liefste doet.'

Ze knikt en neemt tegelijkertijd een slok wijn, wat haar bijna een wijnvlek op haar blouse oplevert. Gedurende een kort moment vraagt ze zich af of ze ook haar zorgen moet delen, maar net als ze dat wil doen ziet ze dat Amy haar mobiel pakt en lacht om iets wat ze leest. Ze typt een antwoord en scrolt door haar berichten. Aandacht voor de rest van de wereld.

Het bekende gevoel is terug. Het contrast met haar succesvolle blog is de grootst mogelijke tegenhanger voor de verlatenheid die soms zwaar om haar heen hangt. De weggeglipte aandacht van haar vriendin is zo pijnlijk dat Moon de ene na de andere slok wijn neemt en haar glas binnen een minuut leeg heeft. Daarna staart ze schuldbewust in het lege glas en knijpt zo hard in de steel tot ze beseft dat hij kan breken. Snel zet ze het neer en strijkt gedachteloos over haar wang die vochtig blijkt te zijn.

Het is het verhaal van haar leven: de tweede plaats. Of de derde. En als dat niet zo was, zette ze zichzelf op de onderste plaats, gewoon omdat ze die kent. Haar broer kwam altijd eerst. Niet alleen omdat Chiel als eerste geboren werd, maar vooral omdat hij een downkind is.

'Hoe is het eigenlijk op het werk?' Amy staart nog steeds op haar display.

'Goed, hoor.' Moon wijst op de mobiel. 'Interessant?' Ze voegt er snel aan toe: 'Hoe gaat het met jullie? Is jouw vlam nog steeds hot?'

'Geweldig goed, mevrouw de datingexpert. Vlam en ik lijken op weg een gezapig stel te worden.' Ze stopt haar telefoon in haar handtas. 'En jij? Ik neem aan dat je die hondenman niet meer zult ontmoeten. Heb je nog iemand in de reserve?'

Heel kort steekt de jaloezie zijn gifgroene kop op. Natuurlijk heeft ze geen reserveman. 'Ik ga morgen Tinder maar weer eens downloaden, dan ligt er direct weer een heel tapijt aan mannen aan mijn voeten. Succes verzekerd.'

'Het is maar waar je naar op zoek bent.'

'Gewoon een nieuw onderwerp voor mijn blog.' Moon knipoogt.

'Ja vast, maar ondertussen hoop je op meer.'

'Tuurlijk, dat doet iedereen. Het is alleen de vraag wat je onder "meer" verstaat.'

Amy schiet in de lach. 'Zo ken ik je weer. Altijd scherp met woorden.'

'Morgen drankje doen bij Le Journal?'

'Alles voor jouw blog,' antwoordt Amy en ze steekt haar hand omhoog voor een high five.

Overal om haar heen klinkt geroezemoes met af en toe wat schelle uitroepen van studenten die zelfs op deze frisse herfstavond nog op de terrasjes zitten te kletsen. De kou wordt verjaagd door warmtelampen en elkaar. Utrecht leeft, ook bij nacht. Komt het daardoor dat ze zich nu ineens vreselijk alleen voelt?

Ze is pas in Utrecht gaan wonen toen haar vader overleden was. Haar moeder was al jaren geleden uit hun leven vertrokken. Hoe vrolijk kleine Chiel ook was, ze kon niet blij zijn met een downkind. Zelfs de komst van Moon – drie jaar na Chiel – kon haar moeders leven niet verlichten. Een rijke zakenman beloofde haar een onbezorgd leven, een aanbod dat ze met beide handen aangreep.

Thuis sprak niemand over haar moeders vertrek. Het was een feit, meer niet. Moon heeft haar eigenlijk niet eens goed gekend. Niet bewust in ieder geval. Ze was net vier toen haar moeder uit hun leven verdween.

Moon loopt langs de Oude Gracht en kijkt naar het spel van de lichtjes op het water. Nu het tegen elven loopt wordt het echt koud. Ze slaat haar shawl stevig om haar hals om de koude oktoberwind geen kans te geven. Ze blijft staan en neemt de omgeving in zich op. Ze heeft nog geen zin om naar huis te gaan en dus leunt ze tegen het hek naast een paar fietsen die in een innige omarming aan elkaar vastgeklonken zitten.

De fles zit gewoon nog in haar fietstas. Zie je wel dat het meevalt met de diefstal in Utrecht? Het feit dat niemand hem heeft meegenomen is voor haar een teken dat ze toestemming heeft. En dus zet ze hem aan haar mond. De eerste slok brandt op een heerlijke manier in haar keel waarna hij als een lavastroom zijn weg zoekt door haar binnenste. Het is altijd jammer dat de tweede slok veel minder hard binnenkomt.

Zittend op de bagagedrager van haar fiets, ruikt ze de stad. Het is een geur die geluid maakt en herinneringen geen kans geeft.

MOON

'Ik ben hier echt niet goed in,' mompelt Moon, terwijl ze door de foto's heen gaat. Om haar heen hangt het geroezemoes van een drukke cafémiddag.

'Heb je hem al gedownload?' Amy kijkt haar aan alsof ze chocola in haar mobiel heeft zitten. Sinds ze Vlam heeft is ze Tinderloos.

'Yep, vandaag doe ik de test en vanavond staat het keuringsverslag online.' Ze grijnst. Veel doet ze onder het mom van research voor haar blog, maar de waarheid is dat ze er toch wel van baalt dat Kevin niets meer van zich heeft laten horen. Natuurlijk was die hond kut, maar hij was geweldig.

'Een legale vleeskeuring dus.' Amy komt op de stoel naast haar zitten en kijkt mee.

Het is veel leuker om samen te tinderen. Zondagmiddagen zijn vaak saai, dus een prima tijdstip om lol te maken. Maar wel met een serieus kantje.

'Weet je dat ik er gisteravond laat ineens achter kwam dat ik al ruim tien minuten de verkeerde kant op swipete? Ik had gewoon bijna iedereen een hartje gegeven.' Moon grinnikt.

'Dus je barst alweer van de matches.'

'Noem dat maar matches. *Come on*, Tinder!' Ze spreekt de naam uit alsof het de slechtste app ooit is, terwijl het natuurlijk een kick geeft dat mannen haar zien zitten.

'Deze is lekker.' Amy wijst op een knul die niet eens in de camera durft te kijken.

Moon duwt hem echter direct weg. 'Te jong.'

'Niet te kritisch, joh! Met jouw drieëndertig jaar en zo'n figuur kun je best een twintiger aan.'

'Ik zoek een echte man.'

'Dan moet je je profielfoto aanpassen. Als je serieus tindert om iemand te vinden, moet je geven wat mannen willen zien.'

Moon staart Amy secondelang aan. 'Waar haal jij die wijsheid vandaan?'

'Een man wil borsten en billen zien.'

'Ik ben niet gek!' Moon sluit haar mobiel en legt hem weg.

'Niet naakt. Gewoon een foto waarop hij je lichaam kan zien, dus niet alleen je gezicht. Mannen zijn simpele wezens, die zijn alleen maar gericht op je lijf. Op seks.'

'Ik wil een *Mister Right* geen *Mister Right Now,* die is na één nacht weer verdwenen.'

Amy pakt Moons telefoon en opent de app. 'Kijk hier. Deze vent zegt gewoon dat hij getrouwd is, hij poseert zelfs met zijn kind, van wie hij natuurlijk zegt dat die kleine niet van hem is.' Haar knipoog is duidelijk. 'Die wil gewoon een avond lol. En mannen die trots een grote vis showen willen alleen maar iemand aan de haak slaan. Die twee types moet je direct links laten liggen. Links, dus het kruis.'

'Hé, mag ik alsjeblieft zelf kiezen?' Quasiverontwaardigd pakt Moon haar telefoon terug. Terwijl ze de ene na de andere foto bekijkt, begint ze er steeds meer plezier in te krijgen. Ze toont af en toe een foto aan Amy die vies kijkt en direct duidelijk nee schudt of haar haar meest sensuele blik toewerpt.

Ineens ziet ze een donkere krullenbol, een witte glimlach en een misschien niet zo gespierd lijf, maar wel in een heerlijk strak wit shirt. Geen kleintje en geen vis! Maar hij heeft dus inderdaad een foto geplaatst waar ze meer van zijn lichaam kan zien. Onbewust strijkt ze met haar tong langs haar lippen.

'Oké, laat maar zien.'

'Wat?' Ze duwt haar telefoon tegen haar borst als Amy er een uitval naar doet.

'Een match?'

'Nog niet.' Moon swipet hem in de richting van het hartje.

Amy zit haar met een scheve glimlach aan te kijken. 'Die wordt het, hè?'

'We gaan het zien.' Ze stopt haar telefoon in haar tas. Voorlopig heeft ze wel weer genoeg mannen voorbij zien komen. 'Ze zouden ook een Tinderapp moeten opzetten voor werk. Alles moet tegenwoordig snel, alleen solliciteren duurt eeuwen. Heb je al een reactie gehad op je brief?'

Amy schudt haar hoofd. 'Gelukkig niet. Ik vind die bijstand wel prima. Ik heb gewoon geen tijd om te werken. Mijn vrienden komen altijd op de eerste plaats.' Gedurende enkele momenten staart ze Moon onderzoekend aan. 'Ik snap niet hoe jij dat doet. Je blog bijhouden, steeds weer daten om research te doen en daarnaast nog je werk bij Tanja Tang.'

Moon schiet in de lach. 'Pas maar op dat je die naam nooit noemt als zij erbij is.'

'Ik zou nooit voor zo'n walsvrouw willen werken. Ze duwt je plat waar je zelf bij staat, ik hoor niet anders dan "verpletterende" verhalen van je. En dan kan ik je weer overeind helpen.'

Moon weet inderdaad niet beter of Amy heeft altijd tijd om een luisterend oor te bieden. Ze is er altijd. Waarschijnlijk als reactie op haar jeugd die nu eenmaal niet zo onbezorgd was. Toch had ze nooit vriendjes, wat Moon altijd verbaasde. Wel bijzonder dat ze nu ineens een serieuze relatie heeft. Goed dat ze daar ook tijd voor maakt.

Zelf heeft ze geen vent, ze heeft wel haar blog. En ineens voelt het geweldig dat die opgepikt is door een serieuze subsidieverstrekker. Wat zal iedereen opkijken. Moon merkt dat die gedachte haar steeds meer laat stralen.

Misschien is ze straks wel een BN'er? Stel je voor... Hoe zullen ze reageren op haar werk?

Terug naar de werkelijkheid, Moon, spreekt ze zichzelf in gedachten toe. Het is nog niet zover. Toch zorgt het aanbod er wel voor dat ze zich vele malen beter voelt dan daarvoor.

Na het derde wijntje is Amy opgestapt. Geen idee of die ineens verlangde naar haar eigen kanjer of dat ze genoeg had van het geklets over daten en werken. Dat is nu eenmaal zo goed als Moons hele leven. Daten kost bakken aan energie, zeker als ze haar hele ziel en zaligheid erin gooit. En daarna zoekt ze weer een insteek voor een spraakmakende blog.

Ze zucht en kijkt het café rond. Bruin overheerst. Rieten stoelen, bruine tafeltjes met af en toe een donkerrood accent. Helaas geen mooie bruine man. Het zou natuurlijk wel tof zijn als ze die Mister Right hier zou ontmoeten, gewoon in een café.

Terwijl ze met een knikje het meisje bedankt voor een nieuw glas wijn, kan ze het niet nalaten om haar score te bekijken. Best veel matches. Natuurlijk van die mannen die ze niet ziet zitten.

Maar dan ziet ze hem ertussen staan. Hij heeft zelfs al een berichtje gestuurd.

Truth or dare?

Dat is meteen de moeilijkste maar ook de spannendste vraag die ze ooit gekregen heeft via Tinder.

Truth typt ze in en drukt op 'Verzenden' voor ze zich kan bedenken. Op je intuïtie afgaan is altijd het beste.

Waar dacht je aan toen je vanmorgen wakker werd?

Fuck, ze kan moeilijk zeggen dat Kevin in haar hoofd zat. Ze aarzelt. Dan geeft ze een eerlijk antwoord: *aan een spannende ontmoeting.*

De smileys laten haar lachen.

Het is het startschot van een leuke chat met allerlei opmerkingen waarvan ze gemakshalve aanneemt dat ze de waarheid zijn. Die van háár grenzen er in ieder geval aan. En voor ze het weet ontvangt ze een uitnodiging voor een drankje. Even aarzelt ze om het café te noemen waar ze nu zit. Dan besluit ze de ontmoeting uit te stellen.

Morgen samen lunchen? Gaan we iets eten wat we nog nooit gedurfd hebben.

MOON

Haar baas is op maandag altijd nog vroeger aanwezig dan de andere dagen. De beste strategie is om al druk aan het werk te zijn vóór Tanja arriveert. Of om een alibi te hebben dat je iets later bent. Of om het rapport waar ze vrijdagmiddag nog om vroeg, rond halfzes 's middags, net voor het weekend, al direct op maandagochtend in te leveren.

Moon weet dat geen van deze zaken haar gaat lukken als ze haar fiets om halfnegen in de fietsenkelder zet. Ze heeft zich verslapen. Sterker nog, ze weet niet eens dát ze geslapen heeft, ze is alleen wakker geworden. Te laat. Ze heeft zelfs geen idee hoe laat ze thuis was. Komt ervan. Te veel wijn, dan helpt een kop koffie niet om te ontnuchteren. Zeker niet als je vergeet te eten, maar wel gewoon blijft drinken.

Ze ademt diep in voor ze de deur van het bedrijfspand opent en de hal binnenstapt. De toorn van haar baas is berucht. Fieke kijkt op van haar toetsenbord; haar ogen flitsen naar de kamerdeur van Tanja, die godzijdank dichtzit. De secretaresse geeft haar een vette knipoog. Op haar tenen loopt Moon langs het kantoortje de gang in, snelt de trap op en landt met een zucht achter haar bureau. Daar zakt de moed haar in de schoenen. Twee dikke mappen liggen al voor haar klaar. Het kan niet anders dan dat haar leidinggevende ze heeft neergelegd.

Kees steekt zijn hoofd om de hoek van de deur. 'Goedemiddag, schoonheid. Vrije ochtend gehad?'

Ze negeert zijn sneer en opent de bovenste map.

'Onze geliefde leider vroeg of je deze geprinte mails wilt doornemen, ze in de bekende drie stapels wilt ordenen en ze aan haar wilt teruggeven. Liefst voor de vergadering van negen uur,' zegt hij met bijna dezelfde hoge stem als haar baas. Hij staat inmiddels naast haar bureau.

Haar blik schiet naar de klok, die – zoals in elke kamer – prominent aanwezig is. Twintig minuten, dat gaat haar dus nooit lukken.

'Ik heb vast een voorschotje gedaan,' fluistert Kees in haar oor.

Ze kijkt met een ruk op. 'Wat bedoel je?'

Hij buigt voor haar langs en pakt de drie stapels uit de map. 'Ik had wat tijd over.' Hij haalt zijn schouders op en kijkt zo schaapachtig dat ze in de lach schiet.

'Hoe vroeg was je hier?'

'Zeven uur.'

'Waarom dat?'

'Ik kon niet wachten tot het maandag was, zodat ik jou weer kon zien.'

'Ja, hoor.' Moon trekt een gezicht. 'Maar, bedankt,' zegt ze simpel. En ze meent het.

'Graag gedaan.' Hij wil weglopen, maar stopt in de deuropening. 'Ik wil wel wat gaan drinken.'

Gedurende enkele ogenblikken staart Moon hem aan. Wil hij een date? Ze had hem altijd in de categorie 'te jong' gezet. Of maakt die vijf jaar leeftijdsverschil hem niets uit?

'Gewoon een espresso.' Een scheve lach trekt over zijn gezicht.

'*You got it.*' Moon wil net opstaan als ze een bekend gelaat achter Kees ontdekt: Tanja. Haar gezicht staat strak en haar ogen zijn half dichtgeknepen.

'Kan ik je helpen, Tanja?' vraagt ze, vooral ook om Kees te waarschuwen die nog steeds om de hoek van de deur hangt. Een veer had niet sneller overeind kunnen springen.

De ogen van Tanja flitsen van de een naar de ander. 'Waar was jij vanmorgen?'

'Het is klaar,' zegt Moon snel en ze overhandigt haar baas de map. Nu maar hopen dat Kees haar niet voor de gek heeft gehouden.

Heel kort ziet Moon iets van verbazing over het gezicht van haar baas schieten. Maar Tanja herstelt zich snel. 'Waar blijven de notulen van de vergadering van vrijdagmiddag? Maak jij die nog even? Ik heb ze zo meteen bij de vergadering nodig. En wil je straks even mijn pak bij de stomerij ophalen? Ze waren net dicht toen ik erlangs kwam.'

Dat zou ik ook doen, denkt Moon en ze onderdrukt maar met moeite een grijns.

Tanja gaat onverstoorbaar verder. Ze duwt tegen haar zwarte haar dat strak in de lak zit. 'Kun je ook even aandacht besteden aan dat startende tweetal uit Berlijn dat financiering heeft aangevraagd? Het project is hoopgevend, maar ze zijn te laks. Die vliegreis van donderdag naar Berlijn kun je cancelen. De hotelreservering ook. Die jongens moeten me éérst alle stukken opsturen. Zo kan ik natuurlijk niet werken. Ik moet alles uiterlijk een week van tevoren hebben. O, en meneer Van Zanten wilde graag een overzicht van de kosten van vorig kwartaal. Kun je die even doorsturen?'

Moon wacht of er nog meer van die 'even' opdrachten komen. Alsof het allemaal nauwelijks tijd kost. Ze ziet dat Kees zich allang uit de voeten heeft gemaakt. De slimmerd.

'Waar wacht je op? Aan het werk.'

'Tuurlijk, Tanja.' Het is haar vaste uitdrukking. Ooit heeft ze uit een soort balorigheid, een dag lang geturfd hoe vaak ze dit zei. Het werden een schrikbarende achtenveertig keer. Ook al moet ze toegeven dat ze aan het eind van de middag – totaal melig geworden – er een aantal extra 'Tuurlijk, Tanja's' uitgegooid heeft. Je moet toch ergens het plezier in je werk vandaan toveren.

Het kittige getik van de hakken op de plavuizen verwijdert zich. Moon ademt heel langzaam uit, waardoor haar schouders weer naar de normale hoogte zakken.

Ze probeert zich te herinneren wat ze allemaal moet doen, en schrijft de punten snel onder elkaar op het TT-notitieblokje dat ze speciaal voor de Tuurlijk-Tanja-opdrachten heeft gereserveerd.

Nog tien minuten tot de vergadering. Wat een redding van Kees. Hij krijgt de hele dag bier, dat heeft hij verdiend. Het enige vervelende is dat ze nu die selectie van de mails niet zelf heeft gedaan. Zul je zien dat Tanja ten overstaan van iedereen om haar beweegredenen vraagt.

'Waarom zou ik deze minkukel geld geven?' Ze imiteert de stem van haar baas. 'En wat is er zo belangrijk aan een papieruitvinding?' Er is gelukkig altijd één antwoord dat goed is: er valt geld mee te verdienen.

Nadat ze gewacht heeft tot iedereen is gaan lunchen, vliegt Moon naar de fietsenkelder, duimend dat ze Tanja niet tegen het lijf loopt. Maar ze heeft geluk, en zo zit ze binnen vijf minuten op haar fiets en sjeest naar het centrum; in haar hart resoneert de opgewonden spanning nu ze op het punt staat om haar mooie man te ontmoeten.

Ongeduldig worstelt ze met haar slot. Met een snel gebaar veegt ze het zweet van haar voorhoofd, knoopt haar jas los om zichzelf een iets nonchalantere uitstraling te geven en loopt lunchcafé ZiZo binnen.

Ze ziet hem direct. Vanaf dat moment moet ze haar best doen om te blijven glimlachen.

Zijn ogen lichten op als hij haar ontdekt. 'Wow, je bent nog mooier dan op je foto.'

Jij niet, wil ze zeggen, maar ze houdt zich in. Door zijn donkere krullen zit zo veel grijs, zijn foto moet minstens tien jaar oud zijn. Het witte shirt is het enige wat klopt, al zit het nu strak om een heel andere reden.

'Leuk dat je zo uitkeek naar deze spannende ontmoeting,' begint hij met een glimmertje in zijn ogen.

'Zeker.'

'Ik merkte gister al dat je wel houdt van een uitdaging.'

'Inderdaad.'

'Dus je wilt iets... eten wat je nog nooit gedurfd hebt?' Zijn glimlach is te breed.

Moon legt haar jas naast zich op de stoel, met haar tas erbovenop. Snel iets drinken en weg. Daarna kijkt ze de man weer aan. Zijn ogen zijn eigenlijk best mooi.

Hij schraapt zijn keel. 'Volgens mij ben je wel een hongerig type. Heb je een specifieke voorkeur?'

Ze weet meteen wat hij bedoelt. En dus speelt ze het spelletje mee, zodat ze weer voer heeft voor een nieuwe blog. 'Ik ben vegetariër.'

Hij schiet in de lach. 'Dus je uitdaging is een goed stuk vlees.'

Hij heeft wel humor, dat moet ze hem nageven. Hij legt zijn hand op de hare en haar blik valt direct op de duidelijk zichtbare witte afdruk van een ring. Als hij daarna met zijn vinger wrijvende bewegingen in haar handpalm maakt, trekt ze haar hand terug.

Ineens is haar trek in hem volledig weg. Zelfs als inspiratiespeeltje is hij niet interessant meer. Het is niet prettig om te spelen met mensen die haar tegenstaan. Nooit zal ze zich inlaten met een getrouwde man. Te lastig. Te onzeker. Te pijnlijk.

Met het excuus dat ze op dieet is, vlucht ze het café uit.

De dag lijkt niet voorbij te willen gaan. Werk stapelt zich op en deadlines dringen. Dit zijn de dagen waarop Moon merkt dat de motivatie voor haar werk met het uur achteruitholt. Zeker als Tanja haar – natuurlijk bij voorkeur op het moment dat ze net naar huis wil gaan – in haar kantoor verordonneert.

'Ik mis de contactgegevens in deze tabel. En de USP van deze knapen. Ik begrijp niet dat je dat zelf niet hebt gezien. Dat zijn de belangrijkste items in een bedrijfsoverzicht.'

Het ligt haar op de lippen om Tanja toe te bijten dat al die andere belangrijke zaken er wél in staan. Maar ze knikt alleen maar, niet bij machte woorden te vinden om haar baas gelijk te geven.

Zoals zo vaak heeft de verbijstering de overhand. Ze weet van tevoren dat er kritiek zal komen, ze wapent zich daar zelfs al tegen. Tevergeefs. Dit keer dacht ze echt een compleet overzicht aan te hebben geboden, zodat Tanja toch nog die paar dagen naar Berlijn kon; absoluut ook uit eigenbelang. Met veel moeite heeft ze zelf een aantal belangrijke dingen opgezocht en in de tabel gezet, maar nee hoor, natuurlijk is het niet goed in de ogen van Mrs. Tang. Het blijft onvoorstelbaar dat Tanja steeds iets blijkt te vinden dat ze niet goed heeft gedaan.

In een noodvaart krabbelt ze alle opdrachten op haar TT-blocnote en knikt net zo vaak als dat Tanja aangeeft dat ze dat nog wel kan doen. Even. Tussendoor. Vandaag nog.

Als ze terugloopt naar haar kantoor, ziet ze Fieke op de gang staan.

'Moet jij ook nog?' vraagt ze en ze knikt met haar hoofd in de richting van de plek des onheils. De klok geeft aan dat elk normaal Nederlands gezin al aan het avondeten toe is.

Een scheve grijns is het antwoord. 'Hoe is haar humeur?'

Moon gniffelt zacht. Het is de meestgestelde vraag van kantoor. 'Het valt mee. Even doorbijten en je bent er weer vanaf. Daarna ligt er een vrije avond voor je.'

'Vrije avond? Dat begrip kent ze niet eens,' antwoordt Fieke.

Als Moon aan het eind van de gang omkijkt, ziet ze Fieke nog net door de deuropening glippen. Ze wilde haar nog een bemoedigende knipoog geven, maar is net te laat.

Eenmaal weer achter haar bureau schuift ze haar la open en pakt een dropje. Dubbelzout, de lekkerste. En nog een. Daarna opent ze haar privémail en zoekt naar het bericht dat zomaar een grote verandering in haar leven kan brengen. Ze kent het uit haar hoofd. Elk woord heeft ze al ontelbare keren gelezen, toch pluist ze hem opnieuw uit, op zoek naar addertjes onder het gras.

Geachte mevrouw,

Uw blog heeft mijn aandacht getrokken, een goed onderwerp en rake beschrijvingen. Het heeft de potentie om uit te groeien tot iets groots. We hebben al veel startende bedrijven tot succesvolle hoogte opgestuwd. Graag zou ik met u overleggen of u geïnteresseerd bent in financiële ondersteuning, zodat uw bedrijf kan groeien.

Ik hoor graag van u,
Scout Tanja-Talents

Het blijft bizar: Tanja wil háár financieel ondersteunen. Natuurlijk wil ze groeien. Graag zelfs! Het is nog geen bedrijf, maar nu Tanja haar blog zo noemt, ziet ze ineens veel meer mogelijkheden dan ze ooit had kunnen bedenken. Stel dat ze er zelfs van kan leven…

Ze wil graag weg van deze gigantische werkdruk. Maar dat is vast niet waar Tanja op uit is. Die wil geld verdienen aan haar blog. Háár vele uren schrijfwerk dat ze er naast haar werk bij doet. Maar Moon weet ook dat Tanja goede contacten heeft om startende bedrijven te helpen. Het is een kans. Een heel goede kans zelfs. Eindelijk heeft ze zicht op heerlijk werk, een eigen bedrijf waarmee ze voldoende geld kan verdienen. Maar kan dat via Tanja? Zal zij geld stoppen in iemand die haar identiteit niet wil prijsgeven?

Niemand weet dat zíj achter de blog zit. Ook Tanja niet. Dat geheim moet blijven bestaan, want als Tanja erachter komt dat zíj het is, zal ze het haar nooit vergeven. Met alle gevolgen van dien.

TANJA

'Geef eens een biertje.'

Tanja trekt direct de koelkast open; ze maakt het Reinier graag naar de zin.

'En neem zelf ook wat,' grinnikt hij, zodra hij zijn bierglas aangereikt krijgt.

'Hoe was je dag?' vraagt ze als ze bij hem gaat zitten met een glas water. Zo vaak komt het niet voor dat ze tegelijkertijd thuis zijn.

'Best succesvol. Ik vertelde je laatst toch over die offerte? Het is nu eindelijk rond. Ik heb die grote order binnengehaald.'

'Van dat bouwbedrijf?'

'Nee, die hebben nog niet toegehapt. Dit is een online webwinkel. Ze konden niet anders dan mijn aanbod accepteren, ik had het te mooi gemaakt.'

'Goed gedaan,' zegt ze en ze meent het. Dit is waarom ze op Reinier viel. Hij is een ondernemer in hart en nieren. Dat hart voor zijn werk is met name hard, maar juist die aanpak respecteert ze. Hij krijgt dingen voor elkaar waar een eitje allang gesneuveld zou zijn.

'Ik houd wel van nieuwe uitdagingen. Hierna komen er geheid nog meer klanten over de brug,' geeft Reinier zelfverzekerd aan en hij neemt een grote slok bier. 'Morgen ga ik met een fotograaf langs om wat pakkend beeldmateriaal te maken. Onvoorstelbaar dat die lui dat gewoon niet hebben. Niets!'

Ze herkent het. Zelf maakt ze dat ook regelmatig mee. Jonge

mensen die hun hele ziel en zaligheid in een nieuw bedrijf stoppen en dan komen aanzetten met kiekjes die waarschijnlijk door tante Sjaan in de achtertuin zijn gemaakt.

Terwijl Reinier de krant pakt, valt de stilte als een zachte deken over hen heen. Ze wil hem vertellen over die twee jongens die een prachtig idee bij haar hebben neergelegd, enorm vooruitstrevend in hun aanpak, maar dat ze geen idee hebben hoe ze het moeten presenteren. Toch houdt ze het voor zich. Later misschien.

Zwijgend nipt ze aan haar water. Voor straks bij het eten heeft ze een volle ronde wijn meegenomen. Ze weet dat ze er Reinier geen plezier mee doet, maar zelf kan ze daar enorm van genieten. Ze werkt er hard genoeg voor. Voor hem heeft ze een paar speciale biertjes gekocht.

'Ik ben donderdag en vrijdag gewoon thuis,' zegt ze tegen de krant, waarop de ellende van een zelfmoordaanslag breeduit in beeld is gezet.

Er klinkt wat gebrom.

'Zal ik voor vrijdagavond een tafeltje reserveren? Waar zou je willen eten?'

'Wat een klotezooi in de wereld,' moppert *De Telegraaf* terug.

Ze staat op en slaat de laatste slok water met een vloeiende beweging achterover. Het is prettig dat ze vorige week dat nieuwe afhaaltentje heeft ontdekt. Want naast de thai, de chinees – Reiniers favoriet – en de stamppotten van de groenteboer, is dit Italiaanse eten een aanwinst. Bovendien zit het restaurantje werkelijk op nog geen vijf minuten rijden van haar werk.

Terug in de keuken treft ze voorbereidingen om het afgehaalde eten zowel snel als mooi op te kunnen dienen. Ze weet inmiddels dat het belangrijk is om lekker eten te hebben dat ze zo op tafel kan zetten. Als Reinier honger heeft, moet er gegeten kunnen worden. En dat is met alles zo.

Het eten valt goed in de smaak. De schaal is bijna leeg en Reinier verdiept zich weer in zijn krant. Ze pakt haar mobiel en scant de berichten. Het zijn vooral werkmailtjes, die beantwoordt ze straks wel. Kreeg ze maar spannende appjes binnen, liefst met zinnen als: *ik mis je, jouw mooie mond hoort op de mijne* en *ik kijk uit naar prikkelend overleg.* Ze ziet de woorden gewoon voor zich. Haar opwinding bloeit op als ze aan hém denkt: de man van haar dromen. Een jong lijf. Smalle vingers die onwaarschijnlijk virtuoos zullen bewegen. Ongecompliceerde seks. Had ze maar zo'n man, gewoon eentje in de reserve.

Maar in plaats van contact te hebben met een *second lover*, zet ze zich aan het inruimen van de vaatwasser. Een hulp in huis is onmogelijk. Te link. Ze moet geen verleidingen neerleggen waar die vast en zeker gehonoreerd gaan worden. De enige die haar soms uit de brand helpt, is een oudere buurvrouw. Niemand hoeft te weten hoe het er bij haar thuis aan toegaat. Dan kan ze haar bedrijf wel sluiten. Haar talentenscouting zal geheid verkeerd uitgelegd worden in de media. Daar geilen ze op. Iemand die met hard werken een vette boterham verdient, willen ze graag zwartmaken.

Als ze terugkomt in de woonkamer ziet ze haar eigen 'droomprins' op de bank liggen. Een paar minuten geniet ze van het rustgevende beeld. Zo ziet ze hem het liefst.

Nog geen uur later voelt ze op haar pumps aan wat haar te wachten staat. Zijn gescheld op het nieuws. Zijn kleinerende toontje als hij in de krant leest dat twee jonge meiden door háár subsidie een nieuwe modelijn hebben kunnen starten.

'Ben je modekoeien aan het uitmelken? Het is te hopen dat je jouw investering er weer uit krijgt.'

Ze zucht. 'Dat gaat zeker lukken. Ze openden deze week hun derde winkel. Deze vrouwen hebben een prachtig bedrijfsplan, waar...'

Reinier onderbreekt haar en wijst op een foto. 'Moet je die ogen zien, ze vragen om iets stevigs.' Een vette lach volgt.

Tanja staat op zonder iets te zeggen. Te snel en misschien wel te duidelijk geërgerd.

'Wat is er? Ben je het niet met me eens?' Hij grijpt haar pols en trekt zich aan haar omhoog. 'Iets stevigs, jij weet wel wat dat is, hè?' Dan laat hij haar los en loopt de kamer uit.

Tanja weet exact wat hij gaat doen. Zijn computer is geduldig en laat hem dingen zien die haar eigen fantasie te boven gaan. Ooit heeft ze er iets van gezegd, maar hij had haar heel duidelijk gemaakt dat ze zich daar niet mee mocht bemoeien.

Ze is niet bang van hem, ook al is hij soms hard en gemeen. Ze houdt zelfs van hem, omdat ze weet waar het vandaan komt. Zijn jeugd was gevuld met ellende waarvan hij haar langzaamaan deelgenoot heeft gemaakt. Elke keer als hij, steevast in het donker, een nieuwe herinnering naar buiten perste, wist ze dat ze hem nooit zou verlaten. Hij had haar nodig en zij hem.

Ook nu vertaalt ze zijn woorden naar wat hij echt bedoelt. Hij wil haar stevig tegen zich aanvoelen waardoor hij weer bevestigd wordt in haar liefde voor hem.

Het komende uur is speeltijd. Het gaat niet om zin hebben; het gaat om nodig hebben en dat geeft ze hem graag. Ze kijkt naar de spullen die op de rand van het bad klaarliggen: de lingerie en het ultrakorte rokje. Dit voorspel hoort erbij. Dit moment is alleen voor haar, daarbij heeft ze hem niet nodig. Juist niet. Haar fantasie geeft haar meer genot.

Langzaam begint ze zich uit te kleden. De douche lonkt, maar die bewaart ze liever voor na die tijd. Als ze naakt voor de spiegel staat, bekijkt ze zichzelf. Ze kan er eigenlijk best mee door. Ze doet er alles aan om in conditie te blijven. Elke week drie keer naar de sportschool heeft ervoor gezorgd dat haar buik nog strak is. Het scheelt natuurlijk dat ze geen kinderen heeft gekregen. Of liever gezegd, niet wilde krijgen. Niet met Reinier.

Zesendertig jaar. Is dat te zien aan haar lichaam? Ze legt haar handen onder haar borsten alsof ze ze wil wegen en sluit haar ogen.

Haar gedachten glippen weg naar de man in haar fantasie. Hij heeft een verzorgd uiterlijk en een waanzinnig lijf waar ze zich tegenaan mag drukken. En *size matters*! Het moet een beetje pijn doen, dan pas kan ze tot het randje gaan. Ze zal zich laten verwennen zonder enige gêne, maar ook zonder enige angst, wat ze bij Reinier sinds die tijd nooit meer heeft gekund. Zelfs zijn slaapkamer ziet ze zo voor zich, alsof ze er al honderden keren is geweest.

Ze voelt de warmte gloeien onder in haar buik. Zeker een halfuur lang zal hij haar borsten strelen, haar tepels kneden en haar lichaam met zijn tong bewerken. Ze zal met haar lijf kronkelen tot haar benen zijn smalle heupen omklemmen. Kreunen, smeken, zal ze. Als hij eindelijk in haar komt, zal haar orgasme keer op keer als een stormvloed over haar heen rollen. Het zal al haar adem uit haar lijf beuken tot ze nahijgend en compleet nat tegen hem aan geplakt zal liggen.

Wat moest ze toch zonder haar fantasie?

Ze zucht diep en pakt haar lingeriesetje. Als ze het aantrekt, stelt ze zich voor dat híj daar in het grote bed op haar ligt te wachten. Die zinnenprikkelende jonge god die haar met zijn ogen complimentjes zal geven die ze nog nooit eerder in haar leven heeft gehad. Het windt haar direct op. Ze heeft zelfs zin om vanavond haar eigen spel te spelen en te denken dat híj haar zo meteen zal liefhebben.

'Hard is lekker,' mompelt ze, als ze het stretchrokje aantrekt, dat nauwelijks tot halverwege haar billen komt. Ze laat haar handen over de gladde stof strijken en zakt daarbij iets door haar knieën. Ze is er klaar voor.

Nog geen minuut later opent ze de deur naar de slaapkamer, waar haar koning ligt te wachten. Hij heeft muziek uitgekozen die haar nu al naar adem laat happen. Ze houdt haar handen voor haar borsten en voelt dat haar harde tepels net boven de bh uitsteken. Hij kijkt naar haar. Hij wil haar.

Er ligt alleen een laken over hem heen dat ze voorzichtig van hem af trekt. Tergend langzaam, zodat zijn mannelijkheid lang verborgen blijft. Als hij in al zijn kwetsbaarheid voor haar ligt, ziet ze dat hij iets wil zeggen.

Ze legt snel een vinger op zijn lippen. 'Niets zeggen.' Dat kan ik nu niet aan, denkt ze.

Daarna gaat ze op hem zitten, sluit haar ogen en duikt weg in haar nieuwe wereld.

De klap op haar billen komt toch nog onverwachts. Het geluid van zijn hand die hard op de stretchstof kletst, is heerlijk. De pijn zweept haar fantasie verder op. Nog een klets. Een warme pijn verspreidt zich over haar achterwerk. Gloeiend warm. Ze stelt zich voor dat haar geliefde onder haar ligt.

Dan rolt hij haar om. Met haar ogen gesloten wacht ze af. Het is fijn om geen leiding te hoeven geven. Stukje voor stukje schuift hij over haar lijf naar boven totdat hij schrijlings op haar borstkas zit. Ze registreert alles feilloos, zijn geur en de onverwachte aanrakingen van zijn vingers die al haar plekjes weten te vinden. Deze prikkeling wordt nog versterkt door haar gesloten ogen die haar andere dingen laten zien.

'Zeg het me.' Zijn te zware bromstem trekt haar uit haar eigen wereld. 'Zeg dat je me wilt.'

Hij is het. Hij wil haar. Nu. 'Kom maar,' fluistert ze. Er zit een trilling in haar stem, en ze stelt zich voor dat het door de onvoorstelbare opwinding komt.

Hij legt zijn hand over haar ogen en ze is hem er dankbaar voor. Zo wil ze het. Niets zien. Blinde seks, die kan ze aan.

'Kom maar. Ik wil je.'

Dan proeft ze hem. En met zijn hand dwingend onder haar hoofd verdwijnt ze in het ritme dat hij bepaalt. Complete onderdanigheid. Op de muziek van Armin van Buuren. Zelfs de lichtflitsen achter haar ogen kloppen.

TANJA

Zoals elke dag is ze de laatste die nog op het werk aanwezig is. De stemmen zijn verdwenen naar de fietsenkelder. Als de laatste deur dichtgevallen is, slaakt Tanja een zucht van verlichting. Dit is haar uurtje. Reinier rekent erop dat ze niet eerder dan om zeven uur thuis is. Voor die tijd doet hij dingen die ze niet eens wil zien.

In het begin heeft ze hem elke dag gevraagd naar zijn werk, maar dat is nu niet meer zo. Slechts heel af en toe vraagt ze er nog naar. Ze weet soms dagen niet wat hij overdag uitspookt. Zelfs als hij een minnares zou hebben, zou hij dat makkelijk voor haar verborgen kunnen houden. Ze wil het zelfs niet eens weten. Blind zijn is beter.

'Ik zou misschien zelfs wel blij voor hem zijn,' fluistert ze zacht. En misschien ook wel voor mezelf, denkt ze erachteraan. Is denken aan vreemdgaan ook al stout?

Ze staart uit het raam dat uitzicht biedt op het centraal station van Utrecht. Haar kantoor is een goede uitvalsbasis: bekende plek, centraal in het land en op korte afstand van het centrum. Inmiddels heeft ze een paar favoriete cafés waar ze met zakenpartners wat kan drinken. En een favoriet plekje waar ze met haar andere contacten kan afspreken. Haar geheime contacten waar ze liever niet mee gezien wordt. Hoewel ze liever andere fantasieën heeft, zijn deze allemaal braaf en werkgerelateerd.

Nu iedereen naar huis is, is het tijd om haar eigen missie uit te voeren. In haar bestanden opent ze de map die OVERIGE heet.

Daar zitten haar bedrijfsgeheimen in verstopt.

Op het moment dat ze haar eigen bedrijf opstartte heeft ze met een *branding coach* besproken hoe ze haar merk het beste in de markt kon zetten. Wat was hot? Waar zouden mensen behoefte aan hebben? Welke problemen loste ze op? Het gekke was dat de coach haar een vraag stelde waar ze zelf nooit aan had gedacht: welk project zou haarzelf het meeste voldoening geven? Die bleef hangen.

Het hoofdbestanddeel van Tanja-Talents is de subsidie die ze aan startende bedrijven geeft, op voorwaarde dat ze een bedrijfsplan hebben waar ze vertrouwen in heeft. *Sex sells*, dat weet iedereen, maar ze weet nu dat het anders in elkaar steekt: *money is sexy*.

Binnen drie jaar had ze acht werknemers in dienst en had ze een winst om u tegen te zeggen. Maar wat niemand wist was dat ze naast de normale projecten, haar eigen geheime afdeling had opgezet. De coach, die ze eigenlijk niet vertrouwde, had gelijk gehad. Dit eigen project geeft haar de meeste voldoening: ze geeft mensen, die niet om hulp vragen, een steuntje in de rug. Natuurlijk alleen als zij er vertrouwen in heeft dat dit weer dubbel en dwars terugverdiend wordt.

Ze zoekt in haar geheime map en ziet direct de bedrijven staan die ze liefst vandaag nog wil benaderen. Op Twitter – natuurlijk met een nepaccount – ziet ze hun bijna wanhopige schreeuw om aandacht. De verkooppraatjes. De verkeerde manier van communiceren. De sociale media zijn voor haar een belangrijke vijver om haar geheime project te blijven vullen. Niemand weet dat ze dit doet. Soms is het ook beter om haar naam niet aan die bedrijven te hangen. Niet elk bedrijf is goede reclame.

Sinds kort heeft ze iets op het oog wat haar waanzinnig aanspreekt. Niet alleen qua onderwerp, maar vooral omdat ze beseft dat er veel geld mee te verdienen valt. Dit is pas echt hot. In veel verschillende betekenissen van het woord. Het eerste visje heeft ze al uitgegooid. En nu ziet ze dat die vrouw gehapt heeft. Tijd om meer aas rond te strooien. Ze zal haar kietelen en begeleiden in haar groei. Daarna kan ze er gewoon op wachten: ze zal geilen op haar visie en dan…

Tanja maakt een beweging alsof ze een hengel met kracht omhoog trekt. Ze gooit haar hoofd in de nek en lacht.

Bijna automatisch pakt ze haar mobiel. Geen appje. Natuurlijk niet.

De irritatie welt omhoog. Alleen al door het denken aan haar fantasielover, voelt ze haar lichaam reageren. Als gloeiende lava stroomt de lust door haar lijf. Fuck! Waar ben je mee bezig, meid. Afwachten is toch niets voor jou?

Ineens is ze er klaar voor, ze weet precies wat ze gaat doen. Niks fantasie. Ze gaat écht een andere vent aan de haak slaan. Ze is de dertig ruim gepasseerd, maar juist daarom aantrekkelijk. Voor een bepaalde groep. Ze gaat een date regelen.

Terwijl ze het denkt, voelt ze zich groeien.

Vanavond laat zal ze die vette vis van dat datingblog wel binnenhalen, eerst gaat ze voor zichzelf aan de slag. Een jong snoekje lijkt haar heerlijk.

Met een brede glimlach op haar gezicht opent ze de website. AANMELDEN staat met grote letters bovenin. Ze mag kiezen:

Ben jij een jonge, alleenstaande man die rijpere vrouwen waanzinnig sexy vindt?

Ben jij een cougar, succesvol in zaken en op zoek naar een jonge prooi voor wat meer spanning in je leven?

In een flits schiet Reinier door haar hoofd. Ze weet dat hij moderator is van diverse websites. Ook van dit soort. Iemand die zich verdiept in de wensen en mogelijkheden die zo'n site moet bieden. Bizar. Het is bijna ondenkbaar dat haar man, die elke avond achter de krant in slaap valt, voor zo'n klus gevraagd wordt. Dat hij dit soort vragen bedenkt. Toch laat de gedachte haar niet los. De foto's, de profielen… Zal hij op die manier haar nieuwe digitale leven ontdekken?

Dan schuift ze de gedachte rigoureus opzij. Dat zou te toevallig zijn en vooral onwaarschijnlijk.

Ze klikt op 'Aanmelden' en er verschijnt een hele rits vragen. Een naam had ze al bedacht: Businessbitch. Niet eens zo ver naast de waarheid. Bovendien, is dat niet juist waar jonge mannen naar zoeken: een rijpe stijlvolle zakenvrouw? Tuurlijk.

Ze gniffelt zachtjes als ze de informatie over haar doelgroep leest. *Cougars genieten van jeugdige, fitte mannen met een bijzondere levensvreugde.* Ze laat haar tong over haar volle lippen gaan en vraagt zich af hoe snel ze haar eerste date kan regelen. Eindelijk echte appjes vol vuur.

Ze scrolt snel verder. Het invullen van haar profiel is niet zo lastig. Haar nickname geeft haar direct heerlijke inspiratie. 'Een rondborstige vrouw die allang succesvol is, maar haar hoogtepunt graag met jou wil bereiken,' mummelt ze zachtjes mee tijdens het typen.

Ze glimlacht voldaan naar haar scherm waar langzaam een profiel ontstaat van een wellustige vrouw met humor. Het enige moment waarop ze aarzelt is haar leeftijd. Is zesendertig niet wat jong voor een cougar?

Wees eerlijk, staat er met grote letters boven. 'Ja hoor, en ik ben een beetje dom.'

Negenendertig, vult ze snel in, voor ze zich kan bedenken. Best vreemd om zichzelf ouder voor te doen dan ze is. Een foto laat ze voorlopig nog even achterwege; die moet ze nog maken. Liefst onherkenbaar, wat betreft haar gezicht dan. Ze ziet zichzelf weer voor de spiegel staan in het setje dat Reinier voor haar had gekocht. Er liggen er nog vijf in de kast. Allemaal anders. Allemaal opwindend. Welke zal ze kiezen voor haar spiegelfoto?

Terwijl ze de beelden al voor zich ziet, slaat haar verbeelding een richting in die ze zichzelf nog nooit heeft toegestaan.

'Ik krijg het er nu al warm van,' zucht ze.

Wanneer ze alles heeft ingevuld klikt ze nogmaals op 'Aanmelden'. Op haar scherm verschijnt een dikke duim. Ze grinnikt om haar eigen dubbele gedachten.

Tevreden leunt ze achterover in haar bureaustoel. Verbazing en trots strijden om voorrang. Ze heeft het gewoon gedaan. Een cougar, zij!

Dan hoort ze voetstappen op de gang. Ze schiet overeind en klikt de website weg. Iedereen was toch naar huis? Is een van haar medewerkers teruggekomen? Haar ademhaling gaat sneller dan anders, terwijl ze stil afwacht of er iemand binnenkomt.

Snel richt ze zich op de mail die ze toch nog moet versturen. Ze is aan het werk, houdt ze zichzelf voor, terwijl een grijns haar gezicht siert. De datingblog is ineens nóg aantrekkelijker geworden. Ze zal die meid eens een level omhoogduwen op de succesladder. Een vrouw pakt ze zeker in.

Met snelle ratelslagen typt ze een antwoord, daarna leunt ze voldaan achterover. Dat was een lekker vluggertje. Ze grinnikt.

Inmiddels is het weer helemaal stil op de gang. De grote klok op de wand recht tegenover de overlegtafel geeft aan dat het vijf voor zeven is. Ze springt op. Ze moet naar huis. En snel ook.

Terwijl ze door het gebouw loopt, komt ze niemand tegen, behalve een paar schoonmakers die zoveel kabaal maken met hun boenmachine dat de voetstappen die ze meende te horen onmogelijk van hen kunnen zijn geweest. Het was vast verbeelding. Met ijzeren tred loopt ze naar de lift. Pas als de liftdeuren openglijden, bedenkt ze dat ze vergeten is om de internetgeschiedenis te verwijderen.

MOON

‘Ik bel namens Tanja-Talents. Waarschijnlijk hebt u wel gezien...’

‘Namens wie?’ Een slaperige stem aan andere kant.

Moon herhaalt de woorden in een tempo dat Tanja totaal onwaardig is.

Een zachte kreun aan de andere kant. ‘O, natuurlijk. Goedemorgen. Wat wilt u weten?’

Moon ziet de man bijna rechtop gaan zitten en de slaap uit zijn ogen wrijven. Acht uur, kom op. Als je echt gedreven bent, zit je op dit moment al je mail te beantwoorden.

Ze leest de vragen op van haar blocnote. ‘Ik heb u vrijdag al een bericht gestuurd, maar nog steeds geen antwoord gekregen.’

‘Nog steeds niet?’ Het lachje klinkt spottend. ‘Het is dinsdag.’

‘Als u de gegevens direct op tijd had doorgestuurd, had u nu misschien een contract onder uw neus liggen.’

Het is stil aan de andere kant van de lijn. Ze hoort geritsel en daarna ‘Momentje’ dat ver weg klinkt.

Moon tikt met haar pen op haar bureau en screent intussen haar mailbox, waarbij ze rode vlaggetjes aanbrengt bij de zaken die ze voor de lunch echt moet afronden.

‘Daar ben ik weer. Ik heb het even opgezocht. Even kijken...’ Hij klinkt opvallend vrolijk.

Moon kijkt naar de klok die stug doortikt. ‘Ik weet het goed gemaakt. U zoekt de informatie bij elkaar en stuurt het me asap toe.’

‘Asap?’

‘*As soon as possible*.’ Ze kan een zucht niet tegenhouden, hoewel ze weet dat het niet erg professioneel is.

‘Zoals u wilt,’ antwoordt de man. Ze moet hem nageven dat hij onwaarschijnlijk vriendelijk blijft. ‘En met welke van de vele rechterhanden van mevrouw Van Lent heb ik nu gesproken?’

‘U kunt mailen naar Moon apenstaartje Tanja streepje...’

‘Moon?’

‘Ja, apenstaartje...’

Weer onderbreekt hij haar. ‘Moon! Nu herken ik je stem. Wow, dat is lang geleden.’

Even weet ze niet wat ze moet zeggen. Ze staart naar de papieren die niets anders prijsgeven dan dat het om Nicolaas en Gustav zou gaan die financiële ondersteuning hebben aangevraagd om de technische ontwikkeling van diverse apps te financieren. Er staat niet bij over welke apps het gaat en wat hun eigen expertise eigenlijk is. Geen wonder dat Tanja geïrriteerd is.

‘Ik spreek toch met de heer Van Dam? Nicolaas van Dam.’ Ze hoort het zichzelf zeggen. De introductie die Nick tot in den treure had herhaald: ‘Van Dam als het hek je te veel wordt.’

‘Ja, met Nick! Jeetje Moon, wat een verrassing. Werk jij bij TanjaTalents?’

Moon veegt het zweet van haar voorhoofd. Ze weet ineens niet meer wat ze moet zeggen. Nick, niet de knapste, wel de leukste. Dat zei ze altijd tegen Amy in de tijd dat ze verkering had met Nick. Ze hoort hem verder praten, maar luistert maar half.

‘Hé, geef eens antwoord. Vanavond? Is dat wat? Ik maak gewoon elke avond vrij. Ik wil je zien!’

‘W-wat?’

‘Het mag ook morgen, als je vanavond al wat te doen hebt.’

‘Morgen?’

‘Dat is dan afgesproken. Morgen. Gaan we samen een hapje eten. Ik heb nu al honger.’

Ze hoort het lachje dat haar direct terugbrengt naar de tijd dat ze immens gelukkig was. Waarin ze zich volledig wentelde in zijn aandacht. Nick was gek op háár.

Ze zit nog steeds met de telefoon in haar hand als er een nieuw mailtje verschijnt met als onderwerp 'asap'.

'No way!' Amy's stem vliegt omhoog.

Moon heeft direct toen ze thuiskwam na een veel te lange werkdag haar enige vriendin gebeld.

'Hoe ziet Nick er nu uit? Heeft hij een vriendin? Waar woont hij? Jeetje, Moon dat is lang geleden. Hoe gaat het met hem? Is hij erg veranderd?'

Ze moet lachen als ze Amy alle vragen hoort stellen die ook in haar hoofd ronddraaien sinds het verrassende telefoongesprek. 'Ik heb echt geen idee, maar daar kom ik snel achter.'

'Heb je een date?'

Het woord komt niet in de buurt bij haar verwachtingen, toch antwoordt ze bevestigend.

'Wanneer?'

'Morgen.'

'Wat trek je aan? Weet je wat, kom hierheen en kies een van mijn jurkjes uit. Je hebt zo'n waanzinnig mooi figuur, maar je verstopt het in verkeerde kleding.'

De trappers draaien krakend de roestige ketting rond. Het is net of het zwaarder gaat dan eerder die week. Toch heeft het nauwelijks zin om haar fiets te laten opknappen. De laatste keer dat ze dat deed, werd dat ding direct daarna gejat. Sindsdien rijdt ze rond op een brik dat de naam fiets niet eens waard is. De stang zit haar soms in de weg, waardoor ze steeds vaker geneigd is om zich te beperken tot een makkelijke skinny in plaats van een van die vlotte zomerjurkjes die ze nu bij Amy gaat passen.

Vanuit een hoge eik klinkt het schorre geschreeuw van een stel eksters dat ruziemaakt. Of is het angst? Zijn ze bang voor de vele katten die hier rondsluipen? Ze weet hoe erg angst je leven kan beheersen.

De tunnel komt in zicht. Ze moet er wel doorheen om in Lombok te komen, maar het liefst mijdt ze deze plek. Het liefst zou ze hier nooit meer komen!

De herfst heeft zich vandaag van haar mooiste kant laten zien, toch trekt de warmte nu snel weg. Dus ze buigt zich diep over haar stuur en trapt flink door. Pas als in een vreselijk hoog tempo de moskee is gepasseerd, mindert ze vaart. Ze kan natuurlijk niet bezweet bij Amy aankomen.

Voor het eerst vandaag begint ze zich een beetje te ontspannen. De schemering verdringt de warme kleuren van de bomen en de gevels die uit rode bakstenen zijn opgetrokken tonen nu vele grijsschakeringen. Op het moment dat de straatlantaarns aanfloepen, is ze er. Ze gooit haar roestige brik tegen een hek en trekt de dubbele ketting door het achterwiel. Nog voor ze op de bel kan drukken, zwaait de deur al open.

'Dat duurde lang.' Amy trekt haar naar binnen.

De theekop, die Amy al ingeschonken moet hebben toen ze nog bij de tunnel was, staat dampend voor haar klaar.

'Vertel.' Amy duwt haar krullen naar achteren die onmiddellijk terugveren.

Moon zakt onderuit in de crèmekleurige bank die volgepropt ligt met minstens twintig oosters getinte kussens. Naast haar zit haar vriendin die minstens zo kleurrijk gekleed is.

Een speldenprik jaloezie prikt ergens tussen haar ogen. Sinds Amy haar bril niet meer hoeft te dragen, ziet ze er met de dag stralender uit. Dat was vroeger wel anders. Het lijkt alsof haar vriendin alleen maar mooier wordt.

Moon weet best dat ze zichzelf verwaarloost. Daarom mijden mannen haar. En dat is ook de reden dat ze niet eens opvalt als ze in een café zit, terwijl alle hoofden zich omdraaien als Amy binnenstapt.

'Er valt nog niet veel te vertellen.'

'Kom op, Moon.'

'Nee, echt. Ik ga morgen pas met hem uit eten.'

Er hangt een lavendelgeur om hen heen die haar gedachten

zacht maakt. Weer werpt ze een steelse blik op haar vriendin. Amy is echt een schoonheid met die groene ogen in een gezicht dat met slechts een beetje natuurlijke make-up al lacht. Het is fijn dat ze er voor haar is, ze is de enige die haar nooit heeft laten vallen.

'Dat is alles,' voegt ze er met een zucht aan toe.

'Voorlopig wel.' De glimlach van Amy laat zien wat ze allemaal denkt.

Moon kent haar al zo lang dat ze haar schouders ophaalt. 'Jeetje, jij kunt ook alleen maar denken aan wat mannen allemaal met jóú willen doen.'

'Och, valt wel mee,' zegt ze met zo'n sensuele stem dat Moon in de lach schiet.

'Hoe is het met Vlam?' Het is vele malen veiliger om de aandacht te verleggen.

'Vlam is een vurige minnaar. Hij is heerlijk. En tegelijkertijd blust hij op een heerlijke manier de waanzinnige wensen die me al die jaren zo onrustig hebben gemaakt. Hij is...' Ze staart naar iets wat ergens links boven in haar kamer verstopt moet zitten.

'Geweldig, dus,' maakt Moon de zin voor haar af. Ze heeft hem nog nooit gezien, en begint nu toch wel nieuwsgierig te worden.

De diepe zucht geeft alles aan. 'Geweldig, maar niet helemaal betrouwbaar. Zoiets voel je. Dat dacht ik in die tijd ook van Nick.'

'Niet doen, Amy.'

'Je begrijpt het vast wel. Dat moet jij ook hebben gehad.'

Ze humt zacht, vooral om de woorden van Amy te laten stoppen. Ze was gek op Nick en duwde al die verdenkingen die anderen uitten direct weg. Ze denkt aan al die stiekeme momenten. Ze was vijftien en volslagen bleu. Het enige wat ze wist van de liefdesregels, was wat ze van Amy hoorde. Ze weet nog die eerste keer dat ze zijn tong voelde en met een kreet van schrik achteruit sprong. Dat hij zijn armen om haar heen klemde en haar leerde zoenen, tot zij degene was die er maar geen genoeg van kreeg.

'Nick was een geval apart,' gaat Amy verder. 'Hij had iets.'

Moon kan de omgeving van dat moment nog zo uittekenen, de

brede straten met de roltrappen naar het station, ingeklemd tussen de Jaarbeurs en het Beatrix Theater. De bomen die volkomen kaal waren, de ijzige wind die dwars door haar te dunne jas heen blies. Ze had het nooit eerder zo warm gehad. Het was de meest romantische omgeving die ze ooit in haar leven had gezien. Door hém.

'Iets onweerstaanbaars,' zucht Moon de woorden naar buiten.

'Ja, maar niet omdat hij zo knap was. Eerder doordat er een zweem van geheimzinnigheid om hem heen hing. Hij gaf ook nooit rechtstreeks antwoord.'

'Hij glimlachte altijd naar me.'

'Met een grijns alsof hij meer wist dan jij.'

'Alsof hij meer wílde dan ik,' grinnikt Moon. 'En dat was ook zo. In die tijd dan,' voegt ze er ondeugend aan toe. Maar direct daarna voelt ze ook het benauwde gevoel weer dat ze toen had gekregen. Want hoe kon ze ooit een jongen als Nick vasthouden? Was hij niet onbereikbaar voor een meisje zoals zij: simpel, verlegen en onopvallend. En afkomstig uit een afwijkend gezin, geen moeder thuis en een broertje met het downsyndroom.

Waarom wil hij nu eigenlijk weer met haar afspreken?

AMY

Het is prachtig om te zien hoe haar vriendin verandert als die een van de blote jurkjes aantrekt die ze voor Moon heeft uitgezocht. Nu ze beiden de dertig gepasseerd zijn, begint de biologische klok te tikken. Een vaste relatie kun je wel willen, maar dat betekent niet dat *Mister Charming* gelijk voor de deur staat. Hun zoektocht naar de ware bleek een prettige overeenkomst die hun vriendschap heeft versterkt. Nu ze zelf voorzien is, wil ze niets liever dan dat Moon ditzelfde geluk gaat vinden, zodat ze in dezelfde levensfase blijven. Voorlopig is Moon vooral een succesvol dater en houdt Amy haar eigen relatie-ervaringen zo veel mogelijk voor zich.

'Ik hang hem voor je aan de reservestang,' zegt ze als Moon de roze jurk uittrekt die ineens zicht gaf op een prachtig decolleté. 'Welke nu?'

'Ik heb er eigenlijk wel...'

'Deze?' Om haar afwijzing voor te zijn, haalt Amy het zwarte strapless jurkje al van de hanger. 'Weet je, Moon. Nog even over Nick.'

Amy heeft duidelijke vraagtekens bij Nick. In die tijd deden veel praatjes de ronde over de vage handeltjes die hij in zijn vrije tijd dreef. Niemand begreep wat hij buiten schooltijd allemaal uitspookte. Ze was er nooit achter gekomen wat er toen precies speelde, maar de roddels zijn in haar hoofd blijven hangen. Ze kan zich bijna niet voorstellen dat Nick alleen maar zijn ondernemingslust aan het uittesten was, zoals Moon ooit in een felle discussie met haar aangegeven had. Als zestienjarige had je nou eenmaal niet zoveel geld tot je beschikking. Tenzij je je met louche zaakjes inliet.

Naast haar klinken gedempte geluiden uit de zwarte stretchtunnel.

'Nick was toch wel een beetje een vreemde vogel. Denk je daarom dat je goed bij hem past?' Ze giechelt.

'En bedankt.' Het rode hoofd van Moon verschijnt boven het diepe zwart.

Amy negeert haar vriendin. 'Ik heb me weleens afgevraagd met wie hij allemaal…'

'Niet doen,' zegt Moon.

Er ligt een waarschuwing in haar stem die Amy naast zich neerlegt. 'Maar in die tijd was hij toch echt…'

'Stop, Amy!'

Mokkend helpt Amy haar vriendin om de jurk op haar rug recht te trekken. Ze ziet dat de schouders van Moon gespannen staan. Een duidelijker signaal kan ze niet krijgen. Kappen dus! Maar ze wil alleen maar dat het goed gaat met Moon, en Nick is nu eenmaal niet degene die daarvoor kan gaan zorgen. Denkt ze. In ieder geval niet als ze vriendinnen willen blijven en dat is natuurlijk wel het allerbelangrijkste.

'Kom, je moet die bh-bandjes even wegwerken.'

Moon trekt een gezicht.

'En denk erom dat je jezelf ook een beetje opmaakt.'

'Ja, mam.'

Ze schieten samen in de lach. Gelukkig.

Als Moon voor de spiegel heen en weer draait, weet Amy al dat ze het liefst de zwarte jurk wil. Alleen die blote schouders houden Moon tegen. Wat is dat toch met haar? Ze verstopt zich in hooggesloten kleding terwijl mannen juist alle rondingen willen zien. Moon heeft een prachtig figuur; ze is hooguit iets té slank. Waarom laat ze dat prachtige lijf niet zien?

'Je ziet er waanzinnig uit, schatje. Ik wed dat hij je direct aan je haren meesleept naar zijn hol.'

'Heerlijk dat je me ook een keer zo'n avond gunt,' zegt Moon gekscherend.

'Jij mag kiezen welke jurk je wilt. Je mag hem zelfs houden! Je mag er wel drie meenemen. Op één voorwaarde.' Amy spreidt haar armen en draait een paar rondjes in haar walk-in-closet. 'Schrijf na afloop een blog over de gewéldige date die je geheid met Nick gaat hebben.'

Het is voor Amy een manier om samen na te kunnen praten en te horen hoe het echt gegaan is. De waarheid ligt meestal ergens in het midden.

De diepe zucht van Moon valt nog mee.

'Kom op, het is gewoon een nieuwe date, meer niet.'

Maar Moon draait zich af van de spiegel. 'Het is niet gewoon een date,' moppert ze.

'Natuurlijk is het voor jou een bijzondere ontmoeting, schatje. Maar ook een geweldige inspiratie voor een blog. Een date met een oude liefde zal vast veel herkenning bij je lezers oproepen. Bovendien, waar ben je bang voor? Niemand weet dat jij de blogs schrijft.'

'Dat is het niet.' Moon trekt het zwarte jurkje uit en schiet snel haar eigen vertrouwde kleding weer aan.

'Wat dan wel?' Amy ziet dat haar vriendin iets voor haar achterhoudt. Net als laatst tijdens het etentje. Er is iets.

'Ik zie wel,' besluit Moon en ze loopt naar het rek waar nu drie jurkjes hangen.

'Zit je in de problemen? Is er nog iets anders dan die ontmoeting met Nick? Vriendinnen delen alles met elkaar, hoor.' Ze kijkt naar Moon die de jurkjes ongeïnteresseerd heen en weer schuift. Ze had het kunnen weten. Moon gaat niets meenemen, ze houdt van onopvallend, zwart en makkelijk. En vooral níét sexy. Heel soms doet ze hakken aan, maar die schopt ze vaak al na een uurtje uit. 'Weet je wat? Neem ze alle drie maar mee.'

Moon aarzelt nog steeds. 'Ik weet het gewoon niet. Ik ben niet meer hetzelfde meisje, misschien val ik wel vreselijk tegen.' Als ze zich naar haar omdraait staan er tranen in haar ogen. 'Het is Nick, weet je. Al die jaren heb ik...'

'Ik weet het, liefje,' fluistert Amy en ze streelt haar over de steile haren die als altijd heel zacht aanvoelen. 'Maar je was er toen gewoon niet aan toe. En hij waarschijnlijk ook niet. Het was goed dat je die stap terug zette; er waren te veel vragen en onduidelijkheden over wat hij allemaal deed. Wie weet is hij wel veranderd.'

'Wat bedoel je daar toch mee!' Met een ruk maakt Moon zich los en kijkt haar furieus aan. 'Flikker toch op met die verdekte beschuldigingen. Weet jij meer dan ik? Vriendinnen delen dat soort dingen. Zijn dat niet jouw eigen woorden?' Er drupt een traan naar beneden.

Amy schrikt van de uitbarsting. Ze wil haar niet ongerust maken, maar toch kan ze haar angst niet verzwijgen. 'Ik wil dat je gelukkig bent. Je hebt nogal wat voor je kiezen gehad in je leven. Het zou vreselijk zijn als je weer in de problemen zou komen, alleen maar omdat...'

'Ik kan wel op mezelf passen. Dat heb ik toevallig altijd al moeten doen.' Met een bruusk gebaar trekt Moon de jurkjes van de stang en propt ze in een zak. Daarna stampt ze de trap af naar beneden.

'Ik bedoelde het niet zo,' roept Amy haar vriendin achterna. 'Een date is prima, daarna zie je hem waarschijnlijk toch niet meer. Bovendien weet ik weet niet of Nick wel zo geschikt...'

De zin wordt afgesneden door de voordeur die met een harde klap dichtgesmeten wordt.

Daarna scheldt ze zichzelf de huid vol. Door haar stomme insinuaties heeft ze waarschijnlijk precies het tegenovergestelde bereikt van wat ze wilde. Waarom is ze zo bang voor Nick? Gaat het haar wel echt om Moons geluk of kan ze het zelf niet aan om hem weer te zien?

MOON

De ruzie met Amy heeft erin gehakt, maar ze is nu eenmaal een expert in het verdringen van emoties. Ze vraagt zich zelfs af of ze die afspraak met Nick wel moet laten doorgaan. Kan ze niet beter de goede herinneringen aan hem koesteren?

Nadat ze tientallen excuses heeft bedacht die ze allemaal weer verworpen heeft, loopt ze naar de kleine slaapkamer. Het is gewoon duidelijk: ze wil Nick zien.

Tegen haar kastdeur hangt het roze jurkje. Heeft ze dat echt zelf uitgezocht? Ze staart naar de stof en probeert zichzelf weer terug te zien zoals ze in Amy's slaapkamer wulps voor de grote spiegel ronddraaide. Het jurkje staat haar fantastisch. Dat weet ze zeker. Maar nu het uur van de waarheid nadert, durft ze het niet aan te trekken.

Wat moet Nick wel niet denken? Ze wil hem op geen enkele manier het idee geven dat ze hem probeert te versieren. Dat ze op hem gewacht heeft, al die jaren. Hoelang is het wel niet geleden? Zij was vijftien, hij zestien. In de kleine twintig jaar die verstreken zijn, is ze hem nooit vergeten. Had ze maar nooit naar al die stomme adviezen geluisterd...

Ze opent haar kast en diept een zwart hemdje op dat ze vaker aantrekt als ze op date gaat. Een subtiel gouden kettinkje maakt haar halslijn net interessant genoeg. Ze houdt de ene na de andere broek omhoog uit de stapel die op ooghoogte ligt. Helemaal onderin vindt ze de leren broek die ze al tijden niet heeft aangehad. Die wordt het.

Als een kritisch model keurt ze zichzelf in de te smalle spiegel die al zo lang tegen de muur staat dat hij kromgetrokken is. Het levert haar een mooi slank figuur op met een taille waar menig tienermeisje jaloers op zou zijn. Sinds ze dat effect doorkreeg nam ze zich voor nooit meer een spiegel op te hangen. Ze zet het ding zelfs nog ietsje schuiner.

Er schiet een donkere schim met een enorme snelheid achter de spiegel vandaan. De spin is groter dan ze ooit gezien heeft. Het beest rent naar de hoek van de muur en blijft daar stil zitten. Ze neem even tijd om het harige dier met de vele ogen te bestuderen. Het is een prachtig exemplaar.

Dan slaat ze toe. Met een katachtige beweging springt ze op bed, graait naar het dikke lijf en plet het tussen haar vingers. Pas als ze de knak hoort waarmee hij uit elkaar spat, voelt ze iets van triomf. Ze kan het nog.

Haar liefde voor spinnen – of liever het vangen ervan – maakte haar populair bij de meiden van handbal en ze werd op haar schouders gemept door de jongens. Een stoer wijf, zo noemden ze haar.

Ze laat de acht slappe poten onder een dun straaltje water van haar vingers spoelen en kijkt hoe het geplette dier verdwijnt in haar afvoer. Daarna wast ze haar handen. Ze moet zich nog optutten.

Ruim een uur voordat ze weg moet, zit ze klaar. Haar nagels heeft ze een donkerrode kleur gegeven, bijna dezelfde als haar lippen. Toen ze de lippenstift opbracht vroeg ze zich af of die er vanavond op zou blijven. Voor alle zekerheid dit keer geen lipgloss.

Nog een uur. Ze trommelt op de leuning van de enige stoel die ze naast haar ieniemienie bankje in haar kamer kwijt kon: de oude leren rookstoel van haar vader.

Haar mobiel leidt haar aandacht lekker af van de klok. Ze durft nu nóg kritischer de mannen te keuren dan eerder deze week, omdat ze hoopt dat die hele Tinder straks niet meer nodig is. Niemand is zo leuk als Nick.

Toch geeft de boodschap dat ze een match heeft haar een warme stoot. Terwijl ze nog nadenkt over een passende zin, krijgt ze zijn eerste berichtje al binnen.

Hi hotty

Ja hoor, ze weet eigenlijk meteen wat hij wil. En dus antwoordt ze: *Gehuwd, getrouwd of in de echt verbonden?*

De smile komt wel erg snel, daarna blijft het even stil. Net als ze het contact weg wil klikken om naar andere mannen te kijken, komt er een piemelfoto binnen. Het idee dat hij op dat moment met zijn broek op de knieën zit alleen maar om zichzelf aan haar te laten zien, geeft haar de lachkriebels.

Kleed je maar weer aan, typt ze snel.

Hou je er niet van?

O ja, zeker wel.

Nou dan. Kom op, laat je gaan.

Ze zucht diep en typt: *Ik denk dat we het hier beter bij kunnen laten.*

Er komt direct respons. *Jouw ogen vertellen me heel wat anders. Bovendien gebruik je woorden die jouw voorkeuren direct aangeven.*

Woorden? Bedoelt hij die korte kreten in haar profiel?

Jij bent een vrouw die het nodig heeft dat ze een lesje krijgt.

Haar adem stokt. Maar voor ze het contact kan wegklikken, verschijnt zijn volgende bericht al.

Je geniet er vast van om lekker vastgebonden te worden.

Snel drukt ze het contact weg en verwijdert hem. Daarna blijft ze hijgend van angst zitten. De novembernacht schuift terug in haar gedachten. De demonen zijn er weer en zorgen ervoor dat ze in elkaar gedoken op haar bankje blijft zitten en zich afvraagt of ze ooit wel weer naar buiten durft.

MOON

Het is alsof ze verdergaan waar ze ooit gestopt zijn. Nick ziet er fantastisch uit in zijn witte shirt dat zijn iets gebruinde huid nog beter laat uitkomen. Sinds hij haar heeft ontdekt, laten zijn ogen haar alleen maar even los als een ober hun bestelling opneemt.

Het kostte haar wel wat tijd om weer rustig te worden en onderweg draaide haar waakzaamheid op volle toeren. Maar nu ze hier tegenover Nick zit, is ze blij dat ze haar angst overwonnen heeft. Ze gaat vooruit!

Ze zitten op het terras van een voor haar onbekend eettentje aan de westkant van het spoor. Ernaast stroomt een smalle uitloper van een gracht, waarvan Moon de naam ontgaan is. Romantiek viert hoogtij. Zeker als Nick zijn glas heft en de zachte aanraking van hun glazen een belofte lijkt voor later die avond.

Ze bestudeert zijn gezicht dat nieuw lijkt maar haar toch een onwaarschijnlijk thuisgevoel geeft. Er zitten fijne lijntjes naast zijn ogen die aangeven dat hij veel heeft gelachen. Zijn haargrens is behoorlijk omhooggeschoven en in zijn gitzwarte haar zit hier en daar wat grijs, waardoor zijn gezicht levendiger is dan ooit. Maar steeds weer keert ze terug naar zijn ogen: zwart met een vuurtje erin. Er smeult iets wat ze niet kan benoemen.

'Geen wonder dat ik je niet kon vinden,' zegt hij zacht en hij nipt van de wijn die er in het zachte avondlicht bloedrood uitziet.

'Want?' Eigenlijk weet ze al wat hij gaat zeggen. Zo ging het in die tijd ook. Na een paar maanden verkering versmolten ze. Hij sprak halve zinnen die zij in haar hoofd afmaakte. Woorden konden de vurige gloed in haar lijf niet weergeven. Plannen voor de toekomst verliepen langs lijnen die ze niet hoefden uit te zetten. De wegen lagen er al, alsof ze alleen voor hen geplaveid waren.

Maar nu wil ze zijn woorden horen. Ze wil ze naar binnen zuigen als een dorstige drenkeling die maanden op zee heeft gedreven en eindelijk kan drinken.

Hij grinnikt. 'Je bent veranderd, Moon.'

Een kort moment van verwarring dat ze uit de weg gaat door een stokbroodje te pakken en er een dikke laag olijventapenade op te smeren. Ze biedt het hem aan. 'Jij?'

Hij pakt het aan en antwoordt: 'Nee, jij. Je ogen glanzen, maar er zit een kleine waas overheen.'

Ze stuntelt met een tweede broodje waar de tapenade vanaf glijdt als ze een hap wil nemen. Ze wil vloeken, maar houdt zich net op tijd in.

'Je bent gelukkig nog wel net zo onhandig.'

Ze schiet in de lach en likt haar wijsvinger af die vet is van de olie.

Natuurlijk is ze veranderd in die bijna twintig jaar. Hij ook, al komt elk trekje haar bekend voor. Er glijdt zelfs een warme gloed door haar lichaam als ze ziet dat hij geen ring draagt.

'Alleen?' vraagt ze zacht. Pas als ze zijn vragende blik ziet, beseft ze dat ze door haar datinggebeuren een taal spreekt die niet direct door iedereen begrepen wordt. 'Ik bedoel, ben je alleen? Single. Zielig. Eenzaam. En op zoek naar de liefde?'

Ze verwacht dat hij in de lach schiet en alles wat ze zegt ontkent. Natuurlijk is hij niet zielig! Maar hij doet precies het tegenovergestelde. En wel met een glans in zijn ogen die haar zo verlegen maakt dat ze haar blik voor het eerst neerslaat.

'Ik ben stervende aan een kwaal die eenzaamheid heet.'

Ze volgt de vouwlijnen van het servet in haar handen en probeert het kunstwerk weer in de glorieuze staat te herstellen.

Hij vervolgt op dramatische toon: 'Ik weet het nu helemaal zeker. Elke alleenstaande man is op zoek naar liefde.'

Het lukt niet. Ze heeft geen idee hoe ze die pauw ooit uit een servet hebben gecreëerd.

'Hé, kijk me eens aan?' Hij duwt met zijn vinger haar kin omhoog waardoor ze zijn blik niet meer kan ontwijken. 'Ben jij alleen? Zielig en eenzaam? Ben je op zoek naar de liefde?'

Ze knikt nauwelijks waarneembaar alsof ze het niet wil toegeven. Dan likt ze langs haar droge lippen en beseft te laat dat ze lippenstift op heeft.

'Wat doe je eigenlijk voor werk?' Het schiet eruit en ze weet meteen hoe stom het moet klinken. 'Ik bedoel, is die onderneming met die Duitse collega het enige wat je doet?' Ze grijnst hem dommig aan, en besluit: 'Weer een stomme opmerking, hè?'

'Je bent heerlijk.'

Ze lacht en voelt de bevrijding doordringen. Zo was hij altijd. Hij gaf haar het gevoel dat het goed was zoals ze was. Dat ze geen schijn hoefde op te houden. Hij hield toen gewoon van haar mét al haar gebreken. Totdat haar twijfel, die door alle praatjes op school gevoed werd, tot grotere hoogte opgezweept werd dan haar verliefdheid. Ze wilde hém, maar ze zocht niet naar meer onrust dan haar leven met haar vader en broer al met zich meebracht. Het was fijn dat Amy haar in die tijd met raad en daad had bijgestaan. En dus had ze het uitgemaakt.

Maar nu zijn ze er weer. Samen, aan die tafel bij de gracht.

Hij begint te vertellen over al die fantastische plannen waar hij heilig in gelooft, maar waarvoor de bank elk potje op slot houdt. 'Het is de toekomst, ook al willen die suffe grijzepakkenmannen daar nog niet aan. De jeugd denkt in apps en leeft op YouTube. Maar dit is nog groter. WINGS is een communicatiemiddel dat verdergaat dan een app. Je kunt direct allerlei zaken delen. Niet alleen zenden, maar echt wezenlijk contact. Dit soort marketing kan elk bedrijf vleugels geven. Je zweeft de digitale wereld in en verspreidt je boodschap met groot gemak omdat het gaat om de onderlinge verbinding. Een waanzinnig bereik. Oneindig veel connecties.

Mensen die jij niet kent, maar die in de rij staan om met jou zaken te doen.'

Zijn woorden dringen diep door. Moon buigt zich wat dichter naar hem toe. 'Hoe denk je over... bijvoorbeeld bloggen?'

'Het mooie van bloggen is dat het om verhalen gaat.'

Ze is blij dat hij serieus op haar vraag ingaat. Hij lacht haar niet uit, maar geeft exact aan wat zij altijd heeft gevoeld.

'In een goede blog zit emotie. En ook al is het oude blogformat een beetje gedateerd, het kán nog steeds de aandacht van heel veel mensen trekken. Vloggen en een eigen YouTube-kanaal laten al meer zien. Onze WINGS gaat nog verder. Het is online branding zonder dat mensen het in de gaten hebben. Het zet je neer in al je kwetsbaarheid. De meeste blogs blijven steken op het niveau van wat woorden waarop nauwelijks iemand reageert. Het is vooral zenden, terwijl het gaat om...'

De jonge ober onderbreekt hem halverwege zijn zin. 'Kwartel met cranberrysaus?'

Moon kijkt kwaad omhoog, maar heeft direct spijt als ze de verlegen ogen van een jonge student ontmoet. 'Ja, voor mij.'

Als de knul weg is, gaat Nick verder. 'Het gaat altijd om het vinden van een onderlinge verbinding. Deel je verhaal met een knipoog en je kunt mensen ontroeren. Lezers houden van verhalen omdat er emotie in zit. Het raakt aan hun eigen leven. Het laat ze wegzweven in een eigen herkenning.'

'Mooie naam WINGS.'

'Dat is mijn vondst. We zijn bezig om contact te maken met kleine bedrijven die WINGS kunnen inzetten.'

Terwijl ze kauwt op een stukje vlees en de zuurzoete smaak van de cranberry langzaam in haar mond verdwijnt, probeert ze zich in te houden. De verleiding om alles te vertellen is nooit eerder zo groot geweest. Hier voor haar zit haar nieuwe toekomst. De enige vraag die haar op dit moment bezighoudt is of ze het nú met hem kan delen of dat ze beter nog even kan wachten?

Inmiddels zijn ze naar binnen verhuisd. Wijzend op haar alweer lege glas houdt Nick de fles omhoog. 'Je hebt bijgeleerd, Moon.'

Op een of andere manier geeft het haar een goed gevoel. Toch wijst ze de wijn af; ze weet dat ze haar hoofd erbij moet houden.

'Nog een koffie? Of heb je liever een slaapmutsje?' Zijn ogen glimmen.

'Niets meer, dank je.'

Hij maakt een afwerend gebaar naar de ober. Daarna legt hij zijn hand op de hare. Het voelt alsof de connectie tussen hen verankerd wordt. Haar wangen gloeien en ze merkt de onrust in haar lichaam. Ze wil dat er nooit een eind komt aan deze avond.

Terwijl ze met haar ogen elke centimeter van zijn gezicht aftast, vraagt ze zich af waarom ze het ooit heeft uitgemaakt? Na hem zijn er nog vriendjes geweest, maar nu kan ze zich niet meer indenken dat een van hen meer in haar losmaakte dan Nick. Hij is prachtig. Hij is warm. Begrijpend en tegelijkertijd ambitieus.

'Hoe bevalt het je eigenlijk bij Tanja?'

Ze voelt haar lichaam verstrakken. 'Hoezo?'

Hij laat haar hand los en leunt waanzinnig sensueel naar achteren. 'Ik vind dat werk helemáál niet bij jou passen.'

Terwijl ze haar keel schraapt, probeert ze het droge gevoel in haar mond weg te slikken. Net als ze op zijn opmerking in wil gaan, begint Nick weer te praten.

'Heb jij daar wat in te brengen?'

De argwaan is er meteen. Stomme Amy met haar verdenkingen. Snel zegt ze: 'Bij Tanja werkt het heel democratisch. Zij legt alles aan ons voor en beslist daarna zelf.'

Nick schiet in de lach. 'Maar dat accepteer jij nooit. Jou kennende leg je je niet neer bij regels. Je hebt zelf zoveel vrijheid nodig om te kunnen presteren. Jij hoort daar niet thuis. Je bent een creatief persoon en die willen niet aan banden gelegd worden. Dus ik kan me niet voorstellen...' Hij stokt en steekt zijn hand op. 'Oké, ik moet me er niet mee bemoeien.'

'Maakt niet uit, Nick.'

Creatief, zo heeft hij dus al die tijd over haar gedacht. Eigenlijk streelt het haar. Na haar havodiploma had ze geen idee wat ze wilde gaan doen. De kunstacademie lonkte, maar haar vader had direct aangegeven dat er geen droog brood te verdienen was met kunst. Tot zover zijn vaderlijke stimulans. Plus de opmerking dat ze aan een baan moest zien te komen, omdat de zorg voor Chiel straks op haar schouders zou rusten.

Via een uitzendbureau was ze bij Tanja terechtgekomen. Daar was ze uiteindelijk opgeklommen tot persoonlijk assistent van Tanja. Het leek een prachtkans, maar algauw kreeg ze door dat ze vooral haar persoonlijke slaaf annex afreageerpaal bleek te zijn.

'Of heb ik geen gelijk, Moon?'

Ze voelt de rilling over haar rug glijden en kijkt Nick vragend aan.

'Waar zat je met je gedachten? Je zag er ineens zo triest uit.'

'Sorry, ik...' Ze probeert te lachen.

'Mij houd je niet voor de gek. Je mag bij mij gewoon jezelf zijn.'

'Ja, dat weet ik.'

'Hoe is het eigenlijk met je vader?'

'Hij is dood.' Het komt er zo abrupt uit dat ze er direct aan toevoegt: 'Een tragisch ongeval.'

'Shit, wat is er gebeurd?'

'Hij is aangereden door een bus.'

Gedurende korte tijd hangt er een loodzware stilte om hen heen.

'En nu?' vraagt Nick uiteindelijk.

Het verdriet grijpt haar ineens bij de keel en ze slikt driftig om het weg te duwen.

'Jeetje, Moon, wat vreselijk.'

Dat is het duwtje dat haar over de tranengrens heen brengt. Geïrriteerd veegt ze met haar vingers over haar ogen en denkt daarna pas aan de make-up die ze draagt. Snel pakt ze haar tas en gaat op zoek naar papieren zakdoekjes. Haar vingers sluiten zich om de strip met pillen. Soms is dat al voldoende. Te weten dat er hulp is. Slechts één pil kan haar helpen om een zachte sluier over de heftige emotiepieken heen te leggen.

Ze snuit haar neus, dept haar ogen en duwt de strip terug in haar tas.

De ober, gewenkt door Nick, zet een glas water voor haar neer. Dankbaar blikt ze naar hem op en drinkt een paar afgemeten slokjes.

'Ik heb het een plek gegeven,' zegt ze met onvaste stem. Niet geheel naar waarheid, maar het helpt om het te zeggen.

'Al lang geleden?'

Ze opent haar mond om de maand te noemen, maar dat woord krijgt ze er niet uit. 'Bijna een jaar,' zegt ze daarom snel.

'En Chiel? Woont je broer nu bij jou?'

Ze schudt haar hoofd. Terwijl ze de zinnen opdreunt die ze het afgelopen jaar al herhaaldelijk heeft moeten vertellen, vraagt ze zich af waarom iedereen altijd naar hém vraagt. Zelf woont ze in een studio waarvan de benaming groter is dan de ruimte, maar dat schijnt niemand te interesseren. Zij is ook ineens alleen en overgelaten aan een lot dat haar niet bepaald gunstig gezind was.

Ineens heeft ze er genoeg van. Van het praten, het etentje en van de ontmoeting. Van alles eigenlijk. Ze kijkt veelbetekenend op haar horloge. 'Morgen is het weer vroeg dag.'

'Natuurlijk, dat begrijp ik.' Nick haast zich om de rekening te vragen. 'Morgen moet je de hele dag Tanja weer tevredenstellen.'

Ze knikt en staat op. Een korte duizeling trekt door haar hoofd.

'Gaat het?'

De hand van Nick is al onder haar arm.

Weer knikt ze. Ze wil weg. Het is beter om thuis te zijn als de donkere mist komt. Slapen zal er wel weer bij inschieten.

Eenmaal buiten slaat Nick als vanzelfsprekend een arm om haar heen. De zoen komt totaal onverwachts. Meteen laat ze alles los en klampt zich aan hem vast. Zijn lippen zijn dwingender dan vroeger, maar die gedachte lost al snel op in de intense ervaring om zo warm gezoend te worden. Het is lang geleden en tegelijkertijd zo bekend. Utrecht met al zijn bewoners verdwijnt naar de achtergrond. Alles draait om Nick. Roze wolken drijven langs. Hij is zo dichtbij dat ze één zijn.

Als hij haar loslaat, kijkt ze recht in zijn donkere ogen. Er speelt een glimlach om zijn lippen. 'Je bent heerlijk. Laten we snel weer afspreken.'

Er schiet een zenuwachtig lachje naar buiten. 'Een nieuwe date?'

Hij knikt. 'Zoiets.'

Ze bukt zich om haar fiets te pakken en zwaait als afscheid. Het lijkt haar beter om voorlopig niet op te stappen, haar benen zweven ergens onder aan haar lijf dat warmer is dan ze ooit heeft gevoeld. Zelfs het donkere gat van de tunnel boezemt haar geen angst in.

'Hé Moon.'

Met een ruk draait ze zich om.

'Ik heb weer van je genoten. Laten we niet te lang wachten met die nieuwe afspraak.'

Ze knikt.

'Trouwens, heb jij ons project onder je hoede?'

Haar handen grijpen het stuur nog wat steviger vast. Waarom vraagt hij dat?

'Morgen stuur ik je alle ontbrekende informatie. Hopelijk brengt het Tanja in een wat beter humeur. Dat verdien je.'

Met een brede armzwaai neemt ze afscheid. En terwijl ze bij hem wegloopt drijft de roze wolk bij haar vandaan en laat haar in al haar eenzaamheid achter.

MOON

Ze voelt gewoon dat hij haar staat na te staren. Die prikkelende sensatie in haar rug, waardoor ze ongemakkelijk gaat lopen zwikken op de te hoge hakken die ze – stom genoeg – heeft aangetrokken. Wilde ze dan toch indruk op hem maken?

Pas als ze over het Vredenburgplein loopt, durft ze om te kijken. Geen Nick meer te zien. Haar gevoel laat haar in de steek.

Ze laat haar tempo terugzakken tot een aangename tred en overweegt om op blote voeten verder te lopen. De alcohol heeft haar knieën week gemaakt.

Waarom ook niet? En zo danst ze even later verder, op blote voeten, licht als een veertje.

Hij is er weer, hij vindt haar leuk. Die gedachten aan hem blijven terugkomen. Steeds weer, totdat de herinnering zo'n lichte kleur heeft dat het ongemakkelijke gevoel van zijn laatste zinnen is weggevallen.

Het licht is zacht. De maan die haar ronde gezicht al laat zien geeft haar kleine duwtjes in de goede richting. Maar nu ze weer alleen in de nacht loopt, dient de herinnering aan november zich weer aan.

'Niet aan denken. Je hoofd is licht door de drank en de liefde en kan die zware gedachten vast niet tillen.' Ze fluistert het zacht tegen een voorbijganger. Hij reageert niet. Natuurlijk niet. Welke idioot denkt er nou dat er tegen hem gepraat wordt?

'Kijk om je heen.' Vrolijkheid helpt, weet ze inmiddels. Ze zwaait haar schoenen langs haar lichaam en stapt flink door in de richting van het Griftpark. Maar hoe dichter ze bij huis komt, hoe meer Nick wegzakt.

'Kijk naar het licht.' En ze doet wat ze zegt, waarbij ze steeds rondjes met haar fiets draait met de maan als lichtbron boven haar. De zin herhaalt ze daarna zeker zes keer. Maar ze wordt zo draaierig dat ze minutenlang stil moet staan om haar tollende hoofd tot rust te laten komen. Nick is blij met hun hernieuwde kennismaking, dat moet ze blijven geloven. Of doet hij het voor WINGS?

'Vermijd de schaduwen,' zegt ze tegen een boom, omdat er even niemand is om tegen te praten.

Nick gaat haar helpen om weer gelukkig te zijn. Om onbezorgd te kunnen leven. En om zelfs de herfst en winter door te komen.

Ergens naast haar breekt een tak.

Met een schok is haar waakzaamheid terug. Ze zoekt steun bij haar roestige metgezel en loopt snel verder. Ze verbiedt zich om achterom te kijken. Houd je blik op de wereld vóór je, op de toekomst. Ze moet zekerder van zichzelf worden en november vergeten, alleen al voor Nick.

En dus laat ze de avond met Nick in haar hoofd passeren. Heel bewust beleeft ze alles opnieuw. Met haar tong likt ze zacht over haar lippen. Hij heeft haar gezoend. Hij is single en wil een nieuwe afspraak. Het duizelt in haar hoofd en ze vraagt zich af of dit nou geluk is.

Terwijl ze langs de Wittevrouwensingel loopt, ziet ze een hond zitten. Zijn kop draait met elke auto mee. Hij kijkt ze na tot ze uit zijn leven verdwijnen. Zijn vacht is vaalbruin en er zitten kale plekken in zijn hals.

Ze vloekt binnensmonds als ze haar tenen stoot aan een losse tegel. De hond kijkt op en met zijn trieste ogen houdt hij haar blik vast.

'Heb jij geen baasje?' Ze zegt het zo zacht dat niemand het kan horen, toch spitst de hond zijn oren. De kale plekken kunnen nooit van te veel knuffelen zijn gekomen.

Ze aarzelt, maar loopt dan door. Elke zes passen kijkt ze om. De hond is gaan liggen, maar ze voelt hoe hij haar in de gaten houdt. Pas als de hoge huizen het zicht wegnemen, laat ze hem helemaal los. Een zwerfhond hoort bij niemand.

Een man komt op haar af, zijn hoofd gebogen. 'Wees gelukkig,' fluistert ze alvast zacht in zijn richting. Ze duwt zichzelf vooruit en houdt zich voor dat hij die woorden vast ook nodig heeft. En dus zegt ze de woorden nog een keer, hardop nu, als hij net naast haar is. 'Wees gelukkig.'

Pas als ze al haar leefopdrachten heeft uitgesproken, wordt ze stil vanbinnen. Haar voeten zijn intussen behoorlijk koud geworden, maar alles is beter dan lopen met pijn. Bovendien passen haar pumps veel beter in haar hand.

Nu de uitgestelde nacht toch echt is ingevallen, nadert ze het park. De schaduwen komen van het licht van de maan en vormen lange donkere slierten. Het is een deel zonder huizen. Het is het laatste stuk naar de buurt waar haar benedenwoning is.

Een stel knullen komt op haar af. Ze duwen steeds tegen elkaar, uitdagend en kreten uitslaand die ze niet kan verstaan. Ze buigt haar hoofd en stapt wat steviger door.

'Kusje, schatje?'

'Doe niet zo dom, man! Moet je kijken wat een hoer. Die wil je toch niet aanraken! Dat soort mensen moet je negeren.' Een fikse stoot tegen zijn schouder brengt hem uit zijn evenwicht.

Dan is ze hen voorbij, ook al blijven de woorden haar volgen. Snel kijkt ze om. De drie jongens zijn de weg overgestoken en hebben totaal geen aandacht meer voor haar.

Op dat moment ziet ze het. Achter de plataan die ze nog geen vijf minuten geleden passeerde, beweegt iets. Ze staart naar de donkere vlek. Hij beweegt. Toch? De schaduw trekt zich terug achter de dikke boom. Haar ogen tranen, waardoor ze helemaal niet meer kan focussen.

Vermijd de schaduwen.

De woorden draaien om haar heen. Er is iemand. Iemand die haar volgt. Ze weet het zeker.

Het komt terug. Alles komt terug.

Met een ruk draait ze zich om en rent weg. Zigzaggend door de wijk. Ze raakt buiten adem, maar strompelt door. *Vermijd de schaduwen.* Als ze eindelijk haar voordeur bereikt, pakt ze haar sleutel en schiet naar binnen.

'Nee.' Het is niet meer dan een schorre zucht.

Herinneringen duiken op die ze het liefst wil vergeten. De donkere schimmen die haar zo veel pijn deden dat ze wenste dat ze dood was.

Het was november. Een koude wind blies over de stille straten in het centrum. Ze schold zichzelf de huid vol dat ze voor mooie kleding in plaats van voor iets warms had gekozen. De kille wind ging moeiteloos door haar dunne spijkerjasje heen waar slechts een hemdje onder zat. Er was niemand op straat en ze neuriede mee met het liedje dat in haar hoofd was blijven hangen.

I will follow you.

Follow you, where ever you may go.

De stilte om haar heen was prettig na de drukte van het feest. Ze hield niet van grote mensenmassa's, misschien omdat ze er niet aan gewend was. Ze woonde al haar hele leven alleen met haar vader en haar broer Chiel. Er kwam nooit bezoek. Haar vader zei altijd dat anderen de schoonheid van Chiel niet zagen. Ze was altijd trots dat zij dat wel kon. Chiel was haar allerliefste broertje.

Maar sinds een tijdje probeerde ze zich los te maken van dat leven. Ze moest wel. Ze wilde op eigen benen staan. Lastig. De keuze van haar moeder zat haar dwars. Deed zij nu hetzelfde als wat haar moeder zoveel jaren geleden had gedaan? Weggaan en haar broertje in de steek laten? Toch voelde het wel soort van goed. 'Ik mag er zijn' zei ze al een paar jaar tegen haar spiegelbeeld dat met angstige ogen terugkeek.

Ze was al bijna bij haar auto toen ze het voelde. Die sensatie dat er iets niet klopte. Met haar jasje strak om zich heen geklemd, haastte ze zich verder door de kou. Nog een klein stukje. Ze wenste dat ze thuis was; dat was op zich al vreemd. Zo leuk was het daar niet.

Een fietser kwam de bocht om en reed haar tegemoet. Zijn muts diep over zijn voorhoofd getrokken en de capuchon van zijn donkere fleecevest er nog overheen. Hij hield een paraplu over zijn stuur naar voren gestrekt. Als een zwarte ridder te paard, dacht ze nog. Ze groette hem zelfs toen hij voorbijreed.

Daarna veranderde alles.

Er zaten misschien maar een paar seconden tussen dat ze de tijd nog had gehad om te vluchten en dat ellendige gevoel dat het te laat was. Hij greep haar beet en ze landde met een gemene klap op het asfalt. Snel krabbelde ze overeind en vluchtte weg. Zo snel als ze kon rende ze over het fietspad. Als ze de weg kon bereiken, was ze veilig. Daar waren mensen die haar konden helpen. Weg moest ze.

In een flits keek ze om. Daar was hij. Het was onmogelijk om hem te ontwijken. Hij pakte haar bij haar middel en smeet haar tussen twee bomen door de zwarte schaduwen in. Ze gilde, hoog en schel. Maar het enige wat ze daarmee bereikte was dat hij zijn hand op haar mond duwde. De geur van zweet en aarde drong diep in haar neus. Ze worstelde om los te komen, trapte hard in de richting van zijn kruis en bleef haar lijf heen en weer gooien, maar het was een oneerlijke strijd. Met snelle bewegingen bond hij haar vast. Toen hij ging staan, torende hij hoog boven haar uit en bekeek hij haar met zijn handen in zijn zij. Een kort schril fluitje. Hij bleek niet alleen. Het rode haar van een van de vrouwen gloeide op onder een straatlantaarn. Ze waren met te veel.

Daarna begon het.

Ze trekt zich weg uit de herinnering voor ze de diepe vernedering gaat herbeleven. Ze leunt met haar hoofd tegen de koude betonnen muur, maar de hitte zit in haar hele lijf. Ze vecht ertegen, al sinds die nacht. Maar steeds opnieuw haalt het haar in. Haar hele leven is verdwenen in een grote draaikolk waarbij ze steeds weer naar het centrum van alle ellende wordt gezogen.

'Ooit laat ik het verdwijnen,' fluistert ze zacht. 'Ik moet en zal winnen.'

AMY

Het is vreselijk om geen contact te hebben met Moon. Het gaat haar niet om Moons boosheid, ze is vooral bezorgd wat de heftige woorden met haar vriendin zullen doen. Moon is zo snel uit haar evenwicht.

Het is alweer een dag geleden, maar Moon heeft haar nog niet gebeld. Normaal neemt ze zelf het initiatief, maar dit keer is het lastiger. Nick is terug.

Amy hangt het laatste jurkje op dat na de verkleedpartij op de grond is blijven liggen en staat een tijdje besluiteloos naar haar kleren te kijken die nu weer in de juiste kleurvolgorde in haar kast hangen. De verzameling schoenen is jarenlang een geheim project geweest. De charmante stiletto's zijn de enige schoenen waarop ze zelf trots door haar huis geparadeerd heeft. De andere zijn nooit gedragen. Al die schoenen heeft ze alleen maar gekocht omdat ze Moon zo goed zouden staan. Of Karin, Nina of zelfs Leny. Ze weet precies welk type schoen bij elk van haar vriendinnen past. En zij weten dat ze ze bij haar kunnen vinden. Ze baalt er dan ook van dat Moon gisteren niet aan schoenen passen is toegekomen.

Eenmaal weer beneden blijkt het kleurrijke interieur flets geworden. Ze mist de aanwezigheid van haar vriendin. Juist nu zal die haar troostende armen nodig hebben. Ze had wel gezien dat de nervositeit door Moons breekbare lijf golfde. Normaal weet ze precies wat ze moet zeggen om haar rustig te krijgen. Stom! Waarom heeft ze niet gezien dat Moon zó prikkelbaar was dat ze een satijnen aanpak nodig had?

Amy laat zich omarmen door haar kussens en ziet het wierookstaafje dat sinds gisteren als een slappe asstengel boven de houder hangt. De geur is verdwenen. Net als Moon.

Moon is een twijgje dat al buigt als er tegen haar gepraat wordt. Daarom probeert ze haar langzaam maar zeker los te weken van haar veeleisende werk. Hoe vaak heeft ze Moon niet huilend aan de telefoon gehad als die Tang weer eens onmogelijke eisen had gesteld? Of als Tanja met de eer ging strijken van een prachtig voorstel van Moon? Het is geen goede plek voor haar. Maar zodra ze erover begint, kaatst Moon haar eigen werkloosheid terug.

Ze begrijpt het wel. Moon is vast jaloers op haar leefwijze. Zij heeft de tijd om zich te ontwikkelen. Om te lezen of lekker naar buiten te gaan. Het zou voor Moon natuurlijk veel beter zijn als ze zich liet ontslaan. Dan had ze ook tijd om de dingen te doen die haar gelukkig maken. Zoals die blog. Ja, godzijdank heeft ze die blog, anders zou ze diep wegzinken.

Terwijl ze in de keuken op zoek gaat naar iets eetbaars weet ze dat ze moet ingrijpen. Deze stomme ruzie mag niet tussen haar en Moon in komen te staan. Zeker niet nu Moon net weer een beetje sterker werd na het ongeluk dat haar bijna een jaar geleden volledig omver geblazen heeft.

Ze zet het restje couscous in de magnetron. Het zoemende geluid van de ventilator overheerst haar gedachten. Nick is terug. Dat heeft ze niet zien aankomen.

Nick heeft echt het allerslechtste moment uitgekozen. Het ging net zo goed met Moon. Ze leidt een rustig en solistisch leven dat haar de ruimte geeft die ze nodig heeft om te schrijven. Dat werkt! Nick zet dit alles vast op de kop. Het is vreselijk frustrerend dat Moon niet inziet dat zij het allerbeste voor Moon wil. Alleen niet met Nick. Amy heeft haar in die tijd echt met de allerbeste bedoelingen uit haar relatie met Nick losgeweekt. Hun vriendschap is erdoor verdiept, de verkering ging uit. Soms is een gevoel niet de beste raadgever, het was maar goed dat ze zelf haar verstand gebruikte.

Met een lepel schuift ze de couscous op een bord en gaat aan tafel zitten. Daar werkt ze de maaltijd naar binnen terwijl haar gedachten bij de date zijn die Moon vanavond met Nick heeft. Hoe kan ze Moon beschermen tegen zijn inmenging in haar leven? Nick zal haar uiteindelijk verdriet doen, dat weet ze zeker. Het verleden wordt hierdoor weer opgerakeld. Dat mag ze niet laten gebeuren.

TANJA

Het is voor het eerst dat ze uitkijkt naar het einde van haar werkdag. Ze wil haar mail bekijken, zien of haar profiel op de datingsite opgemerkt is. Maar juist vanmiddag draait Kees als een lastige vlieg om haar heen, waarbij de gedweeë houding die ze graag ziet bij haar medewerkers, nu vooral irritant is.

Voor de zoveelste keer kijkt ze op haar werkmail of ze al een reactie heeft van die vrouw van de blog, maar die zwijgt in alle talen. Die arrogantie ergert haar mateloos. Iedereen zou stante pede op haar deurmat bivakkeren en deze dame denkt gewoon een paar dagen te kunnen wachten met antwoorden? Arrogante bitch. Toch wil ze haar niet afschrijven; de kans op winst is té groot.

'Ga gewoon naar huis. Neem een middag vrij. Werk thuis. Het maakt me niet uit, maar ga weg,' fluistert Tanja als ze Kees weer in de buurt van haar werkkamer ziet staan. Vreemd, ze heeft niet eens een afspraak met hem, dus waarom hangt hij hier rond?

Ze heeft nog maar één afspraak. Met Moon. Waarom heeft ze eigenlijk ingestemd met een tijdstip waarop ieder normaal mens allang thuis de sushi op tafel zet? Ze had nu het liefst wat anders willen doen.

Een schuchter klopje op haar deur.

'Ja.' Ze schraapt haar keel en duwt haar schouders naar achteren. 'Kom binnen.'

Als de jonge vrouw binnenkomt, voelt Tanja voor het eerst iets wat op walging lijkt. Hoe kan iemand zich verlagen tot het kruiperige gedrag dat Moon laat zien. Ze is slechts een schaduw van de vrouw die ze ooit heeft aangenomen. De bruine haren hangen sluik langs een bleek gezicht. De donkergrijze wallen onder haar ogen lijken op verkeerd opgebrachte make-up. Pas als haar assistente haar ogen opslaat, vallen haar lichtbruine ogen op. Er zit een glans in die Tanja nooit eerder is opgevallen. Iets wat ze bijna ondeugend zou noemen. Of komt dat door haar eigen nieuwe plannen?

'Ga zitten,' zegt ze.

Moon legt de papieren op de overlegtafel en begint aan haar uitleg.

Tanja ziet door het raampje dat Kees eindelijk wegloopt. 'Sorry, wat zei je?' Ze negeert de verbaasde blik van Moon en probeert haar aandacht nu wél bij de informatie te houden.

'Het is een duo dat hard aan de weg timmert en startende bedrijven wil ondersteunen.'

'Heb je nu wel hun unique selling point kunnen achterhalen?' onderbreekt ze snel.

'Inmiddels is alles compleet.'

'Dat had je me toch ook kunnen mailen?'

'Natuurlijk, maar er viel me iets op. En ik vroeg me af of je het ook gezien had.'

Tanja trekt een wenkbrauw op.

'Ik bedoel… Nou ja, ik dacht dat ik dit beter mondeling kon toelichten.'

Tanja leunt achterover en schuift haar leesbril op haar haar.

Moon is ineens een toonbeeld van efficiëntie, wanneer ze in rake woorden vertelt dat het bedrijf zich richt op apps die meer impact kunnen hebben dan Twitter en Facebook samen. 'Het is eigenlijk een zakelijke datingsite voor bedrijven: niet alleen maar zenden, maar écht interactief contact. Hoe meer er gereageerd wordt op anderen, hoe meer goodwillpoints – oftewel WING-coins – je krijgt om je netwerk uit te breiden.'

Tanja laat haar tong over haar droge lippen gaan. 'Dating voor bedrijven?'

'Nou ja, bij wijze van spreken dan.' Moons laat haar blik zakken.

Tanja ziet een blos over het bleke gezicht schieten. 'Belachelijke vergelijking,' zegt ze dan. Ze pakt een van de papieren op en laat haar ogen snel over de gegevens glijden. Er staan getallen in waar ze blij van wordt. Deze gasten hebben gedegen marktonderzoek gedaan, beter dan menig ander bedrijf dat om haar gunsten bedelt. Dit bedrijf kan een aanwinst zijn.

Moon mompelt een excuus. 'Apps en video's zijn echt van deze tijd. Het is de wereld van de jongere mensen.'

Tanja staat op. 'Ik zal ernaar kijken.'

'Maar...?'

'Je kunt de papieren laten liggen.' Tanja loopt met opgeheven hoofd naar haar bureau, normaal een teken dat de afspraak is afgelopen, maar nu ziet ze dat Moon gewoon blijft zitten, aarzelend, alsof ze nog ergens op wacht.

'Tanja, we werken al heel lang samen,' begint Moon.

Ze heeft helemaal geen zin om het gesprek ook maar een minuut langer dan noodzakelijk te laten duren.

'Ik heb me nog nooit bemoeid met je beleid, maar dit keer wil ik je toch vragen...'

'Dat houd ik graag zo,' zegt Tanja bits. 'Je kunt gaan, Moon. Ik heb belangrijker zaken te doen.'

'Ik laat alles liggen, zoals je vroeg. Dan kun je er nog een keer naar kijken.' Moon loopt naar de deur, draait zich daar om en zegt: 'Prettige avond, Tanja.' Daarna sluit ze de deur behoedzaam achter zich.

De laatste zin komt binnen. Hij klonk bijna gemeend. Een prettige avond. Dat is al heel lang geleden.

Tanja laat zich op haar bureaustoel vallen, haar hoofd rust op haar handen. Zo blijft ze een hele tijd zitten, tot alle geluiden verstillen. Iedereen is naar huis, naar de 'prettige avond'. Ze beseft dat het aantal vrienden dat ze had door haarzelf is teruggebracht tot nul, als ze de buurvrouw niet meerekent die soms tegen betaling wat schoonmaakklussen komt doen. Maar daar gaat ze nu verandering in aanbrengen. Voer regie over je eigen leven!

Tanja kijkt om het hoekje van de deur. Niemand te zien. Zelfs als ze een espresso tapt uit de automaat, blijft de gang er verlaten bijliggen. Haar opwinding groeit en ze blust hem met de drie slokken verslaving. Dan opent ze haar mail. Een opbrengst van maar liefst tweeënzestig hunkerende mannen.

Langzaam verschijnt er een glimlach op haar gezicht. Ze is geliefd. Wat een heerlijk gevoel. Daar gaat ze de komende tijd eens heerlijk van genieten. Hoeveel dates kan ze aan? En hoeveel mannen?

Ze klikt de eerste twintig profielen aan, waarin veel lekkers voorbijkomt. Hoe kan ze ooit kiezen? Met wie zal ze eerst afspreken?

Het gekke is dat ze vooral wordt aangetrokken door de gewone dingen, zoals een man die het liefst in een cabrio rijdt, die elke zondag op het voetbalveld rondrent en zijn vrouw graag wil verwennen. De bewuste kanjer laat in het midden wat hij daarbij voor ogen heeft.

Efficiënt als ze is, heeft ze de mail al getypt voor ze echt nagedacht heeft. Eigenlijk staat er maar één zin in. Eén vraag eigenlijk.

Waarmee denk je me te kunnen verwennen?

De rest van de berichten bewaart ze voor later. Deze man zal reageren, daar is ze gewoon zeker van. Ze is vooral benieuwd hoe hij haar denkt in te palmen.

Als ze haar mail afgesloten heeft, de geschiedenis verwijderd en haar hart nog steeds wild kloppend tekeergaat, sluit ze de deur van haar kantoor achter zich.

'Een prettige avond, Tanja,' mompelt ze tegen haar spiegelbeeld, dat haar in de klapdeur tegemoet komt lopen.

AMY

Het is vreselijk om al dagen niets van Moon te hebben gehoord. Ze had gedacht dat haar vriendin haar direct alles zou komen vertellen over Nick, maar niets bleek minder waar. Geen appje, geen telefoontje, niet eens die beloofde blog. Amy vraagt zich zelfs af of die hele afspraak met Nick wel is doorgegaan.

Moon kennende kan ze zomaar op het laatste moment afgebeld hebben. Die vlucht vaker weg als het ingewikkelder lijkt dat ze wil.

Ze pakt haar mobiel en belt opnieuw. Voicemail. Heeft het zin om voor de vijfde keer iets in te spreken? Ze klikt het contact weg en blijft besluiteloos met haar telefoon in de hand zitten. Wat is er aan de hand? Waar is Moon? En wat is er allemaal gaande?

Dan slaat ze hard met haar vuist in de kussens van de bank. Dit is precies waar ze bang voor was. Nick is terug en dat zorgt voor veel onrust. Had ze dit probleem anders moeten aanpakken?

Ze denkt terug aan die bewuste dag dat Moon haar na de les meetrok omdat ze haar wat belangrijks wilde vertellen.

‘Ik weet niet wat ik moet doen,’ zei Moon tegen haar. Ze legde haar zware rugzak met schoolboeken tussen hen in op de grond.

‘Is er iets aan de hand?’ Amy was het gewend. Er ging bijna geen dag voorbij of Moon had weer nieuwe vragen over de verkering waarin de onzekerheid hoogtij vierde. ‘Iets met Nick?’

Moon knikte te heftig.

‘Heb je…? Ben je met hem…?’ Ze keek haar indringend aan. ‘Je hebt toch geen seks gehad?’

Moon keek van haar weg toen ze zei: ‘Nee, niet echt.’

‘Wat dan?’

Met een snelle beweging duwde Moon een hand onder haar neus. Aan haar ringvinger zat een ring waarop zeker zes briljantjes glinsterden.

‘Wow,’ zei ze compleet onder de indruk. Dat ding moest een vermogen gekost hebben. ‘Van Nick?’

Moon knikte.

‘Maar ik dacht dat je gisteren zei…’

Moon duwde haar hand op Amy’s mond. ‘Niets zeggen.’

In Amy’s hoofd raasden de gedachten rond. Hoe kwam Nick aan zo’n dure ring? En waarom had Moon hem geaccepteerd terwijl ze juist de afgelopen weken steeds meer leek te twijfelen?

Amy was blij geweest dat Moon tot inzicht kwam, omdat ze verhalen had gehoord van klasgenoten dat Nick altijd rondjes gaf in het café. Hij had geld, dat was duidelijk. Te veel geld, leek het.

‘Hoe komt Nick eraan?’ vroeg Amy.

‘Geen idee.’ Moon beet op haar lip, waardoor Amy zich afvroeg of ze wel de waarheid sprak.

‘Geen idee?’

‘Hij had het over een geslaagde deal.’

‘Deal?’

‘Iets zakelijks.’

‘En jij gelooft dat?’

Moon boog haar hoofd en draaide de ring om haar vinger.

Daarna had ze op Moon ingepraat. Alle roddels die ze in de afgelopen tijd gehoord had, had ze samengevoegd tot een verhaal waar Nick niet best vanaf kwam. Ze was ervan overtuigd dat ze het bij het rechte eind had. Nick was een ritselaar en daar kon Moon problemen mee krijgen. Ze wilde koste wat kost Moon beschermen.

De wetenschap dat ze zelf zo verliefd was op Nick dat het elke keer weer pijn deed om Moon en hem samen te zien, zette ze weg als onzin. Daar ging het niet om. Maakte ze zichzelf wijs.

Amy duwt haar gezicht in een van de kussens en schreeuwt haar frustratie naar buiten. Daarna trekt ze het kussen tegen haar buik en begint te huilen.

Het was niet de bedoeling dat Moon het uitmaakte. En al helemaal niet dat ze er zo veel verdriet van zou hebben. Maar tegelijkertijd weet ze dat ze zichzelf nog steeds voor de gek houdt. Het hoofddoel was dat haar vriendinnetje geen problemen kreeg, maar er bleken best prettige kanten aan het uitgaan van hun verkering te zitten: Moon huilde uit bij háár. Ze miste al maanden die onbeladen vriendschap die ze altijd met Moon had gehad.

Elke avond had ze in bed liggen piekeren en waren allerlei dingen langsgekomen waarmee Nick zich ingelaten zou kunnen hebben. Drugs, heling of misschien wel erger. De roddels die door al die pubers rondgefluisterd werden, hadden het vuur laten oplaaien tot een zwaar fikkende bosbrand. Daarom had ze Moon gewaarschuwd en haar verhaal net zo lang aangedikt tot Moons twijfel veranderde in een zekerheid. Haar eigen verwarring werd tenietgedaan door de keuze die Moon haar de dag erna meedeelde: de verkering met Nick was uit.

Weer kijkt ze op de display van haar telefoon alsof ze een bericht gemist kon hebben. Ze moet iets doen. Ze kan niet meer lijdzaam afwachten. Ze moet Moon opzoeken en excuses aanbieden. Die stomme ruzie mag niet tussen hen in komen te staan.

Dan stokt ze. Langsgaan bij Moon?

Het idee dat ze daar zomaar Nick kan aantreffen, maakt haar maag onrustig. Wat zal het met haar doen als ze Nick weer ziet?

MOON

Ze zoekt het geluk in een potje. Die eerste maanden is ze er vrij secuur mee omgegaan, steeds rond dezelfde tijd die pil. Maar de laatste tijd komt de klad erin. Soms vergeet ze hem expres omdat ze het idee heeft dat dat kreng toch niet werkt. Zoals vandaag.

Vanmiddag heeft ze haar nek uitgestoken voor Nick. Ze heeft Tanja bijna gesmeekt om aandacht en dat terwijl hij al dagen niets meer van zich laat horen. Elke keer dat haar telefoon ging, veerde haar hart op. Amy klikte ze keer op keer weg; ze wil de teleurstelling niet benoemen. Het lijkt bijna alsof het allemaal nooit gebeurd is. Alsof de ontmoeting met haar grote liefde zich in een andere wereld heeft afgespeeld. Zelfs de ruzie met Amy lijkt nooit te hebben plaatsgevonden.

Hoe vaak heeft ze haar telefoon al gepakt? Net zo vaak als ze hem weer weggelegd heeft. Er was geen berichtje, geen telefoontje, niks. Hij wilde toch snel weer een nieuwe afspraak? Waarom neemt hij dan geen contact op?

De regen klettert hard tegen het raam. Een stel rent langs, samen schuilend onder de regenjas van de man. Een ander tweetal lijkt van al die regen geen last te hebben, hun gezichten geven gewoon licht en hun lippen praten een eigen taal.

Toen ze hier kwam wonen had ze haar eettafel direct onder het raam geplaatst. Zo kreeg ze het idee dat ze toch in contact stond met mensen, ondanks het benauwend kleine hok. Maar al snel bleek dat ze zichzelf voor de gek hield. Zoals zo vaak.

Ze moet denken aan haar broer Chiel. Die woont nu in een opvanghuis en wordt begeleid door mensen die zijn leven zo prettig mogelijk maken. Waarom doet niemand dat voor haar?

Er zweeft een zachte melodie om haar heen. Muziek is voor haar een eerste levensbehoefte. Net als schrijven. Ze laat zelfs haar radio aanstaan als ze weggaat, gewoon om zich direct weer thuis te voelen als ze de deur opent. Niets zo erg als stilte.

Al haar hele leven is ze gek geweest op muziek. Haar grootste wens was een piano. Het had haar altijd al gefascineerd dat er zomaar nieuwe melodieën uit dat enorme houten bouwwerk konden komen. Gewoon door een zachte aanraking van haar vingers. Maar het kwam niet eens in haar op om die wens ooit uit te spreken. Zelfs haar vader wist het niet.

Tot Chiel ooit in een café een piano ontdekte. Hij duwde vol bewondering urenlang – zo lang leek het tenminste – op slechts vijf toetsen. Hij maakte muziek. Haar grote broer die in een downwereld leefde werd er nog vrolijker van. Zijn blije gezicht liet elke dag zien dat hij van het leven genoot. Soms wilde ze niets liever dan met hem ruilen.

Een week later stond er een piano in hun woonkamer. En Chiel was het gelukkigste downkind ooit. Met slechts die vijf tonen had hij in de jaren erna tientallen verschillende liedjes gecomponeerd. En zijn vader, die toch ook de hare was, steunde hem daarin. Ze weet nog hoe zijn ogen op die momenten glansden in een gelukzaligheid die ze anders nooit zag.

Ze draait zich om en kijkt naar de hoek waar de piano nu staat. Soms vraagt ze zich af of haar vader liever had gehad dat het muziekinstrument bij Chiel was gebleven. Maar Chiel kon de piano onmogelijk meenemen. Te veel onrust.

Voorzichtig schuift ze het pianokrukje naar achteren en neemt plaats. Nog nooit heeft ze op het instrument gespeeld. Thuis niet en ook hier niet. Hij is van Chiel.

Haar vingers raken de witte toetsen. Glad en koud. Mooi glad. Alsof er al die jaren iemand op heeft gepoetst. Het is niet eens nodig om de tonen tevoorschijn te toveren. Ze laat haar vingers op de toetsen tippen en hoort de melodietjes van Chiel in haar hoofd. De lage basstem van haar vader klinkt op de achtergrond.

Nights in white satin, never reaching the end.

Eindeloos in herhaling, steeds weer.

Haar vader zong de woorden in haar richting met een lieve glimlach om zijn lippen. Toch keek hij haar niet aan, hij had zijn ogen dicht. En hij kwam nooit toe aan de zin waarin hij haar zou vertellen dat hij van haar hield. Elke keer wachtte ze erop. Een verwachting die nooit bewaarheid werd. Het lied bleef daardoor zonder einde. Tot haar vader voor altijd zijn ogen sloot en eindeloos mocht slapen in een wit satijnen bed.

Ze weet nog hoe ontroostbaar Chiel was, tot ze had aangegeven dat hij op de begrafenis voor papa mocht zingen. Tot haar grote verbazing zong hij met een heldere stem het hele nummer. Zonder spiekbriefje, gewoon zo uit zijn hoofd. Met open mond had ze zitten luisteren. Bij het refrein leek het net of ze de bastoon van haar vader ertussendoor hoorde in een bizar duet.

Ze draait zich af van de piano en veegt met de rug van haar hand over haar betraande wangen.

Aan het werk, Moon. Je hebt niets aan zielig doen.

En dus zet ze zichzelf achter haar laptop. Tanja heeft lang genoeg moeten wachten; tijd voor een antwoord. Ze zal haar een beetje kietelen, zodat ze zichzelf tijd geeft om een oplossing te bedenken voor de geheimhouding.

Ondanks alles heeft ze respect voor Tanja. Want ook al creëert ze een gigantische werkdruk, ze heeft toch maar mooi een succesvol bedrijf opgezet. Ze maakt haar familiekapitaal niet op aan onnodige luxe, ze doet er iets moois mee. Tanja investeert oud geld in jong talent. Natuurlijk tegen een belachelijk hoge rente. Toch hengelen veel jonge bedrijven om haar aandacht. Startkapitaal is belangrijk, dat blijkt ook voor haar zo te zijn.

In een tempo dat Tanja graag ziet, typt ze een antwoord. Haar mailadres kan haar niet verraden. Daar heeft ze wel voor gezorgd.

Als ze eenmaal op de verzendknop heeft gedrukt, zakt ze naar achteren.

Pap en mam, dit wordt een succes. Let maar op.

Ze is in het voordeel. Alle ins en outs van Tanja-Talents zijn haar bekend en dus weet ze ook dat er zomaar veel geld in haar bedrijfje kan worden gepompt. De voorbeelden van kleine stipjes die olievlekken werden, zijn legio. Maar helaas ook de strategieën die vooral op een vette winst voor Tanja uitliepen. Die kennis is haar winst. Ze kent de valkuilen en de gemene trucjes. En dus kan ze Tanja gebruiken, in plaats van andersom. Het gevaar zit in haar geheim, maar daar zit ook een waanzinnige kans. Ze moet nadenken. Slimmer zijn dan Tanja.

Net als ze zichzelf een drankje heeft ingeschonken, is er antwoord. Is dat mens altijd aan het werk? Normaal is ze niet zo happig om in de avonduren mailtjes van Tanja te bekijken, maar nu weet ze dat het over belangrijke zaken gaat.

Geachte mevrouw,

Dank voor uw snelle reactie. Fijn dat u ervoor openstaat om met ons samen te werken. We willen graag op korte termijn om de tafel gaan zitten om de samenwerking op te starten. Een banner op uw homepage, een ad onder uw berichten en wellicht een grote advertentiecampagne behoren tot de mogelijkheden.
Graag ontvang ik van u informatie over het aantal pageviews per maand en de beoogde frequentie van de blogs. Ook de doelgroep waarop u zich richt, uw biografie en USP krijgen we graag toegestuurd.
Ik hoor graag van u

Met vriendelijke groet,
Scout Tanja-Talents

Ze leest de mail zeker zes keer voor ze weer uitademt. Hoe bizar is dit! Tanja is echt in haar geïnteresseerd. In haar blog, haar werk, haar gevoelens. Ze wil zelfs op korte termijn een afspraak.

Moon weet dat inmenging van Tanja automatisch gaat betekenen dat haar blog haar dagelijkse werk zal worden. Elke dag schrijven. Haar fantasie aan het werk zetten, creatief bezig zijn. En vooral: eigen baas zijn. Tanja gaat zich er nu helemaal in vastbijten. Dat betekent voorlopig nog een gebonden vrijheid, maar wel met uitzicht op een compleet nieuwe carrière. Hoe geweldig is dat!

Haar hart slaat in zo'n stevig ritme dat haar vingers, die boven het toetsenbord zweven, meebewegen. Met een gevoel van triomf leunt ze achterover in haar stoel. Tanja heeft echt nog geen idee dat zij het is. Mooi!

Dan beseft ze dat haar blog vanaf nu al niet meer zo vrijblijvend is als eerst. Zweet parelt op haar bovenlip als ze de woorden uit de mail opnieuw opdreunt.

'Banner, advertentiecampagne, homepage.'

En terwijl ze zichzelf wanhopig tot rust probeert te manen slaan de zenuwen ongeremd toe. Hoe komt ze aan technische informatie om daarover mee te praten?

Als ze het aantal pageviews van de afgelopen maand ziet, lijken de vijfentwintigduizend bezoekers niet eens zoveel. Of toch wel? Wat zijn eigenlijk aantallen waarvan Tanja onder de indruk zal zijn? Met haar vingers in het haar, staart ze naar het scherm. Wie heeft verstand van dit soort zaken?

De naam Nick komt direct op, maar die deletet ze direct weer. Hij is weer verdwenen, haar achterlatend in een onzekerheid of hij ooit weer van zich laat horen. Nee, ze heeft een betrouwbaarder iemand nodig.

Ze denkt aan haar collega's die tijdens de wekelijkse overleggen de data snel naar voren weten te brengen, terwijl ze zelf meestal aan heel andere zaken denkt. De kreten klinken in haar hoofd. Ze wordt gek van al die stemmen die haar hoofd bezetten en zich overal mee bemoeien. Zie je wel, ze is totaal ongeschikt als zakenvrouw. Hoe moet ze een professionelere uitstraling creëren? Hoe zorgt ze ervoor dat ze die banner – of *whatever* ze nodig heeft – ook op een goede manier op haar blogsite geplaatst wordt. Ze moet de techniek achter haar blog verder professionaliseren zodat ze ook met advertenties kan werken. Ze kan alleen maar schrijven.

'Kees.'

Ze gooit de naam naar buiten en klampt zich met beide handen aan het tafelblad vast. Hij kan alles, heeft ze weleens gedacht. Hij is een soort lopende back-up, weet werkelijk elk detail zo op te lepelen en is thuis van markten waarvan ze het bestaan niet eens vermoedde.

De gedachte aan Kees geeft haar hoop. En dus ook een enorme energieboost. Hij wilde toch iets gaan drinken samen? Ze zal hem espresso's voeren. Al zijn het er tachtig. En daarna zal ze hem als hulpbehoevende collega wat vragen stellen, die zij als directeur van HET DATINGCAFÉ beantwoord wil zien. De mail met de vage vraag of hij haar met iets kan helpen is al weg voor ze heeft nagedacht.

Pas als ze daarna ook al een antwoord naar Tanja wil sturen, stopt ze abrupt. Nee! Voorlopig moet Tanja even zweten. Geen direct enthousiast antwoord. Een paar dagen wachten. Op die manier is Tanja de controle kwijt en daar houdt ze niet van. Grinnikend om de macht die ineens in haar schoot geworpen is, sluit ze haar computer af. Nu heeft ze wel een drankje verdiend.

TANJA

De man tegenover haar – ze noemt hem gemakshalve Boy – is prettig gezelschap, vandaar dat het borreltje in een café verlengd is tot een etentje dat bijna romantisch te noemen is. Natuurlijk buiten Utrecht.

'Heb je nog zin in een *after date*?'

Tanja herkent de term die ze een keer ergens gelezen heeft. Ze grinnikt en doet alsof ze twijfelt. 'Wat stel je voor?'

Zijn blauwe ogen zijn onnatuurlijk helder. Gecombineerd met het donkerbruine haar dat net over zijn oren hangt, maakt van hem een *great catch*. Reinier weet niet beter dan dat ze naar een zakelijke afspraak is. Op zondag nota bene. Het leugentje gleed makkelijk over haar lippen, ondanks de vreemde dag van de week. Reinier leek het nauwelijks te horen. Ze heeft er direct ook maar een nacht aan vastgeknoopt, waarbij ze zich nog wel even afvroeg of ze echt een avond rust wilde of juist niet?

Er trekt een scheve glimlach over zijn gezicht. 'Fles champagne, hotelsuite met jacuzzi.'

Het komt er zo snel uit dat ze zich bijna ongemakkelijk voelt. Hoe vaak heeft hij dit al gedaan?

'Is dat alles?'

'Wat dacht je van een paar uur genieten?'

Het is alsof hun voorspel al begonnen is. Het is lang geleden dat ze de lust zo voelde oplaaien.

'Een paar uur?' geeft ze overmoedig aan. 'Ik weet niet of ik voor die paar...'

'Mooie meid, luister naar me. Ik beloof je dat je al na een uur uitgeput zult zijn.' Zijn stem klinkt hees.

Als antwoord wenkt ze de ober. 'Laten we dan geen tijd verspillen.'

Als hij de deur van de hotelkamer opent en haar voor laat gaan, kan ze een uitroep niet tegenhouden. Het is een kamer die de term suite onwaardig is, het is eerder een appartement waarin lichtjes de hoofdrol spelen. De bank is versierd met zeker twintig kussens en staat op een hoogpolig kleed.

Hij staat haar met een voldane glimlach aan te kijken. Tanja loopt langzaam door de kamer, als een kat die zoekt naar de beste hoek om haar prooi te kunnen bespringen. Maar in werkelijkheid trilt de angst in haar maag. Wat doet ze hier met een onbekende man? Ze staat op het punt om vreemd te gaan. Toch zoeken haar ogen maar naar één ding: het bed.

Ze is waanzinnig opgewonden, maar tegelijkertijd bloednerveus om wat er komen gaat. Ze is een groentje in deze wereld, maar wil dat voor geen goud laten zien. En dus blijft ze rondjes lopen door te kamer, terwijl ze achteloos haar jas op de bank deponeert.

'Zoek je het bed?' Hij heeft zijn colbertje uitgetrokken. Zijn witte overhemd kan niet verbergen dat hij een fervent sportschoolbezoeker is.

'Nee hoor. Gewoon nieuwsgierig aangelegd.'

'Ook naar mij?'

'Vooral naar jou,' antwoordt ze met zwoele stem. Ze loopt op hem af en hij drukt zijn harde onderlijf tegen haar aan terwijl zij met haar lippen zijn hals begint te verkennen. Zijn geur hangt ineens op een overweldigende manier om haar heen.

'Ik wil je wat laten zien.' Hij maakt zich los van haar verkennende vingers en even denkt Tanja dat hij zich al wil uitkleden. Maar dan zwaait hij een deur open die haar niet eens was opgevallen.

‘Kijk, mooie meid. Dit is de plaats voor het voorspel.’

De badkamer wordt gedomineerd door een enorme jacuzzi met op de rand kleine flesjes in alle kleuren van de regenboog. Een grote spiegelwand dupliceert alles, ook haarzelf met de man die nu zijn handen op haar schouders legt.

‘Ja, voorspel,’ fluistert ze. Ze denkt aan de belangrijke minuten die ze altijd voor zichzelf hield. Nog nooit was Reinier bij haar geweest als ze zich voorbereidde op hun samenzijn.

Heel langzaam schuiven Boys vingers onder de bandjes van het setje dat ze vanmorgen vroeg met een vreemd gevoel in haar maag had uitgezocht. Toen vroeg ze zich nog af hoe de avond zou verlopen.

Ze laat haar hoofd naar achteren leunen. Zijn prikkelende geur is zo dichtbij dat ze niet anders kan dan hem diep inhaleren.

‘Kom, laat mij je helpen.’

Een kort moment van weerstand als de knoopjes op haar rug losgemaakt worden. Dit kent ze niet; normaal is ze in dit stadium alleen. Ze wil niets zien, pas dan kan ze zich laten gaan. Met grote schrikogen kijkt ze naar zichzelf in de spiegel en ziet het onbekende gezicht dat zich over haar blote schouder buigt.

‘Wacht.’ Met een ruk draait ze zich om. Ze ziet nu pas dat hij zijn shirt al uitgetrokken heeft.

Er is een gevecht gaande in haar hoofd. Ze is bijna wild van verlangen naar deze prachtige man die haar de hele avond al met prikkelende opmerkingen gek heeft gemaakt. Toch kan ze zich niet overgeven. Al die jaren was het moment in de badkamer een belangrijke vorm van controle. Zorgen dat ze er klaar voor was. Het uitkleden. En dan: de blinde seks. Een ritueel dat nu volkomen afwezig is.

Haar fantasie heeft haar al die jaren gered. Nu wil ze dat die uitkomt. Ze sluit haar ogen en laat haar tong over zijn blote schouders gaan. Zout op haar tong vermengd met de zoete geur die haar neus prikkelt.

‘Ik wil blinde seks.’ Ze zegt het zo zacht dat ze zich afvraagt of hij het heeft gehoord. Haar ogen houdt ze stevig dicht om haar verlegenheid te verbergen.

Ineens laat hij haar los. Ze wankelt. Herstelt zich. Houdt haar ogen gesloten, in uiterste concentratie om zichzelf trouw te blijven. Schuifelende geluiden in de kamer ernaast. Gerinkel? Geen glazen. Iets anders. Wat doet hij?

Dan laat ze het laatste restje weerstand los. Ze glimlacht. Zo wil ze het hebben. Dit is háár voorspel. Het opbouwen van spanning waardoor zij bepaalt wanneer het gaat gebeuren.

Er gaat een schok door haar heen als ze zijn hand op haar schouder voelt. Daarna voelt ze een blinddoek voor haar ogen. Het maakt dat ze zich bijna op haar gemak voelt. Toch schrikt ze van een koud voorwerp dat tegen haar nek tikt. Metaal?

'Ben je er klaar voor, mooie meid?'

Ze knikt zachtjes.

Haar polsen worden gevat in handboeien die een tegenstrijdigheid van zacht pluche en koud metaal in zich combineren. Daarna laat ze zich meevoeren als een onderdanige slavin. Als hij haar loslaat voelt ze haar knieën trillen. Ze staat in een onzichtbare ruimte en heeft geen idee wat er om haar heen gebeurt. Al haar zintuigen zijn stil, alleen haar gehoor staat op de maximale stand. Maar hoe ze ook haar best doet om iets te herkennen, ze hoort alleen haar eigen hart dat onrustig bonkt. Trillend van spanning wacht ze af wat er gaat gebeuren.

MOON

Het is vandaag lastiger dan ooit om haar werk op te pakken. Ze heeft een schele hoofdpijn; stom dat ze zich zo heeft laten gaan. Er zijn weer ettelijke uren verdwenen in de dranknevels.

Gelukkig bestaat er een koffiepauze; zelfs Tanja heeft het nog nooit voor elkaar gekregen om die af te schaffen. Wat ze wel steeds flikt is dat ze juist dít moment afwacht om werkaangelegenheden te bespreken. Vooral als je net in een gezellig gesprek verwikkeld bent over persoonlijke zaken. Juist dan. Gewoon plompverloren inbreken. En niemand die het aandurft om Tanja van repliek te dienen dat ze onvoorstelbaar onbeleefd is.

Maar vandaag is Tanja nergens te bekennen.

Moon wacht gelaten tot de rij bij het koffieapparaat bijna opgelost is. Dan sluit ze aan. Als Fieke zich omdraait, staart ze haar recht in het gezicht.

'Shit, Moon. Wat zie jíj eruit.'

Fieke heeft een natuurlijke manier van zich uiten. Een soort eerlijkheid met een bontrandje, waar Moon nooit kwaad om kan worden.

'Slecht geslapen,' mompelt ze en ze kruipt bijna weg uit de kring die ineens om haar heen staat.

Dat ze in werkelijkheid niet weet hoelang ze in bed heeft gelegen, zegt ze er maar niet bij. Soms, zoals nu, slaat de drank gaten in haar herinneringen.

‘Gaat ie wel?’ Kees duikt naast haar op.

Ze humt ter bevestiging. Ze hoopt dat hij geen gesprek met haar aanknoopt.

‘Wat vind jij ervan?’

Ze tilt haar hoofd op. ’Waarvan?’

‘Van die vrouw.’

Ze sluit haar ogen en drinkt met kleine slokjes van haar koffie. Ze geeft pas antwoord als de laatste slok in haar keel is verdwenen. ‘Waar heb je het over?’

‘Er is een vrouw gevonden. Vanmorgen vroeg, of eigenlijk was het nog nacht.’

De woorden van Kees zoemen om haar heen.

De wind is ijzig koud. Als ze bijkomt, ligt ze op de bevroren grond.

Kees praat verder op een sensatietoontje. ‘Ze bleek vastgebonden aan een boom, met alleen haar…’

‘Nee, ik heb er niets van gehoord,’ onderbreekt ze hem snel en ze voelt dat ze begint te trillen.

Verkleumd tot op het bot. Vastgebonden en achtergelaten.

‘De politie wil haar identiteit niet prijsgeven, maar er wordt gespeculeerd…’

Moon gooit de lege beker in de bak waarin de recyclebare bekers verzameld worden. ‘Sorry, ik moet weer aan het werk.’

‘Maar Moon…’

Ze rent bijna weg. Niet deze woorden. Niet terug naar dat moment. Pas als ze de deur van de toilet op slot heeft gedaan, kan ze doorademen.

Niet weer.

Moon is blij dat Tanja haar vandaag met rust laat. Gewoon helemaal verzuipen in het werk, meer niet. Geen vragen. Geen opdrachten. Gewoon werken. Het lijkt te lukken. Nog een halfuurtje, dan kan ze lunchen.

Als ze Kees in de deuropening ziet staan, vraagt ze zich alleen maar af hoelang hij al naar haar staat te kijken. Zijn lange slungelachtige lijf staat tegen de deurpost geleund in een jaloersmakende ontspanning.

'Ik zag je mailtje.'

Pas nu herinnert ze zich het bericht dat ze hem gestuurd heeft. Stom, had ze misschien beter niet kunnen doen. Ze had kunnen weten dat Kees zijn nieuwsgierigheid niet zou kunnen bedwingen. Ze probeert haar brakke hoofd te focussen op de informatie die Tanja in de mail vroeg, maar op dit moment kan ze onmogelijk de juiste vragen voor Kees bedenken. In haar hoofd draaien drumbands rondjes.

'Heb je nu tijd?'

'Nee,' liegt Moon.

'Maar ik wil je alleen maar helpen.'

Ze laat alle vastgehouden lucht uit haar longen ontsnappen. 'Zullen we vanmiddag afspreken? Je wilt vast eerst lunchen.'

'Ga je mee?'

'Nee, dit keer maar niet.'

'Dit keer? Wanneer ben je voor het laatst mee geweest? Vorig jaar november?'

Het laatste woord slaat een gat in haar zo secuur opgebouwde pantser. 'Laat me met rust!'

Kees heft verschrikt zijn handen op. 'Sorry, ik wilde alleen maar...'

Moon strijkt met een hand over haar voorhoofd waar haar gedachten in één grote chaos zijn veranderd. Ze ademt diep door en klemt haar kaken hard op elkaar. Als ze eindelijk haar ogen weer opent, is Kees verdwenen.

Met een diepe zucht sluit ze de deur van haar werkkamer en stuurt een wens naar boven dat ze dit laatste halfuurtje niet gestoord wordt.

Ze kan de behoefte niet weerstaan om in te loggen op een datingsite. Even dom naar mannen staren is een goed medicijn. Bovendien, nu Nick zich niet meer laat zien heeft ze nieuwe inspiratie nodig. En met een halfuurtje rust voor de boeg kan ze mooi even rondneuzen.

De zak drop ligt al op haar te wachten; zout helpt haar weer helder worden. En terwijl ze het eerste dubbelzoute exemplaar in haar mond zacht maakt, scrolt ze door de diverse profielen die de zoekopdracht voor haar heeft gevonden. Bij de leeftijd aarzelt ze. Met haar drieëndertig jaar zoekt ze altijd tot de veertig. Niet ouder. En zeker nooit jonger.

Ze peutert een stukje drop achter haar kies vandaan en twijfelt. Zal ze een keer...?

Haar vingers hebben de leeftijd al veranderd. Ineens verschijnen er gezichten op haar scherm die ze nooit eerder heeft gezien. Onvoorstelbaar hoeveel jongens van vijfentwintig en zelfs jonger op deze site staan. Zijn er voor hen geen spannender opties te bedenken dan zo'n website? Waarom zitten die niet en masse op Tinder? Of is dit het behoudende soort?

Ineens verschijnt er een chatschermpje waarop iemand zich meldt. Snel zoekt ze zijn profiel op. Een vrolijke jongen met springerige blonde krullen kijkt haar aan. Die helderblauwe ogen kunnen nooit een harde uitstraling krijgen, stelt ze zich zo voor.

De vragen en antwoorden worden in hoog tempo uitgewisseld. De blonde man is vlot in zijn schrijfstijl, iets wat haar sowieso aanspreekt. Hij geeft snedige opmerkingen en kriebelt haar fantasie.

'Wauw,' fluistert ze tegen haar scherm waar de knul haar nog steeds vol verwachting aanstaart. 'Jou wil ik wel in het echt ontmoeten.'

De deur gaat open en Kees staat al achter haar voor ze er erg in heeft. 'Niet te hard werken, hoor.'

Ze schrikt zo dat ze zich verslikt in het dropje dat ze net in haar mond had gestopt. Terwijl de tranen haar in de ogen springen, klikt ze snel het beeld weg.

'Je hoeft niet te huilen.' Hij kijkt haar onschuldig aan en strijkt met zijn vingers over zijn rode krulhaar. 'Heb je wel wat gegeten?' Hij gaat naast haar zitten en kijkt naar de zak drop die nu half leeg is.

'Ja, dus,' zegt ze en ze schiet in de lach.

'Ik heb nog een espresso tegoed.' Hij zegt het zacht en laat zijn handen in zijn schoot rusten.

Moon kijkt hem aan en herinnert zich haar belofte. Maar wil hij nu de lunchpauze al is afgelopen nog iets met haar gaan drinken? 'Nu?' vraagt ze en ze wil al opstaan.

Hij legt een hand op haar arm en houdt haar tegen. 'Blijf maar zitten.' Gedurende een kort moment staart hij naar haar scherm dat nu weer een bedrijfsprofiel laat zien.

Ze zwijgt, niet wetend wat ze moet zeggen. Ze bekijkt haar collega wat beter, nu hij zo overduidelijk om woorden verlegen zit. De zwarte blouse met korte mouwen laat zijn rode haar nog meer oplichten. Bleke armen vol sproeten. Een nerd van achtentwintig die een passie heeft voor computertechniek. Het valt haar op dat hij eigenlijk wel een mooi gezicht heeft en een zachte oogopslag.

'Moon, vertel eens wat er echt aan de hand is. Je komt zo gestrest over, terwijl je vandaag eindelijk eens rustig aan kan doen.' Hij kijkt naar haar vingers die onrustig met een pen spelen. 'Probeer ervan te genieten, want zo vaak gebeurt het niet dat Tanja een vrije dag neemt.'

'Tanja? Vrij?' Haar mond is droog.

'Ja, joh. Je hebt wat gemist tijdens de lunchpauze. De grappen rolden over elkaar heen. Iedereen dacht dat Tanja degene was die vannacht gevonden was. Weet je wat Fieke zei? Je móét haar wel vastbinden voordat ze een vrije dag neemt.' Kees zet zelfs een nog hogere stem op, in zijn poging de secretaresse na te doen. 'Brave Fieke. We hebben ons rot gelachen.'

Moon doet haar best de woorden niet in beelden om te zetten. En dat lukt haar maar ten dele.

'Dus daarom is het zo rustig op de gang.' Het was haar al opgevallen, maar ze was te druk met hard werken om te bemerken waardoor dat kwam. Ineens beseft Moon dat ze een rustige ochtend gemist heeft.

'Dus wat denk je? Zullen we even kletsen over jouw vraag?'

Het is ineens een prettig idee even weg te zijn achter haar bureau, dus ze duwt meteen haar stoel naar achteren en merkt dat haar opwinding toeneemt. Kees kijkt haar nog steeds verwachtingsvol aan. Ze heeft spijt van haar afwijzende reactie, terwijl hij haar alleen maar wil helpen. Stel dat hij wat goede tips kan geven, dan kan ze daar wellicht vanavond al mee aan de slag. Ze kan een antwoord aan Tanja ook weer niet te lang uitstellen. Ze moet nu doorpakken en Tanja de informatie geven die ze nodig heeft.

'Ja, fijn dat je wilt helpen.'

'Ik help je altijd, dat weet je.'

'Het gaat over een nieuw project met veel toekomstperspectief.'

'Ik vermoedde al zoiets.' Kees kijkt haar ineens heel serieus aan. 'Dan is het de vraag over wiens toekomst je het hebt.'

Ze staart haar collega aan. 'Wat bedoel je?'

'Ik weet waar je mee bezig bent, Moon. Maar wees niet bang, jouw geheim is veilig bij mij. Laten we voor alle zekerheid dit gesprek elders voeren. Ik kom je wel een keer ophalen.' Kees staat op en laat haar verbouwereerd achter.

TANJA

Ergens ver achter haar oogleden is zacht licht. Een vaag gevoel van onrust dient zich aan in haar maag. Er is iets, maar ze heeft geen idee waarom ze zich ongerust maakt. Tanja rekt zich uit als een spinnende kat die een lange nacht voor de kachel heeft doorgebracht. Ze rilt in de frisse omgeving.

Met een ruk komt ze overeind. En klapt terug op haar rug. Haar polsen trekken pijnlijk waarbij haar lichaam steeds verder verstrakt. Ze spert haar ogen wijd open, maar ziet niets. De blinddoek!

Ze is naakt. En ze zit vast.

Ze schrikt van een aanraking ergens net onder haar navel.

Als ze haar mond opent om te gillen, wordt die ruw gesloten door twee lippen. Daarna volgt een tong die vochtige rondjes begint te draaien. Zacht wordt. En haar verwarmt met sensuele tintelingen die door haar hele lichaam te voelen zijn.

'Zo schone slaapster. Terug op aarde?'

'Boy,' zucht ze nu alles terugkomt.

'Dag mooie meid.'

'Ik wil je zien.'

'Je wilde blinde seks.' Zijn lippen gaan langzaam van haar hals naar beneden. Als ze haar tepel omvatten, krimpt ze in elkaar. 'Nog gevoelig?'

Ze knikt, en haar hoofd geeft alles in vertraging weer. Geen beeld, geen idee van tijd, geen sensatie van licht of donker. Alleen hij. En zijn tong die inmiddels sporen trekt die ze vooral als een koude streling voelt. Haar zintuigen zijn opnieuw in opperste staat van alertheid, nu ze zich weer herinnert hoe ze in de afgelopen uren vele malen ontploft zijn. Haar Boy weet hoe hij een vrouw kan laten kronkelen van genot.

Hij duwt haar benen uit elkaar en gedurende een kort moment voelt Tanja angst. Zo kwetsbaar als nu is ze nooit geweest. Machteloos vastgebonden op een bed in een hotel waarvan ze zich de naam niet eens meer weet te herinneren. Met hém. Boy is niet eens zijn echte naam. Die deed er niet toe, zei hij.

'Relax, mooie meid. Laat maar los, het komt goed. Ik ga je alleen maar laten gillen.'

'Ja, maar...'

Een vinger op haar lippen, waarna ze hem op zich voelt. Op het moment dat hij zijn tanden zacht in haar tepel zet schieten er pijnscheuten door haar lijf die veranderen zodra hij er zachtjes aan zuigt. Hard en zacht. Pijn en genot, ze liggen dicht bij elkaar.

Ze wil hem vertellen wat hij moet doen. Aangeven wat ze prettig vindt. Hem leiden om samen het opperste geschenk te ervaren. Niet nodig. Gisteravond niet, vannacht niet en dus nu ook niet. Of is het nog nacht?

Er is geen tijd om daar verder over na te denken. Hij dringt bij haar naar binnen, zacht en hard tegelijk. Zijn ritme zweept haar op, steeds sneller, steeds harder. Ze kreunt en sluit haar ogen, ook al geeft de blinddoek haar de veiligheid die ze nodig heeft. De spanning bouwt zich heel langzaam op. Er is slechts de korte gedachte of ze in staat is tot een zoveelste keer, dan gaat ze het lijntje over waarna er geen weg meer terug is.

Zijn zwoegende ademhaling klinkt steeds luider. Ze zit zelf in een synchrone cadans. Samen. Zwaarder. Harder. Sneller. Dan stokt het. Heel even blijven ze samen hangen in een luchtledige ruimte alsof alles implodeert. Ze schreeuwt. Hard en ongecontroleerd. Tot het schokken van haar lichaam alles overneemt en de emoties haar overspoelen.

Zijn bezwete lijf glijdt van haar af en strekt zich naast haar op bed. Hij bedekt haar met een warmte die ze altijd gemist heeft.

'Boy. O, Boy.' Ze wil zich als een baby opkrullen, maar wordt daarbij gehinderd door die ellendige handboeien. Pas als ze los is, haar blinddoek omhooggeschoven wordt en ze knipperend tegen het licht zijn blauwe ogen ontmoet, huilt ze. Veel later vindt ze zichzelf in zijn armen terug.

TANJA

De stad is veranderd. Er heerst een rust die ze niet eerder zo ervaren heeft. Toch schrijnt er van alles in haar lichaam, hoewel de sensuele tinteling overheersender is. Vandaag kan ze de hele wereld aan.

Tanja heeft zelfs zin om naar huis te gaan. Reinier zal opkijken, want de seks heeft haar een dusdanige opleving van haar libido gegeven dat ze niets liever wil dan Reinier naast zich voelen. Hij is anders dan Boy. Seks met Reinier gaat over hém. Seks met Boy over haar. En ze is op dit moment zo bevredigd dat ze haar eigen Reinier nu alles kan geven terwijl ze er niets voor terug hoeft.

Een schuldgevoel om wat ze gedaan heeft, is dus compleet onnodig. Hij moet zelfs blij zijn om wat ze doet, omdat ze nu meer naar hem verlangt.

Als ze op haar mobiel kijkt, ziet ze dat het al halfvier is. Het geeft een vreemde sensatie dat ze zomaar vrij is. Het is alsof ze spijbelt terwijl ze zelf de docent is. Natuurlijk heeft ze op het werk aangegeven dat ze er vandaag niet zou zijn, verder had ze geen verantwoording af te leggen. Een mailtje ter kennisgeving was voldoende.

Er zit een luchtballon in haar borst met warme lucht. Een gevoel alsof ze gaat zweven. Wegdrijft in een richting die volkomen onduidelijk is. Hoelang is het wel niet geleden dat ze zich zo heeft laten gaan.

Het café wenkt haar waarbij de naam Salomons Saloon haar laat grinniken. Goede vondst denkt ze tot ze beseft dat ze toch weer aan werk denkt. Dan stapt ze resoluut naar binnen.

De houten tafeltjes zijn rondom een immense bar gerangschikt. Overal hangen grote sombrero's met gekleurde linten die eerder aan Mexico doen denken dan aan een saloon uit het wilde westen. Op een van de muren zijn twee klaphekjes geschilderd. Het lijkt haar een mooie plek om te gaan zitten, alsof ze zicht wil houden op iedereen die het café wil betreden.

Ze kan de verleiding niet weerstaan en dus surft ze op haar laptop snel naar de datingsite. De vele reacties op haar profiel scant ze met in gedachten haar prachtige Boy. Bizar dat ze niet eens weet wat hij voor werk doet. Normaal is dat het allerbelangrijkste, nu staat een andere competentie bovenaan. En die beheerst hij als geen ander.

Een uurtje vroeger dan anders opent ze de voordeur en sluipt haar eigen huis binnen. Met haar tas nog in haar hand, blijft ze staan. Ineens is ze bang. Stel dat Reinier aan haar ziet wat ze heeft gedaan. Hij kent haar zo goed dat ze er soms bang van wordt. Elke verandering in haar gesteldheid weet hij te peilen. Succes of tegenslag, meestal hoeft ze niets te zeggen.

Zodra ze haar jas heeft opgehangen en haar tas op de daarvoor bestemde plek heeft neergezet, overvalt haar een vermoeidheid die ze niet eerder zo heftig heeft gevoeld. Uitgeput is ze. Niet alleen door een tekort aan slaap, ook door de emotionele rollercoaster die ze in de afgelopen uren heeft doorstaan. Verlangen, opwinding, angst, bevrediging en een waanzinnig diep gevoel van verlatenheid eisen nu hun tol.

Net als ze de deur naar de woonkamer wil openen, aarzelt ze. Snel draait ze zich om loopt naar het toilet.

In de kleine spiegel die boven het fonteintje hangt kijkt een vrouw met holle ogen haar aan. Ze brengt haar gezicht dichterbij. Haar wangen zijn onnatuurlijk rood en de wallen onder haar ogen zijn bijna zwart. Zelfs na de seksretraite die Reinier en zij elk jaar een weekendlang ondernemen, ziet ze er nog beter uit.

Ze sluipt terug de gang in en graait haar handtas onder de kapstok vandaan om haar make-uptasje te pakken.

'Zo, wat ben jij vroeg.' Reinier verschijnt in de deuropening.

Haar beweging bevriest en het duurt zeker vijf seconden voor ze het voor elkaar heeft een glimlach tevoorschijn te toveren. 'Ik ben niet meer naar mijn werk gegaan,' zegt ze naar waarheid.

'Was je meeting al zo vroeg afgelopen?'

'Ja, ze hadden hun zaakjes goed voor elkaar. Eindelijk eens iemand die begrijpt hoe het moet.' Met droge mond vertelt ze verder over de vergadering die nooit heeft plaatsgevonden. Ze put uit haar geheime dossier om niet door de mand te kunnen vallen. 'Ik verwacht dat hier een goede deal uitkomt. Een doorslaand succes voor de ondernemer en een fikse winst voor mij.'

'Geef eens een kus.' Reinier kijkt haar daarbij zo onderzoekend aan dat ze haar ogen neerslaat. Als haar mond hardhandig bezet wordt kan ze een kreun nauwelijks onderdrukken. Haar kin is gevoelig door de vele zoenen van Boy. Ook haar lippen zijn bijna tot bloedens toe beschadigd.

'Dat smaakt naar meer,' bromt hij.

'Ik heb je gemist,' perst Tanja naar buiten.

'Wil je eerst eten of...?'

Het idee dat ze nu linea recta mee naar boven moet om Reinier te bevredigen, kan ze nog even niet aan. Maar als ze zijn blik ziet die bijna te kalm is, weet ze dat dit exact is wat hij wil. Toch kan ze het niet nalaten om uitstel te forceren.

'Hoe was jouw dag?'

'Ik ben goed bezig geweest.'

Wat bedoelt hij daar nou weer mee? 'Dat is fijn. Ik heb voor vanavond iets lekkers in gedachten. Wat dacht je ervan om samen een hapje te gaan eten.' Uitstel, uitstel. Die boodschap draait door haar uitgeputte hoofd.

'Ik heb ook iets lekkers in gedachten.' Reiniers blik vertelt haar echter iets anders dan ze in eerste instantie dacht, want er zit geen glimp geilheid in zijn ogen. Er is iets. Hij is te rustig. Alsof hij haar op die manier duidelijk wil maken dat ze te ver is gegaan. Alsof zij er ooit iets van gezegd heeft toen hij...

Nee, niet teruggaan naar die tijd. Dat is geweest. Het was een dieptepunt in hun huwelijk, waar ze uiteindelijk samen uitgekomen zijn. Ze is heel wat grenzen over gegaan om te accepteren dat hij een misstap had gemaakt. Dit gegeven zal voor altijd aan hem blijven hangen.

'Waar heb jij dan zin in?' Ze krijgt het zelfs voor elkaar om te glimlachen en haar armen om zijn nek te leggen. 'Je weet welke uitwerking uitstel van verlangens heeft.'

'Dat weet ik maar al te goed.' Reinier pakt haar polsen beet en duwt haar armen naar beneden. Zijn duim duwt precies op de beurse plekken die de handboeien hebben achtergelaten. Toch slaagt ze erin geen krimp te geven.

Met haar armen slap langs haar lichaam ziet ze hoe hij terugloopt naar de woonkamer. Zijn schouders zijn opgetrokken alsof hij zich voorbereidt op een gevecht.

MOON

Weer zijn er twee dagen voorbijgegleden zonder dat ze iets van Nick gehoord heeft. Ze haat het dat Amy weer eens gelijk heeft, maar mooi dat ze haar dat niet gaat vertellen. Voorlopig is ze alleen maar blij dat ze Nick niets verteld heeft van haar blog. Haar geheim is nog veilig, hoewel ze zich wel afvraagt hoeveel Kees eigenlijk weet.

Nu ze weer thuis is, is haar humeur een stuk beter dan die ochtend. Ze is trots op zichzelf omdat ze zich in toom gehouden heeft. Vandaag geen drank. Of misschien straks eentje, om het te vieren. Dat mag.

Zoals elke dag gaat ze eerst haar blog wat aandacht geven. Nu ze nog geen nieuwe date-ervaringen kan delen, kiest ze voor een poll. Altijd goed voor veel reacties.

Onrustig tikt ze met haar nagels op het toetsenbord als ze een vraag probeert te bedenken. Nee, niet over alle verschillende soorten mannen, te makkelijk. Iets simpels. Misschien een beetje prikkelend, omdat ze hoopt op open reacties met mooie ervaringen.

Dan weet ze het.

Wat was jouw favoriete date ever?

Koffie verkeerd-date

Slagroom-date

Blind date

De after date

Een triootje
Een second lover
Anders, namelijk...

Ze zet alles klaar en publiceert de poll. Zal ze de link doorsturen naar Tanja? Wat zou zij eigenlijk antwoorden? Zachtjes grinnikt ze voor zich uit. Ze kan zich niet voorstellen dat haar saaie baas ooit iets opwindends zou doen. Bovendien geilt die dame alleen op zichzelf.

Deze gedachte brengt haar ineens terug bij een blog van een paar weken geleden, de titel is: MET IKKE OP PAD.

Het profiel van de man gaf haar een gevoel van herkenning. De man leek op Kees en ze had nog lang nagedacht welke eigenschap daar debet aan was. De ongedwongenheid? Het kriebelende gevoel van ongemak dat hij opriep? Of was het vooral zijn openheid, terwijl ze toch het idee had dat hij veel voor haar verborgen hield? Misschien was het vooral dat tegendraadse wat haar aansprak. Eindelijk een afwijkend profiel waar nu eens niet die overbekende filmfavorieten opstonden, zoals *As It Is in Heaven* en *A Beautiful Mind*. Die werden door iedereen gekopieerd, alsof dat aantrekkelijker zou maken. Hij bleek een natuurliefhebber en dus spraken ze af bij een natuurgebied in de buurt van Apeldoorn.

Het was altijd weer spannend om een man voor het eerst te ontmoeten. Maar toen ze hem zag staan, kreunde ze. Kon ze zich nog omdraaien? Door zijn slungelige houding leek hij zoveel op haar collega Kees dat het zijn broer zou kunnen zijn.

'Hallo,' zei de man, een glimlach van oor tot oor.

Daarna bleef het minutenlang stil, terwijl ze driftig zocht naar een gespreksonderwerp. 'Wat een mooi weer, hè?' Ze hoorde het zichzelf zeggen. Gewéldige opening.

Maar hij ging er enthousiast op in. Het leek alsof ze een schakelaar omgezet had, waarna een woordenwaterval begon te stromen. Af en toe humde Moon op een moment dat hij net even ademhaalde. De ene na de andere anekdote rolde makkelijk over zijn lippen, terwijl ze door het gebied wandelden. Hij leek het er te kennen, want zonder enige aarzeling liep hij steeds dieper het bos in, ervan uitgaande dat ze hem wel zou volgen.

Ze was bijna verbaasd toen hij stilviel. En ineens kwam er zomaar een vraag, ongeveer een halfuur na hun ontmoeting. 'Wat doe jij ook weer?'

Ze besloot het wat vaag te houden. 'Ik heb een baan als administratief medewerkster bij een bedrijf.' Na een korte aarzeling, voegde ze eraan toe: 'Maar daarnaast heb ik al jarenlang een droom.'

'Dat is fijn,' zei hij heel gemeend.

Moon wachtte af. Hij zou natuurlijk geheid willen weten wat haar droom was. En ze probeerde vast te bedenken hoe ze haar grote wens kon uitleggen zonder aan te geven dat ze over daten schreef. Dat zou hem vast direct afschrikken.

Maar hij vervolgde: 'Ik zing elke maandagavond in een koor.'

Ze hield even haar pas in, maar dit was toch echt wat hij zei.

'Een koor?' vroeg ze verbaasd.

'Ja, heerlijk. Ik ben gek op muziek.'

Ze probeerde haar lachen in te houden. Had hij geen interesse in haar droom? Ze waren toch aan het daten? Dus dat wilde toch zeggen dat ze elkaar beter wilden leren kennen?

Hij ging onbekommerd verder met het uiten van zíjn ervaringen en besloot met: 'Mijn leven is niet compleet zonder vrouw. Begrijp je dat?'

'Nee,' zei ze hartgrondig, toen ze eraan dacht dat ze voortaan naast deze man wakker zou moeten worden. Dat ze elke dag alleen maar zíjn verhalen zou moeten aanhoren. Dat ze haar eigen ervaringen maar moest inslikken.

'Niet?' vroeg hij kleintjes.

Diezelfde avond mailde ze hem. Er was geen klik – *whatever that may be* – en ze wenste hem veel geluk bij zijn zoektocht.

Per omgaande kreeg ze een mailtje terug.

Ik wil je graag weer zien. Ik wil graag samen muziek maken, dat is nóg fijner. Ik ga je verwennen. Ik wil je nog zo veel vertellen en ik had je nog zo veel willen vragen.

Het waren te veel ikjes. En bij de laatste zin verdween ze in een lachkramp. Het leverde geen man, maar wel een prachtig blog op. De reacties stroomden binnen. Veel vrouwen bleken het ik-syndroom te herkennen. *Dat is mannen eigen. – Kerels vinden zichzelf zo belangrijk. – Ik krijg 5 minuten en hij 5 uur. – Verwennen? Hij geilt vooral op zichzelf.*

Ze grinnikt zachtjes als ze opnieuw door de reacties scrolt. Er zijn er intussen nog veel meer bijgekomen.

Natuurlijk is de blog wel wat overdreven. Dat maakt ook niet uit, het zijn haar ervaringen en ze beleeft ze opnieuw terwijl ze schrijft. En soms zorgt ze ervoor dat die belevenis net ietsje anders is, zodat ze haar ego niet te veel beschadigt. Zo werkt dat nu eenmaal. Het is prettig om de waarheid een beetje te verdraaien.

Ineens ziet ze een reactie van iemand met een bijzondere nickname: de Utrechtse Dater. Hoe verzint hij het.

IKKE wil je snel ontmoeten. IKKE zal je het hemd van je mooie lijf vragen. JOUW lijf voor IKKE. IKKE zal je nooit meer laten gaan.

Moon rilt.

Haar ademhaling versnelt als ze de woorden nog een keer leest. Wat is dat voor vreemde snoeshaan. Wat wil die gast? *Jouw lijf voor ikke.* Mooi niet! Haar lijf is van haarzelf. Wat een creep!

Heeft deze engerd al eerder gereageerd? Snel zoekt ze naar de nickname. En algauw vindt ze nog een reactie van deze Utrechtse Dater, nu op haar hondenmanblog:

Neem zelf een hond. Honden voelen precies aan of iemand deugt; ze kunnen zelfs je leven redden.

Wat bedoelt de man met zijn cryptische omschrijving? Leven redden? Loopt ze gevaar dan?

AMY

Amy zit op een bank in het speeltuintje waar ze als kind graag speelde en ze staart naar de klimtoren die van stevig touw is gemaakt. Dat was haar lievelingsplekje, daar boven in die toren.

Deze omgeving brengt haar altijd terug bij de zwaarmoedigheid van haar beide ouders. De ruzies. En daarna de ellenlange gesprekken om uit te vechten wie gelijk had.

Lamenteren was haar moeders expertise. Haar vader besloot zijn vak als leraar letterlijk mee naar huis te nemen. Niets was goed genoeg. De man was zelfs belerend als het over het ophangen van de wc-rol ging. Híj declameerde zijn theorieën, en haar moeder klaagde over de praktijk.

En zo waren er twee haantjes in het nest, die betweterig niets wilden toegeven. Het belangrijkste woord in hun communicatie was 'ik'; daar waren ze het dan weer wél over eens. Zelf laveerde ze tussen de liefde voor haar vader en de steun die ze haar moeder wilde geven. Beiden zagen niet hoe zij eronder gebukt ging, omdat ze elke dag opnieuw haar best deed om haar ouders dichter bij elkaar te brengen. En zo werd haar jeugd een aaneenschakeling van mislukkingen om haar ouders naar elkaar te laten luisteren. Een stapje terug doen leek onmogelijk.

Ze schuift de dorre bladeren met haar voeten bij elkaar en gniffelt zacht bij de herinnering aan haar meest succesvolle aanpak. Die keer nam ze zich voor om een hele dag alleen maar achteruit te lopen. Pas rond etenstijd viel het haar moeder op. Dat was toen ze achterstevoren met de borden naar de eettafel liep.

'Wat doe je?' Met haar handen in de zij keek haar moeder haar aan, het hoofd een beetje schuin.

'Ik doe een stapje terug.'

'Je loopt achteruit!'

'Heel veel stapjes terug.' Amy draaide zich vlak voor haar moeders neus om en zei: 'Ik ben benieuwd of jij dat ook kan; een stapje terug doen. Het is veel makkelijker dan alleen maar bekvechten om zogenaamd vooruit te komen.'

Haar moeder zei niets. Maar Amy zag wel dat de boodschap geland was toen haar moeder met de salade in haar handen, achteruit naar de tafel liep. De glimlach prijkte verder de hele maaltijd om haar mond. Het was voor het eerst sinds jaren dat ze hun avondeten in redelijke harmonie nuttigden.

's Avonds – Amy was net naar boven gegaan om haar tanden te poetsen – klonk er alweer geschreeuw beneden. Ze was maar niet meer naar beneden gegaan om welterusten te zeggen.

Het vrolijke lied van een merel doorbreekt de beladen stilte. Amy heft haar gezicht op en ontdekt de gitzwarte vogel in de plataan boven haar. Het is de eerste keer dat ze hier weer is, sinds ze op zestienjarige leeftijd het huis uit gerend is. De belofte om nooit meer terug te komen heeft ze dus niet kunnen houden, ook al zijn haar ouders allang verhuisd.

Ze staat op en slentert naar hun oude tuin waarin witte hortensiabloemen in droogbloemen veranderd zijn. De bloemen zijn te zwaar voor de dunne stelen, waardoor ze triest gebogen staan. Ze probeert ze rechtop te zetten, maar dat lukt niet, zoals wel meer haar niet is gelukt in dit huis. Haar ouders bleven vechten, ze hadden nooit geleerd naar elkaar te luisteren.

Misschien was dat wel de belangrijkste levensles die haar ouders haar hebben gegeven. Sindsdien bood ze altijd een luisterend oor aan iedereen die daar om vroeg. Het is prettig om nodig te zijn, en nog veel fijner als ze merkt dat haar steun gewaardeerd wordt. Ze helpt graag. Heel graag.

Het is daarom heel frustrerend dat haar niet-aflatende hulp van bijna een heel jaar nu ineens opzijgeschoven wordt. Moon reageert nergens meer op. Al haar telefoontjes, appjes en andere berichtjes... Niets! Moon moet snel teruggezet worden op het door haar uitgezette spoor, maar Amy is bang dat haar vriendin nu al helemaal door Nick is ingepalmd. Elke keer als ze op het punt staat om naar haar toe te gaan, doet ze een stap terug; ze kan het niet. Durft het niet.

Als ze bijna thuis is, gaat haar telefoon. Geen Moon, ziet ze direct. Daarna leeft haar hart op, het is haar vlam. Vanavond ziet ze hem weer. Wil hij misschien al eerder afspreken?

'Ha lieverd. Ik moet ons etentje helaas afzeggen.'

Bam, die zag ze niet aankomen. Ze had al een nieuw jurkje klaargelegd. Die zou hem vast over de streep trekken om hun date voort te zetten naar haar slaapkamer.

'Het kan echt niet anders. Zakelijke afspraak.'

'Niets aan te doen.' Ze doet haar best om vrolijk te klinken. 'Kom dan na die afspraak een afzakkertje drinken.'

'Het kan wel laat worden.'

'Dat maakt niet uit.' En ze voegt er nog aan toe: 'Je bent altijd welkom.' Nou, als het nu niet duidelijk is. Geen enkele man heeft zoveel aansporing nodig als Kees.

'Lief van je. Ik laat het je nog weten.' Kees verbreekt het contact.

Kwaad gooit ze haar voordeur met kracht achter zich dicht en schrikt als het glas in de sponningen rinkelt.

Pas als ze in haar slaapkamer is en haar jurkje in een hoek smijt, komen de vragen. Zakelijke afspraak? Flikker op. Kees heeft een ondersteunende functie bij Tanja, geen baan waarin de avonduren bezet worden door zaken. Is het voorbij?

Ze was zo blij met Kees die met zijn mooie vurige krullen direct haar aandacht had getrokken. Een fijne vent die begreep wat ze nodig had en haar niet alleen maar als klaagmuur zag. Maar nu blijkt Kees uit hetzelfde hout gesneden als al die anderen. Ze zien haar als gewéldige vriendin, maar ze is nooit goed genoeg voor meer.

Natuurlijk zal ze nooit laten blijken hoe verdrietig ze zich voelt. Daar heeft niemand wat mee te maken. Bovendien trekt ongeluk nieuw ongeluk aan. Dat heeft ze genoeg gezien. En dus fladdert ze wanhopig verder in haar leven.

Maar de acceptatie waar ze normaal geen moeite mee heeft, is nu zoek. Moon negeert haar en Kees wijst haar af.

Ineens komt er een gedachte op die haar niet meer loslaat. En dus rent ze naar boven en gaat op zoek naar een totaal andere outfit. Geen fleurig jurkje, geen opvallende hakken. Vanavond moet ze zo onopvallend mogelijk zijn.

MOON

De afspraak met Kees lijkt op een koffie verkeerd-date; in plaats van koffie gaan ze direct aan het bier. Moon grijpt het glas met beide handen vast om niet te snel te gaan drinken. Ze moet haar kop erbij houden. Kees weet iets.

De eerste minuten vullen zich met werkgerelateerde zaken, waarbij Tanja flink over de tong gaat en vervolgens net zo snel met bier doorgespoeld wordt. Veilig onderwerp. Maar daarna stokt het gesprek. Alle vragen die ze van tevoren bedacht heeft blijven steken in haar te droge mond.

Om zichzelf een houding te geven, kijkt ze te geïnteresseerd rond in het café waar een enorme bar de plaats ingenomen heeft van de kansel. Café Olivier is een schuilkerk midden in Utrecht, en is omgebouwd tot drinkgelegenheid. Het hoge plafond, de grote boogramen, en het immense orgel zijn authentieke details en prachtige sfeermakers. Eigenlijk nog steeds een plek om te schuilen, bedenkt Moon.

Als ze weer voor zich kijkt, merkt ze dat Kees haar zit te bekijken, een onbestemde blik in zijn ogen. Alsof hij elk detail van haar goed in zich op wil nemen.

Ze rilt.

JOUW lijf voor IKKE.

Nee, Kees heeft geen ik-syndroom. Haar ogen flitsen heen en weer, op zoek naar een gespreksonderwerp.

'Die mail van jou,' begint Kees.

Moon zet haar glas aan haar mond en klokt het bier naar binnen. Hij volgt haar voorbeeld. Daarna zet hij zijn La Chouffe-glas neer en veegt zijn mond af.

'Ik kan je wel helpen,' besluit hij dan.

Ze glimlacht naar hem, terwijl ze zich afvraagt hoeveel hij weet. Hij kan hoogstens weten dat ze aan het daten is. Hij móét gezien hebben dat ze op een datingsite zat.

'Kijk niet zo bang. Ik zal je niet verraden. Tanja doet het zelf ook naast haar werk.'

Pas na vele seconden beseft ze dat ze Kees met open mond zit aan te staren. 'Wat doet Tanja?'

'Die heeft ook een geheim project waarvoor ze vaak mijn hulp inroept. Maar vertel eerst eens wat meer over jouw project? Ik ben heel benieuwd hoe...'

Op dat moment voelt ze twee handen op haar schouders. 'Wat een toeval.'

Achter haar staat Nick. Haar hart springt eerder op dan zij. 'Wat doe jij hier?'

'Dat kan ik ook aan jou vragen,' zegt hij, terwijl zijn blik op Kees blijft rusten.

'O, dit is mijn collega Kees. We besloten om na het werk nog een biertje te pakken.' Terwijl ze het zegt, voelt ze dat er een kil gordijn om haar wordt opgetrokken.

Kees steekt zijn hand uit, maar Nick negeert hem volledig. 'Waar wilde je vanavond gaan eten, schat?'

Compleet overrompeld hoort ze zichzelf iets van 'Wat een verrassing!' mompelen. Ze weet dat ze Kees niet zo mag behandelen, maar het feit dat Nick naast haar staat doet al haar goede manieren verschrompelen.

Kees staat op. 'Volgens mij kan ik deze twee tortelduifjes beter alleen laten. Ik ga mijn eigen vriendin eens verrassen.'

'Nee, wacht, Kees.'

'Tot morgen, Moon.' Hij is al weg voor ze hem kan tegenhouden.

'Waar heb je zin in?' Nick is al tegenover haar aan tafel geschoven en steekt zijn hand op om de ober te roepen.

Bier, wil ze zeggen. Maar tot haar grote verbazing zegt ze alleen maar: 'In jou.'

Het gesprek tijdens het etentje verloopt zo soepel dat dit haar eerdere irritatie over zijn contactstilte wegneemt. Nick is weer vol interesse in haar leven, in haar werk en vooral in háár.

Toch duurt het tot het nagerecht voor ze besluit om Nick alles te vertellen. Terwijl ze haar chocoladesurprise naar binnen lepelt, geeft ze niet alleen haar geheim prijs, maar vraagt ze tegelijkertijd om hulp.

Nick onderbreekt haar op geen enkel moment. Soms stelt hij een korte vraag, die haar direct meer vertrouwen geeft in zijn intentie om haar te helpen.

'Dus Tanja heeft jou haar expertise aangeboden,' besluit hij haar openbaring.

'En haar kapitaal.'

'Wauw. Besef je dat je op rozen zit?'

'Goed gezegd, Nick. Ik ken helaas ook de scherpe doornen van Tanja.'

'Die omzeilen we wel.'

Het woordje 'we' geeft zoveel warmte dat haar blik vertroebeld wordt.

'Hé schatje, niet huilen. Ik ga je helpen. Dit is precies waar ik goed in ben. De techniek, de marketing, de verbinding, al die dingen waardoor jouw blog kan uitgroeien tot iets groots heb ik in huis. En Tanja heeft het geld. Wat een topdeal!'

'Maar als Tanja...?'

'Tanja komt niets te weten. Ik ga jou vertegenwoordigen, dus hoe kan ze ooit te weten komen dat jij erachter zit. Het is juist een extra kracht. Het mysterie van de onbekende schrijfster zal je blog nog sneller laten groeien.'

Ze zucht zo diep dat Nick in de lach schiet.

'Jouw blog heeft nog meer potentie dan mijn eigen project, weet je dat?' Hij giet het laatste restje wijn in zijn keel. 'Dating is hot. In meerdere opzichten. Tot nu toe ben je volledig online bezig geweest, dat kunnen we uitbreiden naar live-events. Tanja denkt misschien alleen aan advertenties, maar jouw verdienmodel is nog veel breder te trekken. En het mooie is dat ik WINGS ook direct kan inzetten.'

Ze begint te gloeien vanbinnen. Nick draait haar grootste kwetsbaarheid in slechts enkele zinnen om naar een winstmodel. Wat was er gebeurd als hij niet op haar pad was gekomen?

'Maak jij maar snel een afspraak met Tanja. En gewoon niet zeggen dat ik met haar zal spreken. Ik zal haar verrassen, dan staan we direct met 1-0 voor.'

Ze kijkt naar de man wiens zwarte ogen glimmen van enthousiasme. Haar vertrouwen in een fijne toekomst groeit met de minuut.

Als ze buiten afscheid nemen, dansen de vlinders in haar buik. Trillend van warmte hangt ze tegen hem aan.

'Beloof me één ding,' fluistert hij en hij tilt haar kin omhoog. 'Je moet wel blijven daten.'

MOON

Het is donker om haar heen en de nachtelijke stilte vult zich met geluiden die sterker worden naarmate de uren verstrijken.

Moon ligt op haar rug en staart naar het plafond met een glimlach op haar gezicht. Boven haar hangt een strakgrijze 'hemel' die ze vaak als loodzwaar heeft ervaren. Ze kent de details die zich bij het beginnende licht langzaam zullen openbaren. De vochtkringen recht boven haar hoofd, waar de badkamer van haar buren zit. De scheur die zo recht is dat de linkerbovenhoek een exacte gelijkbenige driehoek laat zien. Een 'gelukstreffer' van het oude gebouw. En de vele platgeslagen muggen die – als ze licht zouden geven – een perfecte sterrenhemel boven haar zouden vormen. Vanavond is dat alles ineens prachtig.

Ze trekt Beer zover omhoog dat zijn snuit tegen haar linkerborst komt te liggen. Haar knuffel is een trouwe metgezel. Ze heeft hem al zolang ze zich kan herinneren. Een warme aanwezigheid in de stille uren. Nooit te beroerd om haar gezelschap te houden of tegen haar aan te liggen.

Maar nu is Nick terug. Ze heeft het gesprek met Nick al vele malen in haar hoofd teruggehaald. Het was heerlijk om haar ideeën met iemand te kunnen delen. Om samen plannen te maken. Maar de warmste gedachte is dat er weer iemand is die om haar geeft. Iemand die haar ziet staan en haar waardeert om wie ze is. Er is eindelijk weer een 'wij' in plaats van die eenzame 'ik'.

Als ze daarvoor moet blijven daten, dan is dat zo. Nick heeft vast gelijk. Het is alleen maar ter inspiratie, de liefde heeft ze al gevonden. Weer teruggevonden.

Ze herinnert zich het eerste bezoekje van Nick aan haar ouderlijk huis. Haar vader had met een serieus gezicht geknikt toen hij hoorde dat ze graag haar vriendje wilde voorstellen. Die middag zat Chiel al een uur keurig rechtop op de bank met de dikste grijns die ze ooit van hem gezien had. Op tafel stond thee en een fles cola. De laatste had ze snel nog bij de buurtsuper gehaald, toen bleek dat de koelkast niet meer te bieden had dan de aanmaaklimonade van Chiel. Ze had zelf koekjes gebakken, maar die daarna in een kastje verstopt omdat ze niet te truttig wilde overkomen.

Toen Nick aanbelde wilde hij een zoen op haar lippen duwen, maar doordat ze haar gezicht wegtrok kwam die ergens scheef op haar mond terecht.

'Hoe moet ik je vader noemen?' fluisterde hij haar toe.

'Gewoon meneer, denk ik.'

Zover kwam het niet. Chiel nam de honneurs van gastheer waar. Hij ging naast Nick zitten en pakte zijn hand. De rest van de middag bleven de twee hand in hand zitten. Een prachtig gezicht.

Haar vader kwam thuis toen Nick allang weer weg was. De vriendschap tussen Nick en Chiel was sindsdien een verzegeld verbond.

Ze zucht diep en voelt Beer op haar borst meebewegen. Als ze haar hoofd opzijdraait ziet ze de rode cijfers die haar elke nacht vertellen hoelang ze nog moet, voor ze in slaap zal vallen.

Ineens springt ze uit bed. Het is al ver voorbij middernacht als ze via de mail een afspraak maakt met Tanja. Geen open afspraak. Zíj bepaalt de tijd en plaats. Zo hoort het, want zíj heeft nu de macht. Tanja heeft haar nodig, in plaats van andersom.

'We gaan ervoor, Nick,' fluistert ze wanneer de mail van haar scherm verdwijnt.

Als ze weer in bed kruipt, voelt ze al snel die heerlijk lome ontspanning.

'Trusten, Beer.'

Even denkt ze een zachte zucht te horen. Dan sluit ze haar ogen en trekt haar knuffel nog dichter tegen zich aan.

TANJA

Zijn gezichtsuitdrukking staat Tanja niet aan, toch doet ze haar best om vriendelijk te zijn. Het was even schrikken toen er ineens een man naar binnen stapte, vrouwen zijn nu eenmaal makkelijker te imponeren. Als rasechte zakenvrouw heeft ze geleerd om haar emoties opzij te zetten en alleen maar naar de kansen op succes te kijken. En dit project heeft potentie.

'Hebt u de statistieken bij u?' Ze tikt ongeduldig met haar pen op de tafel. De vermoeidheid suist nog door haar hoofd. Meestal heeft ze aan een paar uur slaap genoeg, maar zelfs dát is er al twee achtereenvolgende nachten bij ingeschoten.

Haar avond met Reinier was zwaar geweest. Hij was voor haar altijd lastig te peilen en had een paar opmerkingen gemaakt waaruit bleek dat hij iets vermoedde. Maar hij was er niet op doorgegaan. Uiteindelijk was hij naar zijn werkkamer vertrokken en pas midden in de nacht naast haar in bed gegleden. Ze had stil liggen wachten op wat er zou gaan gebeuren, maar binnen een paar minuten had ze een diepe ademhaling gehoord die aangaf dat hij sliep. Na misschien een uurtje slaap was ze gebroken wakker geworden.

'Vanzelfsprekend,' zegt de heer Van Dam tegenover haar. 'De directrice van HET DATINGCAFÉ heeft me de getallen doorgegeven. Het aantal pageviews, de zoektermen en de meest bekeken blogs, alles is compleet. Daarnaast kan ik u ook het gemiddelde aantal reacties doorgeven, niet onbelangrijk. U weet vast dat een blog groeit door zijn volgers.'

Ze bekijkt de getallen die in een rond handschrift voor haar liggen, terwijl de heer Van Dam oreert over hun plannen. Ze luistert maar half en vangt vaag wat woorden op als apps en marketingtools die door een nieuw bedrijf worden geleverd. Het aantal pageviews is vele malen hoger dan ze ooit had verwacht van een simpel blog met datingervaringen. Daaruit blijkt maar weer dat ze het goed gezien heeft. Daten is hot.

'Speciale doelgroep?'

Ze ziet hoe de man achteroverleunt in een jaloersmakende ontspanning. Er hangt een scheve glimlach om zijn mond die een geringschattende uitstraling heeft. 'De naam van de blog zegt alles,' zegt hij met een sonore stem.

'HET DATINGCAFÉ? Dan moeten we de naam veranderen.'

'Hoezo?'

'Waarom een café? Dat schrikt de mensen af die vooral in de veilige thuissituatie contact leggen.'

'Een café is een ontmoetingsplaats. Het gaat om de gezelligheid en om het uitstralen van een ontspannen sfeer. De blog bestaat uit verhalen waarin de lezers zich kunnen herkennen. Het gaat er niet om een relatie te scoren of om een seksdate te regelen. De naam is perfect.'

Tanja voelt een blos omhoogschieten als ze denkt aan haar enige datingervaring. Was ze alleen maar uit op een seksdate? Haar lichaam geeft haar een antwoord dat ze niet wil weten.

'Is er iets?' De man buigt zich naar haar toe. Op zijn arrogante uitstraling na is hij perfect.

Snel schudt ze haar hoofd en richt haar aandacht opnieuw op de cijfers. Data. Geen emotie. Houd je daaraan vast.

'Ik kan u het volgende bieden.' Tanja geeft een printopdracht van het document waar ze tot vijf minuten voor zijn komst nog aan heeft gewerkt. De voorwaarden zijn vormgegeven in een groeimodel: steeds een stapje hoger. Niet alleen qua subsidieverstrekking, maar ook qua inspanningsverplichting.

De heer Van Dam pakt het aan, laat zijn blik er kort overheen gaan en stopt het daarna weg. 'Ik ga het aan de directrice voorleggen. U hoort van ons.'

Voordat Tanja nog iets kan vragen, heeft ze al een ferme handdruk te pakken en loopt de man de deur uit.

'Wauw,' fluistert Tanja, wanneer ze weer alleen is. Ze had een timide vrouw verwacht die uit hobbyisme haar ervaringen opschreef. Maar als deze dame een werknemer met zo'n attitude in dienst heeft, moet ze wel de juiste instelling hebben om haar blog om te vormen tot geldmagneet. Wat haar betreft is de deal rond.

MOON

Nick zit op het randje van de krappe bank. Direct bij binnenkomst zeiden Nicks ogen meer dan ze wilde horen. Over haar onderkomen, de miezerige meubels, het weinige licht. Maar hij tastte ook haar lichaam af, misschien wel dankzij het roze jurkje van Amy. Vanaf dat moment hoopte ze even dat hij niets zou zeggen. Dat hij weg zou gaan. Het is eng.

Terwijl ze zelf geen rust heeft om te gaan zitten, doet hij verslag van de bespreking. Het gekke is dat hij enthousiast klinkt.

'Je had erbij moeten zijn. Ik beheerste het gesprek vanaf het begin. Ze was nergens met haar vragen.'

Tijdens de afspraak was Moon continu bang geweest. Stel dat Nick in zijn enthousiasme naar haar toe was gekomen. In háár werkkamer. Niemand mocht hem zien. Vooral Kees niet. Die zou hem direct herkennen en dan was hun spel voorbij. Ze wil zeggen dat ze blij is, maar ze kan alleen maar denken aan dat uur waarin twee zakjes drop gesneuveld zijn, waarna haar hart als een idioot tekeerging en ze liters water moest drinken.

Nick praat onbekommerd verder. 'Het was geweldig. Je kent haar door en door en wist dus exact welke vragen ze zou stellen en waarvan ze onder de indruk zou zijn. Besef je nu dat we samen een win-winteam zijn? Tanja kwam er helemaal niet meer aan te pas. Het enige wat ze nog kon doen was haar voorstel aan me geven. Ze heeft het niet eens besproken.' Hij lacht hard.

Moon kan haar angst nog niet loslaten. Ze had al die tijd de deur in de gaten gehouden, bang als ze was dat Tanja naar binnen zou stuiven om haar op staande voet te ontslaan.

'Kijk niet zo bedrukt. Het wordt een groot succes, schatje. Kom eens naast me zitten.' Nick slaat met zijn hand op de gerafelde stof van de bank. Langzaam loopt ze naar hem toe en ze laat zich gehoorzaam naast hem zakken. Dan voelt ze hoe hij haar naar zich toe trekt. 'Je ziet er heerlijk uit vandaag.'

Zijn zoen brengt haar terug naar haar liefde voor hem. Zo zou het altijd moeten zijn. Nick en zij. Ze waren in die tijd ook een team waar niemand tussenkwam. Heel voorzichtig begint ze te geloven dat haar leven zich op een kantelpunt bevindt. Nick en zij gaan samen verder, zowel in zaken als in hun persoonlijke relatie.

'Ik ben zo blij dat je er weer bent,' fluistert ze. Omdat hij niet op haar woorden reageert, vraagt ze zich af of ze de woorden echt hardop heeft uitgesproken. Tot zijn handen haar lichaam beginnen te verkennen. Het kost haar geen moeite om zich over te geven. Zo hoort de liefde te zijn. Ze zinkt weg en wil het liefst volledig in hem verdwijnen. Zichzelf verliezen. Het mag. Eindelijk.

Ze voelt dat hij haar optilt en haar naar haar slaapkamer draagt.

Nadat hij vertrokken is, blijft de glimlach aanwezig op haar gezicht. De enige boterham die er nog ligt, heeft een verdacht smaakje, maar het maakt nu allemaal niets uit. Een glas cola helpt. Het tweede maakt het broodje zelfs smakelijk. De appel die nog in haar verder lege fruitschaal lag, gooit ze weg. Morgen moet ze maar weer eens een fatsoenlijke maaltijd voor zichzelf kopen. Haar leven is veranderd, er hangt een schitterende zon aan de hemel.

Lachend danst ze door haar kamer. De geur in haar huis is zoeter geworden, alsof ze met een spuitbus met seringengeur is rondgegaan. De waarheid is dat ze haar oude stofzuiger tot topprestaties heeft voortgedreven en daarna een halve fles schoonmaakmiddel door een emmer puur Utrechts water gemikt heeft. Het was onmogelijk om stil te gaan zitten ondanks het lome gevoel in haar onderlijf. Ze voelt zich herboren.

'Een beschuitje eten, Nick?' Ze zingt de woorden door de ruimte en moet al lachen als ze het beeld van blauwe muisjes als ontbijt voor zich ziet. Ze gaat het doen, het leven vieren. Samen met hem.

Pas nadat ze net voor sluitingstijd de plaatselijke supermarkt aan een goede omzet heeft geholpen, ploft ze neer aan de tafel voor het raam. De rest van de avond ligt nog open. Ze moet zich maar eens gaan verdiepen in het voorstel voor haar nieuwe bedrijf. Hoe gaaf dat ze dit nu dankzij Nick door kan zetten. Tanja had een mysterieus geheim persoon waarschijnlijk nooit geaccepteerd.

Het bekende logo kijkt haar aan. Bizar dat ze nu aan de andere kant zit. In opperste concentratie leest ze het document zin voor zin door. Het bedrag van de startsubsidie duizelt haar.

Pas als ze de uiteindelijke voorwaarden ziet, schudt ze haar hoofd. Onmogelijk om dat ooit te bereiken. Hoe kan Nick spreken over een groot succes? Dit krijgt ze nooit voor elkaar.

Alleen al de eis dat ze om de dag een nieuwe post moet plaatsen. Hallo, dit is haar hobby. Niemand zegt haar wat ze moet doen. Toch?

'Fuck, ze heeft me weer in de tang,' scheldt Moon voor zich uit.

Met een geïrriteerde beweging pakt ze haar laptop. Aan de slag! Anders is alles al verloren voor ze goed en wel begonnen zijn. Tanja zal haar vanaf nu in de gaten gaan houden.

De vreemde opmerking van Nick dat ze moest blijven daten lijkt ineens heel begrijpelijk. Als ze dat niet meer doet droogt haar inspiratie op. Daten om haar bestaan op te bouwen, bizar maar waar.

Ineens herinnert ze zich de blonde knul die haar via de chat heeft benaderd. Als ze die weer eens opzocht? Of is hij te aantrekkelijk om haar vernieuwde datingleven mee te beginnen?

Onzin! Ze houdt van Nick, de rest is werk. Best leuk werk met een bijzondere uitdaging.

Ze zoekt zijn profiel op. De vrolijke man kijkt haar met zijn helderblauwe kijkers spottend aan. Zijn blonde krullen lichten op in laat zonlicht. 'Je bent prachtig,' fluistert ze. Snel typt ze een uitnodiging en logt direct weer uit.

De verleiding om nog even op haar blog te kijken is te groot. Nick heeft het steeds over 'verbinding', maar is dat niet juist waar ze veel tijd in steekt? Er komen steeds meer vragen van onzekere beginners naar een goede ontmoetingsplek voor een eerste keer. Meestal houdt ze het bij algemene tips: een plek waar veel andere mensen zijn, een stationsrestauratie, restaurant of café. Maar vanaf nu gaat ze zakelijker worden, dat heeft Nick er wel ingewreven, al was dat op een zeer erotische manier.

Dus als ze weer een nieuw verzoek om informatie ziet, geeft ze aan dat De Winkel van Sinkel een café-restaurant is waar je anoniem – en gezellig – wat kunt drinken. Als ze dat vaker gaat doen, kan ze mooi provisie gaan vragen. Straks bedelen de cafés in de Utrechtse binnenstad om haar aandacht. Zo moet het dus.

Er komt al snel een reactie, alleen van heel iemand anders:

Wat een prachtige plek om een bijzondere vrouw te ontmoeten. Ik zal daar op je wachten. Maar kijk regelmatig achterom, want je wordt gevolgd.

Haar ademhaling zit ineens hoog in haar borstkas. De herinnering komt terug. Ze wist het: ze heeft iemand gezien in de schaduw van de boom.

Maar waarom waarschuwt de Utrechtse Dater haar?

AMY

Ze heeft haar best gedaan om in haar woonkamer een ontspannen sfeer te creëren. Indirect licht tegen haar lichtgele plafond zorgt voor de zachtheid die ze nodig heeft. Uit een la van haar oude Chinese kast haalt ze de geurkaarsjes en steekt ze aan. Lavendel brengt haar altijd terug naar die ene week in de Dordogne waar ze tussen de geurende velden op het picknickkleed lag. De laagstaande zon gaf een gouden randje aan zijn haar, zelfs zijn lange wimpers lichtten op. De kus die hij op haar lippen duwde kan ze zich nog zo voor de geest halen. Een mengeling van zachtheid met chocola, iets wat ze daarna nooit meer heeft ervaren. Sinds die vakantieliefde heeft ze de chocoladecroissants gemeden. De smaak klopte nooit. De liefde ook niet.

De ringtone van haar telefoon. Een ademloze Moon aan de andere kant; ze wil haar spreken. Móét haar spreken. Nog geen twee minuten later heeft ze alle kaarsen weer uitgeblazen en zit ze op de fiets naar het centrum. Haar nervositeit laat haar sneller fietsen dan normaal. Moon komt weer bij haar terug. Ze wist het! Toch heeft ze dit keer wel erg lang gewacht met contact opnemen.

Voor De Winkel van Sinkel zet ze haar fiets vast aan de reling. Ze speurt naar het bekende gezicht tussen de vele terrasbezoekers. Veel studenten, een paar stelletjes en uiteindelijk weggedoken achter een van de grote zuilen ontdekt ze de zwaaiende hand van haar vriendin.

Ze werpt nog een korte blik om zich heen, strijkt haar strokenrok glad en loopt dan naar haar toe.

'Jeetje Moon, wat zie je er goed uit.'

Ze ziet de mysterieuze glimlach op het gezicht van Moon. Hoelang is het wel niet geleden dat ze haar zó heeft gezien?

'Wijntje?'

'Doe maar thee.'

'Weet je het zeker? Ik heb iets te vieren.' Moon spreidt haar armen uit en ziet er zo intens gelukkig uit dat Amy vanzelf mee lacht. Fijn dat de ruzie vergeten is.

'Doe eerst maar thee, daarna zien we wel.' Amy kent haar vriendin te goed. Ze heeft eigenlijk geen zin om na deze enthousiaste begroeting terug te zakken in een huilerige stemming, wat meestal volgt op te vroege alcohol. Alcohol is Moons expertise.

'Neem een bal. Of heb je liever een vlammetje?' De knipoog doet zeer. Een van de bitterballen verdwijnt in Moons mond, terwijl ze iets onverstaanbaars mompelt.

Amy duwt haar rug tegen de harde leuning, op zoek naar steun. Het jaloerse duiveltje prikt gaten in haar gedachten. Het beeld van haar Kees met Moon in het café was te pijnlijk. Maar ze weigert het te benoemen en daarom zegt ze snel: 'Jij hebt Nick ontmoet.'

Terwijl de thee voor haar neergezet wordt en de ober de kaars op tafel aansteekt, verplaatst haar vriendin haar jeugdliefde naar een hernieuwde relatie. En dat niet alleen. Ze blijkt ineens samen met hem zaken te doen. Het duizelt Amy.

'Ga je echt in zee met Tanja Tang? Met je blog?' Het schiet naar buiten, zo verbijsterd is ze. Maar de glimlach blijft onuitwisbaar op Moons gezicht aanwezig. Alles is roze of wordt zo gepresenteerd.

'Doe niet zo geschokt. Alles is onder controle. We hebben echt grootse plannen en Tanja weet van niks.' Moon giechelt zacht, terwijl ze een nieuwe bitterbal pakt.

'Maar zij geeft nooit zomaar geld. Wat staat ertegenover? Heeft ze geen eisen gesteld? Een contract met onleesbare lettertjes?

Moon, jij weet als geen ander hoe ze is, en juist jij laat je nu zomaar door haar mooie praatjes inpakken?'

Moons hand stopt halverwege haar mond. 'Juist omdat ik haar ken, kan ik al haar valstrikken ontwijken.' Toch blinkt er enige twijfel in de lichtbruine ogen.

'Heb je al getekend? Ze moet er iets vreselijks tegenover gezet hebben. Iets met onmogelijke groei of te hoge verwachtingen.'

Moon legt de bitterbal terug op de schaal. 'Dat valt wel mee,' antwoordt ze met zachte stem.

Amy voelt dat ze raak schiet. 'Wat zijn die eisen dan?'

'Om de dag een blog en eerst een verdubbeling van het aantal volgers.'

'Eerst?'

'Nou ja, als het aantal lezers eenmaal groeit, zet dat vast door.'

'En hoe ga je die groei bewerkstelligen?' Pas als ze ziet dat Moons uitdrukking ineens veranderd is, beseft Amy dat ze te hard tegen haar is. 'Sorry, Mo. Ik ga op de stoel van de duivel zitten. Ik wil dat het goed met je gaat en juist Tanja...' Ze slaat haar blik neer.

Moon herstelt zich waanzinnig snel. 'Het komt goed. Echt! En weet je, we hebben een prachtig aanbod voor jou.'

De term 'we' begint te irriteren, toch wordt ze nieuwsgierig.

'Nick heeft een bedrijf opgezet waarin verbinding en marketing een grote rol speelt. Hij weet precies hoe we de betrokkenheid van de lezers van mijn blog kunnen vergroten. En daar kom jij om de hoek kijken.'

'Ik? En Nick?' vraagt Amy schor.

Moon buigt naar haar toe en haar stem klinkt lager dan anders. 'We gaan live-events organiseren.'

Amy laat de woorden tot zich doordringen, maar heeft geen idee wat zij daarmee te maken kan hebben.

Moon praat pas verder nadat ze schichtig om zich heen heeft gekeken. 'Natuurlijk kan ik daar zelf niet opduiken, want niemand mag weten dat ik erachter zit. Maar jij...'

'Ik?'

‘Wil jij gastvrouw zijn? Dan heb je een baan. Ik kan je betalen uit het subsidiepotje van Tanja.’

Amy ziet de stralende ogen van haar vriendin, maar kan niet reageren. Stilte neemt bezit van haar. Ze kijkt in het flakkerende vlammetje van de kaars die de beginnende schemering op afstand houdt. Gastvrouw. Werken voor Moon. Of eigenlijk samenwerken met Nick. Kan ze dat?

In het bewegende licht verschijnt het gezicht van haar vriend. De vlam waarvan ze dacht dat hij echt op haar viel. Tot Kees de afspraak met haar afzegde. Zakelijke afspraak, zei hij. Het café vertelde een ander verhaal.

Het tafereel in het kerkelijke café waar ze hen aantrof duikt op in haar gedachten. Kees had alleen maar oog voor Moon. Zijn rode haar glinsterde in het zachte licht. Ze had door het café heen willen rennen, hem weg willen trekken en hem confronteren met zijn leugen. Die twee zagen elkaar de hele dag al. De avond was voor háár.

In een waas van verdriet was ze weggerend en had zich verstopt onderweg naar Moons huis. Ze moest weten of Moon alleen naar huis zou gaan. Tot haar grote opluchting was Kees niet bij haar.

Ze gaat rechtop zitten en schudt het nare gevoel van zich af. Het is vreselijk dat haar poging om Moon met mooie kleding te helpen, uiteindelijk uitmondde in nieuwe verdachtmakingen aan het adres van Nick. In plaats van een versterking van hun vriendinnenband had ze het tegenovergestelde bereikt.

Maar Moon is weer teruggekomen, al is het met een aanbod dat haar grote twijfel geeft. Het risico op herhaling ligt op de loer. Is het niet beter dat ze zich niet mengt in de nieuwe plannen van Moon? Hoe zal het zijn om Nick weer te zien? Kan ze zichzelf wel voldoende wegcijferen?

In die tijd was hij onbereikbaar voor haar. Maar nu is hij dichterbij dan ooit. Het is haar beurt om een stap te zetten.

‘Wat is er, Amy? Je kijkt alsof je…’

‘Ik doe het,’ zegt ze direct. ‘Wat ontzettend lief dat je aan mij denkt.’ Ze buigt naar haar vriendin toe en slaat haar armen om haar heen. Daarna wenkt ze de ober. Al voor hij bij hun tafeltje is, roept ze: 'Twee witte wijn, we hebben wat te vieren!'

Na een uurtje zijn ze de kou ontvlucht en naar binnen verhuisd waar ze hun gezellige feestje gewoon voortzetten. Het is lang geleden dat ze gedineerd heeft met bitterballen en vlammetjes. Ze voelt zich heerlijk fout, zeker als de ober de zoveelste glazen wijn brengt. Er heeft zich een bijzonder soort huiselijkheid in haar maag genesteld, nu Moon weer bij haar is. De ruzie is bijgelegd zonder dat ze het erover gehad hebben. Is dat niet de ultieme vorm van vriendschap?

'Heb je dat gezien? Hier is ook veel inspiratie te vinden,' fluistert Amy, terwijl ze knikt naar de vele stelletjes die in de prachtige ruimte een plekje hebben gevonden.

Moon gniffelt. 'Je ziet het gewoon aan hun houding. Het ongemak, het peilen van elkaars reacties...'

'Die gemaakte lachjes,' vult Amy direct aan. 'Zo overduidelijk wie hier zitten te daten.'

'Misschien kan ik het wel gebruiken.'

Amy ziet de blik van Moon veranderen: ze kijkt wel maar ziet niets. Het is haar al vaker opgevallen. Alsof ze vertrekt naar een wereld naast het normale leven. Een wereld die alleen haar vriendin kan zien. Ze durft haar gedachtes niet te onderbreken. Wat Moon doet schept ineens de basis voor haar nieuwe baan. Zou ze er echt voldoende geld mee kunnen verdienen om van te kunnen leven? Evenementen organiseren en als gastvrouw optreden, het klinkt niet eens gek.

'Ik moet naar huis,' zegt Moon ineens.

Amy schrikt zo van die plotselinge uitroep dat ze wijn morst op haar witte linnen broek. 'Waarom? Het is toch gezellig?'

'Dit...' Moon laat haar arm over de groep mensen gaan. 'Dit heb ik veroorzaakt. Ik heb ze getipt over deze mooie ontmoetingsplek. Ik móét er een blog over schrijven.'

Terwijl Amy op zoek gaat naar een papieren zakdoekje, wenkt

Moon de ober om af te rekenen. Nog geen minuut later is Moon op haar fiets gesprongen en blijft Amy in haar eentje achter.

MOON

Moon fietst in een belachelijk tempo naar huis. Wat een briljant idee van Amy. Of had ze het toch zelf bedacht? Ze hád het zelf bedacht. Alleen het onderwerp was nu pas echt geland. Dit was pure inspiratie. Een nieuwe blog ligt klaar in haar hoofd, ze heeft hem feitelijk al getypt.

De avond is nog beter verlopen dan ze hoopte. De vriendschap is hersteld én ze heeft een vertrouwd iemand om haar te helpen bij het event dat steeds duidelijker vormen aanneemt in haar hoofd. Een echt datingcafé. Een zaal waarin mensen elkaar kunnen ontmoeten alsof ze gewoon een drankje gaan drinken in het café.

Zo heeft ze zelf het daten altijd willen zien, al lukte dat meestal niet. Zodra ze de man in kwestie ontmoette, dacht ze eraan hoe het zou zijn om naast hem wakker te worden, of hij kon koken, hoe de inrichting van zijn huis zou zijn en hoelang het zou duren voor ze bij hem kon intrekken. En zo maakte ze de ontmoeting altijd groter en belangrijker dan hij was. Nu had ze bij De Winkel van Sinkel hetzelfde zien gebeuren. Het was zo overduidelijk met welke reden mensen daar zaten.

Ineens stopt ze met trappen. Wanneer het geknars van haar ketting ophoudt hoort ze alleen nog maar het onregelmatige gesuis van haar band omdat ze een slag in haar wiel heeft. Ook haar denken komt in een ander ritme. Daters zijn zichtbaar. En er zaten er zeker twaalf in die ene ruimte.

Met haar hele gewicht gaat ze op de rem staan en stapt af. Achter haar klinkt een geïrriteerd rinkelen van een fietsbel. 'Hé, kun je niet uitkijken!'

'Ja ja ja, dat doe ik wel,' mompelt ze. Daarna begint ze te lachen. Te bizar voor woorden. Zou haar blog echt zo veel invloed hebben?

In plaats van te fietsen loopt ze nu verder in de richting van haar huis, omdat die manier van bewegen de inspiratie nog beter laat stromen. Terwijl allerlei ideeën zich aandienen, duwt ze haar roestige metgezel voort. Het idee dat mensen haar ineens zien als een belangrijke raadgever, welt omhoog als het water in een bron. Ze wordt dus wél gezien, ook al weet niemand wie ze is.

Haar lach glijdt door de avond weg. Haar telefoon ligt al in haar hand om Nick te bellen en hem het mooie nieuws te vertellen, als iets haar tegenhoudt. Ze wil hem zo graag weer bij haar thuis hebben, dat ze het mooie nieuwtje bewaart als lokkertje. Wat zal hij opkijken als ze vertelt dat dit ook een onderdeel van het verdienmodel kan zijn. Gewoon een simpele tip voor een locatie of voor een activiteit. Dat moet geld opleveren. Zeker nu het blijkt te werken.

'Mister Winkel van Sinkel, *here we come*!' fluistert ze zachtjes tegen de dikke plataan. Pas als ze de boom bewust registreert komen de woorden terug die ze altijd tegen dezelfde boom zegt, om zichzelf moed in te spreken. *Vermijd de schaduwen.*

Waarom komen die woorden nu terug? Het water van de singel kabbelt onrustig tegen de kant aan. Twee bootjes tikken tegen de metalen randen van hun afmeerplek, in een diepe schaduw die met de minuut zwarter wordt.

Snel stapt ze weer op haar fiets en begint te trappen. Haar ketting knarst harder dan ooit. Ertussendoor klinkt een zware stem die zinnen opdreunt die ze was vergeten. Daarna komen de woorden terug: *Ik zal daar op je wachten.* En nog geen minuut later dreint hij zachtjes in haar oor: *je wordt gevolgd.* Hij was daar ook! De Utrechtse Dater kent haar. Híj achtervolgt haar.

Snel kijkt ze achterom en rijdt bijna tegen een lantaarnpaal op.

Ze knijpt hard in haar stuur en fietst verder. Het fietspad slingert wilder dan anders. Verdomde wijn. Maar mooi dat ze niet omkijkt. Ze wil niet leven in angst. Dat is voorbij. Toch?

MOON

Die klotewoorden van de Utrechtse Dater hadden haar oude angsten weer gevoed door aan te geven dat ze gevolgd werd. Was dat toen ook gebeurd? Die vraag komt steeds weer terug. Ze heeft er geen antwoord op. Misschien heeft ze het toen gewoon niet doorgehad. Was ze dan toch een slachtoffer van het toeval geweest, op de verkeerde plek op de verkeerde tijd? Het verandert niets meer aan de gevolgen; haar leven wordt nooit meer hetzelfde. Maar die vent veroorzaakt door zijn reacties wel weer opnieuw die angst.

De blogpost zit vastgeklonken in haar hoofd, het is nu onmogelijk om de woorden los te laten. En dus zapt ze langs de kanalen om verstrooiing te vinden en blijft hangen bij beelden van Utrecht die tijdens *RTL Nieuws* getoond worden. De zinnen die op een lichtvoetige manier opgedreund worden, landen zwaar in haar maag: er is een nieuwe aanrander actief.

Ze kijkt naar het raam waarachter de donkere nacht verborgen ligt. Had ze het dan toch goed gezien? Bewoog er iets in de schaduw bij de plataan? Moest ze de schaduwen blijven vermijden?

Een verslaggever is intussen bezig om mensen in het centrum van Utrecht te interviewen. Iedereen is geschokt als ze horen van de vrouw die op een stille plek is overvallen en daarna vastgebonden is achtergelaten.

'Ja, zo ging het,' fluistert Moon. Ze wil meer weten, alle details horen, maar veel meer dan wat vage woorden van een politie woordvoerder komen er niet. Snel zet ze de tv uit.

'Het kan niet. Niet weer,' zegt ze schor. In die paar uur van die novembernacht veranderde ze in een luciferhoutje. Haar lichaam was gebroken en haar hoofd verdwenen in een vurige hitte van schaamte. Had ze maar van zich afgeslagen toen ze de kans nog had. Voordat ze vastgebonden werd. Dan was haar leven heel anders verlopen.

Een uur later zit ze nog steeds op haar bank. De tijd is vergleden in de schaduwen uit het verleden, terwijl ze zich afvraagt of ze misschien zelf schuldig is.

Geluiden komen terug. Zinnen die uitgesproken zijn. De diepe pijn die ze heeft ervaren. Het is er allemaal weer. En hoe meer ze ertegen vecht hoe scherper het wordt.

Was ze hem maar te lijf gegaan. Ze kruipt in elkaar en voelt de scheurende pijn door haar lijf heen trekken. Haar angst wordt versterkt door die fucking schaduw die ze heeft gezien. Er was iemand. Wie volgt haar? Is die aanrander terug?

Sinds die november is ze gaan trainen om sterker te worden, zowel mentaal als fysiek. Om een aanvaller te lijf te kunnen als dat ooit weer nodig mocht zijn.

In de hoek hangt de zwartleren boksbal die ze aangeschaft heeft toen ze hier kwam wonen. Terwijl ze haar bokshandschoenen aantrekt, knijpt ze haar ogen samen. Ze visualiseert haar aanvaller op de leren boksbal. Dat helpt haar om de woede over wat er toen gebeurd is, kwijt te raken.

'Klootzak,' sist ze hem toe. Ze haalt uit en raakt hem vol op zijn rechterflank. Direct een linkse erachteraan. Daarna gaat ze volledig los. Lange reeksen korte stoten.

Zo had ze het moeten aanpakken; op deze manier had ze de macht over kunnen nemen. Dan was de rest ook niet gebeurd. Nooit meer laat ze zich te grazen nemen. Die vreselijke machteloosheid van dat moment vreet nog steeds aan haar.

'Aanpakken, smerige vuilak,' gromt ze. Daarna geeft ze hem een fikse stomp in zijn maag, gevolgd met een harde dreun op de zijkant van het gezicht. Ze wil die ogen niet meer zien. Nooit meer.

Een regen aan klappen daalt neer op de boksbal. De hitte in haar hoofd neemt extreme vormen aan en het zweet wordt aan alle kanten uit haar lijf geduwd. Nog een fikse uithaal.

'Out,' schreeuwt ze.

Daarna zakt ze hijgend naar beneden tot ze compleet lam op de grond ligt. En huilt.

Hij is altijd in haar nabijheid gebleven. Dat weet ze. Vooral in haar geest.

Terwijl ze zich omhoogduwt en op haar knikkende knieën overeind probeert te blijven, beseft ze dat ze de nacht niet aankan zonder alcohol. Het gaat niet eens om die denigrerende omstandigheden. Niet om die uren in de kille kou. Niet om de pijn. Het gaat om de verlatenheid die haar trof toen ze daarna ziek van ellende thuiskwam.

Ze rent naar haar kast en vindt haar pillen al snel. Daarna trekt ze alle dozen uit de kast die ze zorgvuldig op de bovenste plank heeft neergezet. Dan vindt ze haar noodvoorraad drank. Met de kostbare zaken tegen haar lijf aan geklemd wankelt ze terug naar de keuken. Snel drukt ze een pil uit de strip en neemt hem in met een fikse slok whisky. Als haar lippen de brand van het vocht ervaren weet ze dat het bijna voorbij is. Toch neemt ze een tweede pil. En een derde.

Daarna laat ze zich simpelweg door haar knieën zakken. Heel langzaam ontspannen haar strakke spieren zich. De wereld verkleint zich en wordt wazig. Haar ogen zakken langzaam dicht. Bewegingen vertragen en ergens achter in haar hoofd ontstaat een ander soort bewustzijn.

MOON

Het is haar zowaar gelukt om redelijk op tijd de nieuwe dag te beginnen en achter haar bureau te schuiven. Die nacht heeft ze in een diepe slaap doorgebracht, op zich niet zo verwonderlijk. De zon schijnt om het hoekje van het raam haar kamer binnen en geeft haar weer energie om naar een nieuwe date te zoeken. Daar gaat het om in het leven. Haar passie, haar blog. Ooit zal ze vrij zijn.

Het is een prettige verrassing als ze de mail ziet: de blonde knul heeft haar teruggeschreven. Maar net als ze hem een antwoord wil sturen, hoort ze een bekend staccato ritme van voetstappen in de gang.

Fuck! Snel buigt Moon zich over haar papieren, waarvan ze nog geen letter heeft gelezen. Loop door, loop door, denkt ze.

Maar als de kittige hakken bij haar deur stoppen, dwingt Moon zich om op te kijken. Er is iets veranderd in de blik waarmee Tanja haar opneemt, waarin Moon voor het eerst bezorgdheid leest.

'Ik heb informatie nodig over een blog.'

Moon ziet tot haar grote verbijstering een bekende naam op het briefje dat Tanja voor haar neerlegt. Een blos schiet over haar wangen. Ze buigt zich snel over het papier om haar verwarring te verbergen.

'Wil je uitzoeken welke tags worden gebruikt en welke onderwerpen de meeste likes krijgen. Ook wil ik de belangrijkste zoektermen voor een dergelijk type blog weten. En… zoals altijd met de bekende geheimhouding.'

Ze weet niet wat ze moet zeggen. Al die zaken heeft ze zo paraat, maar dat weet Tanja natuurlijk niet.

'Begrijp je wat ik je vraag?'

'Ja...' Ze pakt snel haar aantekeningenboekje erbij. 'Natuurlijk, Tanja.'

'Daarnaast wil ik meer weten van de technische aspecten van apps, en wie ik daarvoor zou kunnen raadplegen.'

'Maar...?' Moon schraapt haar keel en als ze zich opricht stoot ze bijna een stapel papieren van haar bureau. Dan stottert ze: 'Is dat niet...? Kees is een expert in...'

'Dat weet ik,' onderbreekt Tanja haar snel. 'Is het niet míjn keuze wie ik voor dit project vraag?' Haar ogen staan weer in de kille stand.

Moon zuigt nieuwe lucht naar binnen. 'Wanneer wil je het hebben?'

Lijkt het maar zo, of aarzelt Tanja dit keer echt voor ze zegt: 'Morgen is vroeg genoeg.' Daarbij gaat een veelbetekenende blik naar de stapel op Moons bureau.

Gedurende enkele ogenblikken hangt er een onwennige stilte tussen hen in.

'Morgen dus,' zegt Tanja nog een keer voor ze aanstalten maakt om weg te lopen. Net als Moon denkt dat ze ontsnapt is aan de indringende blik van haar baas die haar onrust zomaar had kunnen opmerken, ziet ze dat Tanja haar nog steeds aankijkt. 'Is alles goed met je?'

Moon knikt. Ze voegt er snel aan toe: 'Ja, ja, niets aan de hand.'

Een kort knikje en weg is haar baas. Haar voetstappen laten weer hun normale angstgolf door de gang gaan. Moon laat zich achterover zakken en laat eindelijk de zucht ontsnappen.

Het is prettig dat de werkdruk vandaag niet zo hoog ligt. Zo kon ze tussendoor mooi die blonde knul mailen en heeft ze wat oude opdrachten kunnen afronden. Als ze ziet dat het pas halverwege de middag is, neemt ze zelfs tijd om wat op internet te surfen. Op

NU.nl scrolt ze rustig door het nieuws. Dan valt haar de naam Winkel van Sinkel op.

Ademloos leest ze het bericht:

Na een bezoek aan deze bekende uitgaansgelegenheid in het centrum van Utrecht, is een vrouw lastiggevallen. Ze slaagde erin om te ontsnappen. Een goed signalement van de dader ontbreekt. De politie geeft aan dat ze de zaak onderzoekt.

Met haar mond vol zoute drop schudt ze met een driftig gebaar het laatste dropje uit het zakje. Ze verfrommelt het en mikt het met de nodige precisie naast de prullenmand.

'Mis,' hoort ze een bekende stem.

Kees komt haar kantoor in lopen en raapt het zakje op. 'Er schuilt geen sportvrouw in je.'

'Daarin vergis je je. Ik kan toevallig heel hard rennen,' zegt ze met een scheef lachje.

'Dat heb ik gemerkt.'

Het duurt even voor Moon weet waar hij op doelt. 'Sorry,' zegt ze zacht en ze duwt met haar tong tegen het dropje dat aan haar kies vastgezogen zit.

'Leuk was anders.' Hij pakt een stoel en gaat bij haar zitten. Hij veegt het snoepzakje glad op zijn been en bekijkt het nauwkeurig.

Moon weet best dat haar actie die avond niet zo netjes was, al helemaal niet omdat Kees haar zijn hulp had aangeboden. Ze glimlacht en hoopt dat het niet te gemaakt overkomt. 'Ik hoop dat je nog een gezellige avond met je vriendin hebt gehad.' Ze is blij dat ze die informatie ineens weer weet op te diepen. 'Toch een soort van voordeel bij een...'

'Nadeel?' Het schiet zo snel naar buiten dat Moon haar collega verbaasd aankijkt. 'Niet dus. Mijn vriendin was kwaad dat ik voor jou gekozen had.'

'Voor mij?'

'Ik had afgesproken om met haar uit eten te gaan, maar jij was zo wanhopig op zoek naar informatie dat ik je niet kon laten zitten.'

'Had het maar gezegd.'

‘Wat wil je nou eigenlijk van me, Moon? Jij zoekt steeds contact. Je vindt het makkelijk als ik werk van je overneem, het is prima als ik je verdedig tegenover Tanja en je vraagt zelfs expliciet om mijn hulp.’ Hij knijpt zijn hand tot een vuist waarin het dropzakje verpulverd wordt.

‘Ik eh…’ Ze slikt.

‘Maar als ik je daarna uitnodig voor een drankje, kruip je weg als een angstig vogeltje dat een havik op zich af ziet komen.’ Hij buigt zich naar haar toe en ze ruikt een kruidige aftershave die haar zomaar aantrekkelijk voorkomt. ‘Lieve Moon, sinds je vader dat ongeluk heeft gehad, ben je veranderd. Je bent de oude Moon niet meer.’

Ze wil wat zeggen. Hem uitleggen dat het niets met haar vader te maken heeft, maar hij gaat alweer verder.

‘Je bent veilig bij mij. Ik wil je echt helpen. Samen tegen de rest van de wereld. Zoiets.’ Hij laat zijn tong langs zijn lippen glijden. ‘In ieder geval samen tegen onze Tanja Tang,’ besluit hij grinnikend.

Er lijken minuten voorbij te gaan. Nu Nick weer bij haar is, heeft ze de hulp van Kees niet meer nodig. Het is zelfs beter om haar mond te houden over haar blog en niemand meer te vertrouwen. Of weet hij al meer dan ze wil?

Moon haalt diep adem. ‘Luister Kees, hartstikke fijn dat je me wilt helpen.’ Terwijl ze het zegt, probeert ze wanhopig te bedenken hoe ze verder kan gaan. ‘Dat je me beschermt tegen de grillen van ónze baas.’ De nadruk op het verbindende woordje legt ze er expres op. Ze aarzelt maar zegt dan: ‘Het gaat inderdaad om dat geheime project.’

‘Ik wist het wel.’ Er verschijnt een triomfantelijk lachje op zijn gezicht. ‘Dat kon haast niet anders.’

Ineens weet ze hoe ze het moet aanpakken. ‘Vertel me eerst eens wat je er al van weet, dan zal ik de rest invullen. Samen staan we sterker, je hebt helemaal gelijk.’

Kees werpt het compleet verkreukelde dropzakje met een perfecte boog in de prullenmand en staat op. 'Zeg het maar, hier in je kamer of in de koffiecorner?'

AMY

Ze ligt languit op haar bank en graait twee kussens naar zich toe. Wat heeft ze aan Kees als hij haar zo in de steek laat. Natuurlijk houdt ze tegenover Moon de schijn op dat ze een waanzinnige hunk aan de haak heeft geslagen. En natuurlijk verraadt ze niet dat het haar collega Kees is. De waarheid is namelijk dat Kees haar alleen ziet staan als er niemand anders is. Werk, zijn moeder, werk, zijn collega's en weer werk. Zo zit zijn leven dichtgetimmerd. Elk leeg gaatje in zijn agenda wordt gevuld.

Hoe krijgt Moon dat toch allemaal voor elkaar? Die slaagt erin om naast datzelfde werk een hele nieuwe carrière op te bouwen. Die laveert handig tussen dat kreng op haar werk en haar grote passie door.

Als Kees dat nou eens deed. Net genoeg werken om geen problemen te krijgen en verder samen met haar genieten van het leven. Misschien kunnen Kees en zij sámen wel iets opbouwen. Het klinkt niet verkeerd, zo'n event. Dan komt er vast dik geld binnen. Misschien kan Moon hen wel allebei inhuren? Zij als gastvrouw en Kees als technische ondersteuner. Ze voelde Kees' enthousiasme toen ze hem al even geleden vertelde over de gewéldige blog van Moon. Hij gaf direct aan dat hij Moon altijd wilde helpen.

Daar heeft ze nu spijt van. Moon is toegevoegd aan zijn lijstje, terwijl ze zelf weer als de grote verliezer is achtergebleven. Kees liet zijn toenadering tot Moon direct ten koste gaan van hun tijd samen.

Shit, wat baalt ze.

Het voelt allemaal zo dubbel. Moon is haar beste vriendin en ze zal alles doen om haar te helpen. Met wat dan ook. Ze wil zelfs voor Moon gaan werken, hoewel het vrije leventje haar wel bevalt. Maar ze baalt van die tweede plaats. Het zou prettig zijn als Moon haar een beetje zou waarderen om wat ze allemaal voor haar doet. Ze doet het allemaal voor háár. Net als vroeger.

Pas een halfjaar nadat de verkering tussen Nick en Moon was uitgegaan, had ze begrepen waarom Nick zoveel geld tot zijn beschikking had. Hij was handig met computers. En hij zag mogelijkheden die nog niet veel mensen hadden opgemerkt. Het was de opkomst van de internetbedrijfjes en Nick was daar in zijn vrije tijd helemaal in opgegaan. Zijn cijfers op school doken omlaag, terwijl zijn bankrekening omhoogschoot. Goudgeld verdiende hij. Nick had er tegenover de meeste klasgenoten over gezwegen omdat hij grote kansen voorzag; geheimhouding was beter, al had hij niet door dat zijn uitgavepatroon voor heel veel vraagtekens zorgde. Tot de boel door een collega-whizzkid gehackt was. Einde bedrijf. Het was allemaal gebakken lucht geweest, zei iedereen om hen heen.

Direct daarna was Nick verhuisd en uit hun leven verdwenen. Schaamde hij zich voor zijn ondernemingslust die een jammerlijke dood was gestorven? Of had hij toch wat dubieuze zaken opgepakt? Ze kon het niet van zich afzetten dat er een grond van waarheid in de roddels had gezeten. Waar rook is, is vuur. Achteraf was ze er vooral trots op dat ze Moon die afgang had bespaard.

Amy gooit een van de kussens omhoog en vangt hem keurig weer op. Zo werkt dat. Kaatsen en de bal verwachten. Het is maar goed dat ze haar vriendin een beetje in de peiling houdt en haar behoedt voor een enorme deceptie. Die blog is haar grote passie, die mag niemand haar afpakken.

Moon is zo naïef, die trapt nog in een muizenval. Zelf heeft ze feilloos in de gaten dat er iets broeit. Die Nick helpt Moon vast niet uit pure liefde om haar blog uit te bouwen tot een winstgevend bedrijf. Er moet iets achter zitten, dat kan niet anders. Zeker bij zo'n kiene zakenman als Nick. En dus zit er maar één ding op: ze moet in actie komen.

Als haar plannetje lukt, helpt ze Moon, vóór die zich in de afgrond van de liefde gooit, én krijgt zij haar Kees weer terug. Twee keer de eerste plaats, daar gaat ze voor. Ook al moet daar wél iemand het slachtoffer van worden. Sorry, Nick.

MOON

Met een snelle beweging heeft Moon Beer onder het bed laten verdwijnen. Er was ook niet veel tijd om wat dan ook op te ruimen. Nick kwam binnen, tilde haar op en droeg haar naar haar bed, dat ze godzijdank net verschoond had. Onderweg hadden ze elkaar van hun kleding ontdaan.

'Wat is je huid lekker zacht,' fluistert Nick, waarbij elke ademstootje een rilling over haar blote buik laat gaan. Zijn vingers strelen elk plekje dat tussen haar borsten en haar schaamstreek is te vinden.

Haar lijf schreeuwt om meer. Ze schuift langzaam naar beneden, zodat zijn hand bijna automatisch naar haar borst wordt geleid. Daar blijft hij liggen, de vingers gespreid, waarbij hij telkens met één vinger druk uitoefent. Kort en totaal onverwachts. Wisselend, in een niet te voorspellen ritme.

Haar tepel is hard en dringt zich tussen zijn vingers in, die zich er krachtig omheen sluiten. Een schokje schiet door haar onderbuik. Daarna stopt het weer. Zo doortastend en hard als hij de vorige keer in hun liefdesspel was, zo afwachtend is hij nu. Alsof hij met zijn gedachten bij iets anders is. Toch kijkt hij onafgebroken naar haar lichaam alsof hij elk detail in zich wil opnemen.

'Is er iets?'

Als antwoord buigt hij zich over haar heen en sluit zijn lippen om de hare. Zacht en vochtig.

Ze duwt haar vingers ertussen. 'Vertel eens, zit je iets dwars?'

'Dat event,' zegt hij schor.

'Wat is daarmee?'

'Jij kunt daar zelf niet bij zijn.'

Ze lacht zachtjes. Het is mooi om te merken dat hij bezorgd is. 'Dat hoeft ook niet. Ik heb al een gastvrouw gevonden.'

Hij kijkt met een ruk op. 'Dat klinkt goed.'

'Amy zal zich opwerpen als gastvrouw.'

Een kort trekje van zijn mondhoek, meer is het niet. Toch beseft Moon dat hij direct weet wie ze bedoelt.

'Weet zij van jouw blog?'

Ze humt bevestigend. 'En Kees ook.'

'Wat?'

Moon vertelt over het gesprek dat ze met Kees in de koffiecorner heeft gehad.

Het was behoorlijk schokkend geweest. Natuurlijk had hij gezien dat ze die dag op een datingsite had zitten kijken. Maar de grootste schok kwam nog: Kees wist alles van haar blog. Via Amy! Haar vriendín had haar al die tijd verzwegen dat collega Kees haar vlam was. En Kees biechtte het gewoon allemaal in één gesprek op. Ze was inwendig zo kwaad geweest, al haar geheime informatie lag gewoon op tafel. Natuurlijk had Kees haar verzekerd dat hij zijn mond zou houden tegenover Tanja, maar het was lastig geweest om te schakelen.

'Ik ben eigenlijk wel trots op mezelf,' besluit ze. 'Normaal sluit ik me dan af en ren weg. Maar nu bedacht ik dat we het ook kunnen gebruiken.' En ze vertelt over de technologische hoogstandjes die Kees voor Tanja Talents voor elkaar bokst.

'Dat klinkt alsof ik ook eens met Kees moet gaan praten,' geeft Nick aan terwijl hij met zijn vinger rondjes draait om haar tepel. Daarna sluit hij zijn mond eromheen en ze voelt dat hij zachtjes bijt.

Ze kreunt en draait haar lichaam helemaal naar hem toe, zodat hij er nog beter bij kan. Maar hij stopt direct.

'Denk je dat Amy dat kan?'

'Wat kan?' Moons gedachten zijn allang weer bij het heerlijke lijf van Nick.

'Gastvrouw spelen?' Haar andere tepel is aan de beurt.

'Je plaagt me,' kreunt ze op een zeurderig toontje.

'Volgens mij ben je gek op plagen.' Hij duwt haar benen zachtjes uit elkaar en gaat boven op haar liggen. Zijn onderlijf duwt hij hard tegen haar aan voor hij zich opricht en binnendringt.

Ze rilt en Nick trekt het laken over haar heen. 'Je begint af te koelen.'

'Ja, zou je daar niet eens wat aan doen?' Ze grinnikt.

'Dat doe ik al.' Het laken wordt nog wat verder over haar schouders getrokken.

'Je bent heerlijk. Gek dat ik nu pas besef hoe erg ik je gemist heb.'

'Dito,' zegt Nick en hij kruipt tegen haar aan.

'Ons bedrijf wordt vast een groot succes. Ik heb nog zo veel ideeen.' Ze vertelt over de gedachte om businessdating op te pakken. 'En wat dacht je van een miljonairsclub? Die lui willen een viparrangement en volledige aandacht. Dat kunnen we allemaal regelen. Tegen betaling natuurlijk.'

Nick bromt waarderend 'Het is bijna jammer dat Tanja in de winst gaat meedelen.'

'Als we het goed aanpakken zijn we haar zo kwijt. We gebruiken haar als start-up, daarna kunnen we het zelf.' Moon voelt zich groeien. De zelfverzekerdheid over alle lijntjes die ze nu al heeft bedacht om verder uit te groeien, is fantastisch. Alsof ze nu pas ontluikt.

'Maar dan moet het contract opengebroken worden.' Nick duwt zich omhoog en leunt op één elleboog.

'Ook dat moet kunnen lukken. Kees vertrouwde me namelijk wat toe. Er blijken veel meer mensen te daten. Heb jij enig idee wie?' Moon kijkt hem veelbetekenend aan. Zo moet je dus een gesprek voeren. Ze heeft het eindelijk door. Niet te veel vertellen, maar wel vragen. En Kees was een geweldige gesprekspartner om mee te oefenen. Al waren de antwoorden wel erg verrassend.

'Tanja?' raadt Nick. Daarna begint hij te lachen. 'Dit is het beste nieuws dat ik sinds tijden heb gehad. Je bent een topwijf!' Hij zoent haar hard op haar mond en vervolgt zijn traktatie over de rest van haar lichaam. Zijn kin en neus duwt hij op gevoelige plekjes die haar direct in de giechelmodus zetten. Gierend van de lach bedelt ze hem om te stoppen.

'Wil je de rest ook horen?' Haar stem eindigt in een hoge uithaal.

'Natuurlijk.' Hij zoent haar in haar hals waardoor ze direct weer in elkaar krimpt.

'Dan moet je wel even stoppen.'

'*Yes ma'am*.'

Nadat Moon het laken weer wat omhoog heeft getrokken, vertelt ze over het idee om het verdienmodel uit te breiden.

Nick bromt waarderend als hij hoort over haar tip van De Winkel van Sinkel en de provisie die ze op die manier bij veel meer uitbaters kan vangen. 'Wat slim. Dat zou zomaar een grote inkomstenbron kunnen worden.'

Moon gloeit ervan. En ineens, in een heel korte opleving, weet ze dat dit geluk is. Ze is gelukkig. Met heel haar hart. Een intens stukje beleving dat al begint weg te zakken als ze zoekt naar wat het dan precies is.

'Was die Winkel van Sinkel laatst niet in het nieuws?'

Paf, weg is het. Ze trekt het laken nog dichter om zich heen.

'Waar was dat ook weer? Op tv of zo?'

Ze kan niet antwoorden. Haar keel zit dicht van de emoties die haar al een jaar achtervolgen. De kou die door haar lijf blies alsof ze er niet was. De donker geklede man die haar als een stuk vuil achteloos in de bosjes gooide en zich aan haar opdrong. En daarna…

Het laken is te dun om haar tegen de plotselinge kou te beschermen.

'Hé, wat is er met je?'

'Ze is verkracht,' stoot ze naar buiten.

'Lastiggevallen, volgens mij. En dat was de derde al in korte tijd.' Dan trekt hij haar tegen zich aan en wiegt haar zwijgend heen en weer. 'Wil je erover praten?'

Ze snuift de veilige geur op die haar terugbrengt naar vroeger. Naar de tijd vóór die novembermaand. Naar de tijd dat haar een mooie toekomst wachtte. De geur van geluk en diepe verbinding. Alsof ze door een weiland vol voorjaarsbloemen liep.

En dan, na zeker acht keer opnieuw het aanzetje te hebben genomen, schiet ze over de drempel heen. 'Ik ben verkracht.'

Minutenlang hoort ze alleen maar zijn hartslag die haar begeleidt in haar schokkerige ademhaling. Het voelt warm en vertrouwd ondanks de vernederingen die haar zijn aangedaan. Vastgebonden aan een boom, haar kleding van haar lichaam gerukt, de wind die vrij spel had, de ogen die haar betastten, zijn handen, zijn lijf, hun stemmen... Een rilling trekt door haar lichaam.

'Toen hij klaar was, begon het pas.' Ze hoort haar stem, maar beseft niet dat ze zelf alles onder woorden brengt. 'Hij bond me vast, aan een boom. De anderen...' Ze stopt.

Ergens uit het lijf naast haar komen kwade kreten, maar die negeert ze, omdat ze haar juist terugbrengen bij het gescheld van de figuren die zich haar lichaam toe-eigenden. Die haar ziel verminkten.

'Het gekke is dat ik me vooral een harde steen herinner die onder mijn linkerheup lag. Het hielp me mijn focus te richten. Die harde steen. Het werd een talisman.'

Ze zuigt ineens lucht naar binnen, alsof ze al minutenlang zonder zit. Haar borstkas is kleiner dan ooit en doet haar denken aan de nachten die volgden waarbij zelfs het donzen dekbed haar longen in elkaar leek te drukken. Uren zonder lucht. Zonder hoop. Zonder uitzicht.

'De pijn verwelkomde ik. Het kon me niet erg genoeg zijn, omdat deze pijn me liet wegzakken naar de vergetelheid. En elke keer als ik weer bijkwam was er die steen. Tot ik hem te pakken kreeg.'

Ineens komen de tranen.

'Ik...' Ze stokt en kijkt omhoog, alsof ze zeker wil weten dat Nick er nog is. Hij heeft zijn ogen dicht maar de gepijnigde blik op zijn gezicht geeft aan dat hij nog bij haar is. 'Het is me gelukt om mijn linkerhand los te krijgen. Ik wilde...' Ze kijkt naar de vingers die nu weer heel zijn en waar het bloed afgewassen is. 'Maar het lukte niet.' Moon praat fluisterend verder. 'Mijn spieren waren te slap. Ik was te slap. De steen gleed zo uit mijn vingers.'

De stilte die volgt bestaat alleen uit Nick en haar hart. Haar lichaam voelt ze niet, hoewel er continu schokken door haar heen gaan. Pas als alles tot rust is gekomen, beseft ze hoe opgelucht ze is dat ze niet alleen is.

'Dank je wel,' zegt ze zacht.

'Waarvoor?'

'Dat je er bent.'

Moon voelt hoe hij haar nog wat dichter tegen zich aan drukt. 'Is hij gepakt?'

Ze schudt haar hoofd. 'Niemand weet dat dit gebeurd is.'

'Heb je geen aangifte gedaan?'

'Toen ik thuiskwam was het één grote chaos. Blauwe zwaailichten begeleidden me de tuin in. Mijn buurvrouw stond te wachten, met Chiel als een stuiterende zenuwbal naast zich.'

'Dus de politie was al gewaarschuwd dat je vermist was? Wat moeten ze ongerust zijn geweest.'

'Niemand vroeg iets aan me. Niemand zag iets aan me. Niemand reageerde op me.' Een cynisch lachje ontsnapt. 'Het ging helemaal niet om mij.'

'Maar...?'

'Ze hadden me nog niet eens gemist.'

Soms vraagt ze zich af of ze zich van tevoren had kunnen wapenen tegen dat moment. Sindsdien duiken uit de zwarte kieren van de nacht vragen op die ze nooit wil beantwoorden. Dilemma's over lichamelijke en geestelijke pijn. Over het verschil tussen aanwezig zijn en niet gezien worden. Urenlang had ze in de volle aandacht gestaan, toch was het complete negeren van haar eigen pijn het allerergste.

'Waarom was de politie er dan?'

'Mijn vader had een ongeluk gehad. Hij was dood.'

TANJA

Door haar contact met Boy is er iets veranderd. Hij heeft haar geraakt. Kleine delen van haar gevoel zijn bloot komen te liggen. Terwijl ze haar portier dichtgooit en de auto afsluit ziet ze steeds het bleke gezicht van Moon voor zich. Ze leek wel ziek, met de bijna zwarte wallen onder haar ogen die te diep in hun kassen lagen. Ze had zelfs iets van bezorgdheid gevoeld.

Moon werkt al zo lang bij haar dat ze zich niet meer kan voorstellen dat ze er niet is. En hoe ze haar hersens ook pijnigt, ze kan zich niet herinneren dat die meid zich ooit ziek gemeld heeft. Alle geheime projecten die ze tot nu toe heeft gedaan, werden door Moon begeleid. Soms schakelde die wel een buitenstaander in, maar een geheim was veilig. Is dat de reden waarom ze zich nu afvraagt of Moon wel in orde is?

Morgen eens naar vragen, denkt ze bij zichzelf, en ze overbrugt in een recordtijd de laatste meters tot hun voordeur. Ze heeft zin in vanavond; in de nieuwe afspraak met Boy, die haar vandaag met ondeugende appjes al enorm heeft opgewarmd.

'Ik ben thuis!' Tanja zet haar laptoptas onder de kapstok. Er komt geen antwoord. Even is ze in verwarring. De BMW van Reinier stond toch voor de garage? Ze opent de kamerdeur en herhaalt haar woorden.

'Ja ja, ik heb je wel gehoord.' Reinier hangt onderuit op de bank, zijn gezicht staat op onweer.

'Ik heb chinees meegenomen.' Tanja loopt direct door naar de keuken met de buit die manlief vast in een beter humeur gaat brengen. 'Heb je al trek?'

Ze heeft haast, maar wil pas tijdens het eten vertellen dat ze vanavond weg is. Met geroutineerde bewegingen dekt ze de tafel en zet alles klaar, inclusief het belangrijke biertje voor Reinier. Hij schuift zuchtend aan tafel.

'Geen goede dag gehad?' Ze weigert om haar humeur te laten verpesten. Met het vooruitzicht van een warme nacht lijkt dat ook godsonmogelijk.

Reinier schept op en neemt eerst een paar grote slokken Leffe Tripel. 'Wat tegenslagen, meer niet.'

Tanja heeft zelf maar een klein beetje opgeschept en laat rustig de koude wijn over haar tong rollen. Hij komt wel, weet ze inmiddels. En inderdaad nog geen half glas later weet ze dat Reinier tegen fikse technische problemen is aangelopen met de webshop die hij aan het maken is. Hij moppert flink op een collega die speciaal hiervoor is aangetrokken en eindigt: 'Vanavond moet ik nog aan het werk. Het spijt me, maar het kan niet anders.'

'Eigenlijk komt me dat wel goed uit,' zegt ze zo neutraal mogelijk, waarna ze nog een extra pauze neemt en de wijn in haar glas rond laat draaien. 'Ik heb zelf ook nog een zakelijke bespreking in Amsterdam. Omdat het waarschijnlijk laat wordt, heb ik voor alle zekerheid maar een kamer gereserveerd. Dat geeft jou ook de mogelijkheid om alles rustig te regelen.'

Reinier bromt dat het oké is. 'Het zal er vanavond om spannen. Als het met deze webshop niet lukt, heb ik een probleem. Ik heb er flink in geïnvesteerd. Het zou toch van de zotte zijn als ik bij jou een subsidie moet aanvragen.' Hij slaat de rest van zijn bier achterover. 'Zeg, lekkere mop van me, zullen we er morgenavond weer eens samen een gezellige avond van maken? Daar heb ik wel zin in.' Hij likt het restant bier van zijn lippen die ineens een glimlach vertonen.

'Ja, laten we dat doen. Zal ik dan eens zelf voor je koken?'

'Nou...'

Tanja lacht. 'Oké, ik voel hem al. Ik haal wel wat.' Ze legt haar bestek weg en wacht rustig tot Reinier zijn tweede volle bord ook heeft weggewerkt. Hij ziet er ineens weer tevreden uit. Soms komen de dingen vanzelf bij elkaar.

'Lekker gekookt, schat.' Reinier zakt achterover en probeert nog een laatste druppel uit zijn flesje te persen.

'Ja, mijn specialiteit.' Ze schieten samen in de lach.

Op het moment dat ze weg wil gaan – ze heeft nog net op tijd bedacht dat ze ook haar werktas moet meenemen – staat Reinier voor haar.

'Veel succes, lieverd,' zegt hij en hij trekt haar dicht tegen zich aan.

Ineens is het schuldgevoel er. Slechts kort, maar toch onmiskenbaar. Ze zet haar tas neer en zoent hem vol overgave terug. Ze houdt van hem, dat weet ze zeker. Ze vullen elkaar aan op het gebied van ondernemen en komen samen tot prachtige plannen om de concurrentie voor te blijven. Maar Boy laat haar gloeien als vrouw.

'Werk niet te lang. Morgen is er weer een dag,' zegt ze zacht.

'Denk om jezelf.'

Dat is precies wat ze nu gaat doen, denkt ze. Ze trekt haar jas aan en pakt haar spullen. In de deuropening zoent hij haar nog een keer, alsof ze pubers zijn die geen afscheid kunnen nemen.

'Vertel eens,' fluistert hij in haar oor. 'Dat nieuwe geheime project van je. Waar gaat het dit keer over?'

Ze verstijft ter plekke.

'Daarvoor ga je toch naar Amsterdam?'

'Ja...'

'Wil je het met me delen? Ik merk dat je er enorm enthousiast over bent, want je straalt bijna alsof je verliefd bent.'

Hij weet het! De gedachte is er ineens. Ook na haar vorige afspraak met Boy reageerde hij anders dan anders. Net alsof het hem opwond. Was dat ook zo? Moet ze het opbiechten? Nu vanavond?

Wordt dat dan die *gezellige* avond die hij in gedachten heeft? Ze aarzelt en veegt haar vochtige handpalmen af aan haar jas. 'Jij mag het zeggen. Wil je het nu horen of zal ik je er morgenavond alles over vertellen? Ik moet natuurlijk het project eerst nog binnen zien te halen.'

'Oké, morgen. Laat je van je beste kant zien en geef je niet direct helemaal bloot. Soms neuken die gasten je waar je bij staat.'

Tanja lacht geforceerd en loopt naar buiten. Ze ziet haar auto al naar haar knipperen. 'Ik weet wat ik doe,' antwoordt ze zo zelfverzekerd mogelijk.

Als ze wegrijdt ziet ze dat Reinier nog in de deuropening staat. Hij steekt zijn hand op als afscheid. Wacht hij net zo ongeduldig tot ze weg is als zijzelf? Wat gaat hij doen? Ze kan alleen maar hopen dat hij niet in zijn oude fout vervalt. Seksuele opwinding kan bij hem zo overheersend zijn dat hij niet meer helder heeft waar de grenzen liggen.

MOON

De blonde knul ziet er nog beter uit dan op de foto. Meestal plaatsen ze oude foto's uit jonge jaren, maar Alex straalt alleen maar jeugd uit.

'Kom binnen.'

Na zijn vijfde berichtje heeft ze hem teruggemaild. Nick had opnieuw aangedrongen op nieuwe dates om zodoende haar expertise verder uit te bouwen. *Doe iets wat anderen niet doen, zodat je een nieuw gezichtspunt kunt belichten. Je hoofd boven het maaiveld uitsteken, dan val je op.*

Ze begreep zijn standpunt, maar daarom deelde ze het nog niet met volle overgave. Ze was liever bij hém gebleven, in zijn armen, op de bank. Zeker nadat ze ook haar ziel bloot had gegeven. Toch was het goed dat ze er niet te lang over doorgepraat hadden. Het rakelde alles weer op. Zijn afscheidszoen was daarna zachter en de manier waarop hij haar aankeek toen hij haar ten afscheid over haar wang streelde, had aangegeven dat hij echt om haar gaf.

Ze had zich er even toe moeten zetten, maar toen ze haar date zag, bedacht ze dat haar werk helemaal niet vervelend was. De echte aarzeling zat meer in de plaats delict dan in *the time of crime*. Hij nodigde haar namelijk bij hem thuis uit. En dat is gevaarlijk terrein.

Nick kan trots op haar zijn, want nu doet ze iets waardoor ze zal opvallen. Het credo binnen de datingwereld is voor iedereen duidelijk: geen eerste date bij een man thuis. Het was zelfs de allerbelangrijkste tip van haar verzameling date-tips. Dus met dat maaiveld zat het wel goed, nu moest ze haar hoofd nog zien heel te houden.

Aan zijn sprankelende ogen te zien is deze jongen de onschuld zelve en dus stapt ze zonder enige angst naar binnen.

Moon loopt zijn woonkamer in die in een showroom niet zou misstaan.

'Wow,' is het enige wat ze uit kan brengen. Alles staat strak in het gelid, zelfs de kussens op de bank liggen secuur gerangschikt.

Alex blijft staan en zijn blik is alleen maar op haar voeten gericht. Voetfetisj is haar eerste gedachte. Dan schrikt ze. Heeft ze haar pantoffels nog aan? Slippers? Foute schoenen?

Maar niets van dat alles.

'Zou je het erg vinden om...?' Hij wijst naar haar sportieve gympen. De volgende blik op het crèmekleurige kleed maakt het helemaal duidelijk.

'Moet ik me nu al uitkleden?'

Hij schiet in de lach. Gevoel voor humor heeft hij in ieder geval.

Terwijl hij voor thee zorgt, loopt Moon rond. Whitewash houten planken met koperkleurige accessoires; een lamp, vaasje en een drietal kaarsen. Aan de andere kant van de boekenkast hetzelfde. Symmetrie doorgevoerd tot in het uiterste. Ertegenover een beige bank met een hoekgedeelte waarop je onderuit zou kunnen hangen voor de tv. Alleen is die laatste nergens te bekennen, tenzij die trendy weggewerkt is in de kast. In de hoek staat een eethoek met een glazen tafel waarop een vaas staat met bloemen die net zo wit zijn als de rest van de kamer. Het is een plaatje. Alles klopt. Of liever gezegd: bijna alles klopt.

'Woon je hier ook?' vraagt ze, terwijl haar de afwezigheid van kranten, post of stof opvalt. Dat is bij haar thuis in grote mate aanwezig is.

Alex komt net met twee theeglazen aanlopen. 'Wat bedoel je?'

'Ik vroeg me af...' Ze slikt. Hoewel ze net een schone spijkerbroek heeft aangetrokken, durft ze niet eens te gaan zitten. Stel dat ze de kussens verschuift, of – nog erger – een kring maakt met haar theeglas op het tafeltje. 'Nou ja, het is hier zo netjes.'

'Ik heb het extra gezellig gemaakt,' zegt hij terwijl hij haar een brede lach schenkt.

Bij haarzelf zit gezelligheid juist in die andere zaken, zo maakt ze zichzelf altijd wijs.

Zittend op het uiterste puntje van de bank drinkt ze haar thee met afgemeten slokjes. Ze voelt een bijna onweerstaanbare drang om haar pink omhoog te tillen. Maar ze gedraagt zich.

Als ze haar theeglas wil neerzetten, schiet Alex omhoog om een onderzettertje uit een geheim laatje tevoorschijn te toveren.

'Sorry,' mompelt ze, terwijl ze opgelaten door haar haren strijkt. Een losse haar blijft aan haar hand hangen. Ze wil hem achteloos op de grond laten vallen. Net als bij haar thuis, waar die ooit wel gevonden zal worden door een zeldzame stofzuiger.

Ze stopt net op tijd. Niet hier! Een bruine haar op de lichte bekleding zal direct door zijn heldere kijkers opgepikt worden.

Alex kletst intussen over zijn werk als gastheer in een groot hotel net buiten Utrecht. En terwijl ze hem al voor zich ziet in een zwart pak met een ultrawit overhemd, laat ze de haar ongemerkt naast de bank vallen. Veilig weggemoffeld voor de paar minuten dat ze hier nog zal blijven.

'Iets sterkers?'

Ze wil het aanbod afslaan, maar haar gestel heeft er zoveel behoefte aan dat ze al knikt voor het echt tot haar doordringt.

Hij staat op en ze volgt zijn voeten op het kleed. De haren lijken direct terug te veren zodra hij zijn voet optilt, alsof ze elke aanraking ongedaan willen maken.

Door de port, die ze veel te snel opdrinkt, kan ze haar angst toch wat loslaten. Alex blijkt een goede gesprekspartner en voor ze het weet vertelt ze honderduit over haar baan bij Tanja. De wijn die hij daarna in een gigantisch groot glas voor haar inschenkt, laat haar ook over Chiel vertellen. En voor ze het weet, is ze in tranen. Ze mist haar broer. Het voornemen om hem weer eens snel op te zoeken, zet ze in de planner die ze ergens in haar hoofd heeft opgeslagen.

Als Alex even in de keuken is, checkt ze snel haar mobiel. Geen bericht van Nick. Zou hij aan haar denken?

Ineens krijgt ze haast om weg te gaan. Ze is niet echt op een date. Het geeft een vreemde mengeling van gevoelens, want als Nick er niet was geweest, was ze vast gebleven.

'Ik ga,' zegt ze abrupt en ze staat al bij haar schoenen.

'Maar ik heb wat lekkers voor je.' Hij heeft een paar plakjes komkommer op een schaaltje gerangschikt met daarnaast wat gevulde dadels.

'Sorry, maar ik zag ineens hoe laat het al is.'

'Heb je nog een andere afspraak?' Alex komt naast haar staan terwijl ze zich bukt om de veters te strikken. Hij is te dichtbij. Met trillende vingers zorgt ze ervoor dat de veters flink in een knoop gelegd worden.

'Nee, natuurlijk niet.' Het schiet naar buiten. 'Ik bedoel, ja! Maar ik was de tijd vergeten. Mijn vriendin...'

'Je mag ook gewoon eerlijk zijn.' Hij zet het schaaltje op de sidetable in de hal. Met een ruk draait hij zich weer naar haar toe. 'Je wilt me niet meer zien. Ik voel het. Ben ik te jong voor je? Is dat het? Denk je dat ik geen goede gesprekspartner ben? Of ben je misschien bang...' Hij torent nu hoog boven haar uit. 'Ben je bang dat ik je wat aandoe?'

Ze weet niet hoe snel ze omhoog moet krabbelen. Daarna strekt ze zich nog wat verder op, al was het alleen al om zichzelf groter en sterker te voelen. 'Natuurlijk niet. Doe niet zo gek. Het was gewoon een erg gezellige date.'

'Dat vond ik ook. En ook heel bijzonder. Bijna niemand heeft de moed om voor een eerste afspraak bij me thuis te komen.'

Eenmaal weer buiten – 'Nee, je hoeft me echt niet thuis te brengen.' – valt haar eenzaamheid zwaar over haar heen. Toch wint de opluchting het. De jonge Alex had een vreemd trekje, maar dat had niets te maken met zijn smetvrees. Er was iets anders.

Moon merkt dat ze sneller loopt dan normaal, zelfs af en toe achterom kijkt. Had het te maken met zijn laatste zin? *Wel fijn dat ik je nu eindelijk ontmoet heb.*

TANJA

'Dat meen je niet!' Tanja blijft plotsklaps staan en er botst direct iemand van achteren tegen haar op.

Boy pakt haar arm en trekt haar uit de voetgangersstroom waaraan in hartje Amsterdam nauwelijks te ontkomen valt. 'Dat leek me voor jou het ultieme voorspel.'

'Dat je dat voor mij doet,' zucht ze en ze voelt een ontroering opkomen die haar vreemd is.

'Hier, dit straatje in.' Hij leidt haar met zachte hand naar het restaurant dat er van buiten volkomen normaal uitziet.

In de hal worden hun jassen aangenomen en daarna leidt een gastvrouw hen de donkere eetzaal binnen. Tanja ziet geen hand voor ogen. Ze voelt alleen de hand van Boy in de hare. Ineens wordt er een stoel onder haar geschoven.

'Welkom in onze wereld,' zegt de serveerster, die net als alle andere werkneemsters blind is.

'Zit je goed?' Boys stem zit tegenover haar.

Ze knikt. Dan realiseert ze zich dat hij dat niet kan zien en fluistert heel zacht: 'Ja, prima.'

'Je mag gewoon hardop praten hoor.'

'Ik weet niet of je dat waardeert.' Een sensuele prikkeling kriebelt onverhoeds tussen haar benen omhoog. Als hij niet antwoordt, gaat ze op iets luidere toon verder. 'Zal ik eens iets verklappen? Ik heb geen slipje aan.'

Plots voelt ze een lichte tocht en merkt ze dat iemand iets voor haar neerzet. Naast haar vertelt de serveerster met een lichte trilling in haar stem dat er een amuse voor haar staat.

Het eten was heerlijk. Een bijzondere ervaring om in het complete donker te eten, zonder te kunnen zien wat. Haar zintuigen bereikten hoogtepunt na hoogtepunt; het was een intense smaakbeleving. Boy had afgerekend – met haar creditcard – en begeleidde haar door de drukte van Amsterdam.

Bij de ingang van het hotel stopt Boy. Tanja heft haar gezicht al naar hem op. 'Je wilt zeker niet wachten tot we boven zijn?'

'Ik ga niet mee naar boven.'

De stilte die daarna tussen hen valt doet pijn. Ze kan niet eens vragen waarom, ze knikt slechts. Dan draait ze zich om en gaat de trap naar de ingang op.

'Tanja, het kan niet anders. Ik had al een afspraak.'

Ze heft een hand op als afscheid en schrijdt het hotel binnen. Zodra ze de deur van haar kamer achter zich sluit, valt de stilte over haar heen. Ze probeert haar gedachten te ordenen.

Uiteindelijk zet ze haar tas veel te rustig naast het bed en loopt naar de badkamer. Pas als ze onder een hete douche staat, vallen haar schouders naar beneden. Minutenlang is er niets anders dan het neerkletterende water op haar hoofd.

Uiteindelijk begint de stem van Boy irritant de laatste zin te herhalen. Het duurt lang voor zijn bericht echt binnenkomt, maar dan zit dat ook direct stevig in haar hoofd verankerd om nooit meer weg te gaan. Vannacht is hij bij iemand anders. En morgen misschien ook wel. Hoeveel van deze dates zou hij hebben?

Als ze zich op haar bed uitstrekt, gehuld in een witte badjas en met een grote handdoek als een tulband om haar haren heen gevouwen, weet ze dat ze hem nooit meer zal zien.

Het gezicht van haar vader duikt op, het strenge gezicht en de stem die ze meestal associeerde met die van een commandant. Hij stuurde haar bij als dat nodig was en duwde haar op de carrièreladder omhoog. Meer en beter, dat wilde hij. Voor háár. Niet voor zichzelf, realiseert ze zich nu.

Ze was als jong kind niet bezig met de toekomst, ze leefde mee met alles wat op dat moment langskwam. Een vriendinnetje dat gevallen was en bij wie de knie openlag, verzorgde ze op haar manier. Ze poetste er water en zeep overheen en plakte een papieren handdoekje op de nog vochtige plek. De ontsteking prijkte nog wekenlang op het bewuste been.

De keer erop pakte ze het slimmer aan. Ze verborg drie kleine kittens in de schuur, bouwde van oude planken een verblijf en vulde het met gras. Met kleine beetjes melk en wat oud brood verwende ze de kleine beestjes tot ze op een dag ineens verdwenen waren. Ze weet nog dat ze de keuken in liep en haar beide ouders haar zo vreemd aankeken, dat ze niets durfde te zeggen. Later die avond had ze zich in slaap gehuild en dacht ze steeds dat ze het klagerige gejank van de kleine katjes hoorde.

Alles kon thuis, er was overal geld voor. Alleen over dit soort zaken werd niet gesproken. Het ging om leren en kennis verwerven, niet om liefdadigheid of emotie.

Nu vraagt ze zich af aan wie ze haar huidige status te danken heeft. Aan het niet-aflatende opjagen van haar vader of aan haar eigen keuze om zelf een weg te kiezen. Misschien was de dood van haar grootvader wel het belangrijkste kantelmoment in haar leven. Hij liet een aanzienlijk kapitaal na aan háár en passeerde daarmee zijn enige zoon. Dat was het begin van Tanja-Talents. Maar de stem van haar vader was ze nooit helemaal kwijtgeraakt.

Ze herinnert zich de laatste zin die haar vader tegen haar sprak, zijn kaken verbeten op elkaar geklemd: 'Verlaag jezelf niet tot dat dubbeltje als je voor een kwartje geboren bent.'

'Fuck, pa. Je had gelijk.' Ze kreunt en legt haar arm over haar ogen waar een branderige pijn zit. Na die woorden was ze het huis uit gelopen om nooit meer terug te keren.

Wat denkt ze in Boy te vinden wat ze nog niet bereikt heeft? Ze heeft een man die geniet van zijn mooie auto en die haar verwent, al is dat vooral op één specifiek vlak. Reinier en zij hebben het prima samen, zeker als hij goed in zijn vel zit. Ze herkent zijn gedrevenheid voor zijn werk en waardeert de manier waarop hij steeds met iets nieuws komt. Wordt het geen tijd dat ze gewoon tevreden is?

Even overweegt ze om naar huis te rijden, maar die opwelling onderdrukt ze al snel. Ze komt overeind en voelt een leegte in haar lijf. Ook al heeft ze ruim voldoende gegeten, ze heeft nu behoefte aan iets anders.

'Klotehotel,' moppert ze als er alleen maar blikjes fris en bier in het koelkastje staan. Ze pakt de telefoon.

'Kan er een fles rode wijn gebracht worden?'

Nog geen vijf minuten later een klop op de deur. Een jong meisje overhandigt haar de fles. Net als Tanja de deur weer wil sluiten, zegt het meisje: 'Er is een bericht voor u achtergelaten.'

Pas als ze voor zichzelf een glas heeft ingeschonken, opent ze de envelop.

Ik weet meer dan je denkt. Zijn geheimen niet om te delen?
De vraag is alleen: wie van ons gaat het onthullen?
Wat heb je ervoor over als dit tussen ons blijft?

MOON

Net als ze haar computer heeft afgesloten om naar huis te gaan, komt Tanja binnen.

'Ik heb de gevraagde informatie nog niet gekregen.'

Geen 'hallo' of 'hoe gaat het met je?' En dus zegt Moon met een behoorlijk overdreven intonatie: 'Goedemiddag Tanja, welke informatie bedoel je?'

Op het moment dat ze dat zegt, weet ze wat Tanja bedoelt en schiet er een blos over haar wangen. Vergeten!

'Ik heb je gister gevraagd om...'

Moon onderbreekt haar direct. 'O, die informatie bedoel je. Ik heb het er natuurlijk direct met een kennis van me over gehad. Hij geeft me morgen alles door, dus dan is het compleet. Het leek me beter om je niet te storen met een onaf rapport.'

Gedurende een moment lijkt het of ze beiden hun adem inhouden, maar dan snijdt Tanja de stilte door. 'Geef mij zijn naam maar. Ik zal hem zelf wel benaderen.'

De aarzeling kan Tanja nooit zijn opgevallen, maar het lijkt Moon alsof er vele minuten verstrijken voor ze de naam van Nick doorgeeft. 'Hij is een van die jongens die jou benaderd heeft om...'

'Ik weet wie het is,' komt het snelle antwoord. 'Die knaap van WINGS heeft overigens zijn app allang aangeboden. Ik krijg het exclusieve recht.' En weg is Tanja.

'Kutwijf,' zegt Moon zo hard als ze durft. Toch is ze opgelucht als er geen reactie komt.

Fuck, ze moet Nick snel bellen. Na drie keer overgaan krijgt ze de voicemail. Ze spreekt de waarschuwing in dat Tanja op oorlogspad is – en, o ja, ik mis je vreselijk! – en dat ze er het beste van hoopt.

Pas veel later dringen de woorden van Tanja echt door. Heeft Nick echt exclusief zijn bedrijf aan Tanja aangeboden? Dat kan toch niet? Dan mag ze straks zijn apps niet eens gebruiken voor HET DATINGCAFÉ.

Moon gaat aan tafel zitten en staart naar buiten. Gedachteloos werkt ze een opgewarmde hap naar binnen.

Ze wil Nick zien en persoonlijk van hem horen wat er speelt.

Hij komt! Dat moet. Hij komt! Dat moet. Hij komt…

Er komt een sms'je binnen. *Ik lust Tanja rauw, dus laat maar komen. Vanavond lukt niet, schatje. Zaken gaan voor het meisje.* De smileys die erachter staan maken de boodschap alleen maar erger. Welke zaken? Heeft hij met Tanja afgesproken?

Ze dacht dat ze nu samen waren. Samen aan één toekomst werken. Samen genieten. Samen liefhebben. Wat kan er belangrijker zijn? Niet Tanja!

Nee, het moet iets anders zijn. Dan weet ze het: hij heeft haar laatste blog gelezen en voelt dat ze onder de indruk was van Alex.

Hij is jaloers. Dat is het!

Ze zet zich achter haar computer om haar tekst opnieuw te lezen. Heeft Nick tussen de regels door kunnen lezen hoe ze ervan genoten heeft? Want ondanks het vreemde onderbuikgevoel, leek het wel de ideale date: onderhoudend en vol inspiratie. Ze had hem diezelfde avond nog online gezet: DATEN IN EEN SHOWROOM.

Natuurlijk was ze losgegaan op de details die ze enorm had uitvergroot. Zo hoort het. De glimmende keuken, de steriele badkamer en een wc waar ze de bril omhoogdeed, omdat ze bang was dat ze hem vies zou maken. De kloof tussen iemand met smetvrees en een sloddervos als zij, had niet groter kunnen zijn. In het echt was ze onder de indruk van de huiselijkheid en zijn gastvrijheid die haar compleet had verwarmd.

De blog is goed, grappig zelfs. En dat vinden meer mensen; de reacties stromen binnen.

Ze weet dat ze er niet naar moet zoeken, toch gaat ze door tot ze hem vindt. Hij staat bijna helemaal onderaan. De Utrechtse Dater:

Ik heb je gezien! Je bent mooi, wat vind je van mij? Ik kom steeds dichterbij. De liefde maakt je zachter. Ik heb binnenkort een dilemma voor je.

Op dat moment komt er een tweede sms'je binnen.

Mocht je je vervelen, ga dan schrijven. Er moet vaak iets nieuws op onze blog. Hoe vaker, hoe beter. Ga daten, schatje.

Weer die irritante smileys.

Het klopt niet. Geen enkele man wil dat zijn vriendin met een andere man uitgaat.

AMY

Hij staat ineens voor haar neus. Geen waarschuwing, geen telefoontje, zelfs de bel klonk net als altijd.

'Nick, dat is lang geleden.'

Hij ziet er waanzinnig uit. Zijn ogen flonkeren in het licht van de straatlantaarn en om zijn mond hangt die geheimzinnige glimlach die hem onweerstaanbaar maakt.

'Mag ik binnenkomen?'

Ze stottert een excuus en hemelt zichzelf tegelijkertijd huizenhoog op omdat ze die middag, zonder enige aanwijsbare reden, haar kamer nog opgeruimd heeft. Met een snelle beweging strijkt ze met haar klamme handen langs haar jurkje en volgt hem naar de woonkamer.

Heeft hij niets aan haar gezien? Dat moet wel! Haar nieuwe uiterlijk kan niemand ontgaan. Maar terwijl ze hem verwachtingsvol aankijkt, zegt hij alleen maar: 'Je woont gezellig, Amy.'

Het is weer precies als vroeger, hij ziet haar niet. Niet echt. Toen begreep ze het wel, want ze was niet mooi. En met Moon naast zich viel ze al helemaal niet op.

Haar vader wilde dat ze zijn perfecte dochter was en liet haar beugel omtoveren in een metalen laswerk, terwijl haar brillenglazen op vergrootglazen leken. Na haar opleiding bleek niet alleen de hele mannelijke helft van de wereld haar opzij te zetten, maar ook werkgevers vertoonden dat gedrag. Tot ze in aanmer king kwam voor een laserbehandeling, die haar eindelijk haar gezicht teruggaf. Het vervelende was dat ze vanaf dat moment elk compliment over haar uiterlijk onmiddellijk opzijschoof. Ongeloofwaardig. Te laat.

De kaarsjes flakkeren onrustig als hij erlangs loopt en zich in de stapel kussens van de bank laat zakken. Er duiken ontelbare vragen op die allemaal met Moon te maken hebben, maar de enige die naar buiten komt is: 'Wil je wat drinken?'

Elk met een bel wijn voor hun neus bekijken ze elkaar. Hij ziet er nog steeds goed uit, iets zakelijker misschien, maar dat kan hij goed hebben. Amy wil weten hoelang hij alweer in Utrecht is, wat hij precies doet en hoe hij weet waar ze woont, maar ze kan alleen maar met een onnozele glimlach op haar gezicht naar hem staren. Dan begint hij te praten en hij vertelt alles wat ze wilde weten, gewoon uit zichzelf. Net als vroeger, in de tijd dat ze verkering hadden, wat misschien een groot woord is voor die paar dagen wat closer contact. Dat was direct nadat het uitging met Moon. Eigenlijk gingen hun gesprekken vooral over háár. En net toen Amy zich had voorgenomen om zelf het onderwerp van gesprek te worden, ging hij van school af. Verhuisd, zo hoorde ze later.

'Ik hoorde dat je met Moon bent.'

Waarom moet ze daar nou over beginnen?

'We hebben weer contact, dat klopt. Ik ontmoette haar via haar werk.'

'Bij die tang.'

Hij begint te lachen en Amy kan niet anders dan genieten van dat klaterende geluid.

'Haar baas is inderdaad niet de meest empathische persoon die ik ken.'

Zwak uitgedrukt, denkt Amy. 'Ik ken haar niet persoonlijk, alleen maar van wat Moon me heeft verteld.'

'Wat bedoel je daarmee?'

Oeps, daar gaat ze weer met haar flapuitmechanisme. Ze geeft alweer zomaar dingen door die Moon haar in vertrouwen heeft verteld. Wat is er toch mis met haar dat ze zo snel onder de indruk is van iemand dat ze al het andere vergeet?

'Ik had het niet moeten zeggen,' mompelt ze snel. Ze draait haar ring een aantal keren rond aan haar vinger, wat makkelijker gaat dan normaal.

Nick duwt een paar kussens opzij en schuift een stukje naar haar toe. 'Is er iets met Moon?'

'Nee, niets. Ze is lekker bezig,' haast ze zich om te zeggen. Moon zal haar vermoorden als ze erachter komt dat ze over haar zitten te praten.

'Bedoel je lekker bezig met daten? Wat weet je daarvan?'

'Ik bedoelde eigenlijk dat haar blog zo goed loopt.' Ze vertelt hiermee niets nieuws, Nick weet er waarschijnlijk meer van dat zij.

'Maar ik bedoel het daten. Hoe is dat begonnen? Ze heeft een waanzinnige schare fans.' Hij laat een glimlach zien die haar de adem beneemt. Haar tong zit vastgekleefd aan haar gehemelte en snel neemt ze een paar slokken wijn. Vragen en luisteren, niet zeuren. Dat werkt. Hoopt ze.

'Moon heeft het bizarre idee dat niemand haar ziet staan. Ze is al jaren alleen en heeft zichzelf op een dag ingeschreven op een van die datingsites.'

'Maar een vrouw als Moon kan toch nooit zo lang alleen blijven? Ze is prachtig!'

Amy worstelt met woorden die te hard zijn en zinnen die nooit kunnen aangeven wat er met Moon aan de hand is. 'Zij ziet dat anders,' besluit ze.

'Elke man moet gek van haar worden.'

'Dat is ook zo, maar dat kan ze dus niet aan. Daarom wijst ze iedereen die te dichtbij komt af.'

Nick staat op en begint door de kamer te lopen. Amy strijkt verward over haar haren. Haar glas blijkt leeg te zijn en ze durft niet op te staan om het bij te vullen.

'Zij wijst iedereen af,' herhaalt Nick haar woorden.

Amy staart naar Nick en vraagt zich af wat er allemaal door hem heen gaat. Is hij bang dat Moon hem ook opzij gaat zetten, zodat hij zijn winst niet kan incasseren?

Ineens schiet haar een lumineus idee te binnen. Al die tijd had ze nog geworsteld met de gedachte dat Moon niet Nick, maar háár zou afwijzen. Moon is zo besmet met het Nickvirus dat dit zomaar bewaarheid kan worden, en dan bereikt ze juist het tegenovergestelde van wat ze wil.

Ze moet dus niet alleen Moon, maar ook Nick in de peiling houden.

If you can't beat them, join them.

Hoe erg is het om Nick een beetje in te palmen en zo deel uit te maken van het gesloten pact? Als een soort gastvrouw. Alleen wel op een iets andere manier dan Moon bedoelde. Amy grinnikt zachtjes.

Ooit was ze heimelijk verliefd op hem, en ook nu merkt ze dat hij diezelfde kriebels bij haar losmaakt. Op deze manier is de klus die Moon haar heeft gegeven helemáál niet vervelend. Ze is trots op zichzelf. Wat een goed plan!

'Dat moet jij toch ook vinden?' Nick torent ineens boven haar uit en staart met die waanzinnige donkere kijkers van hem zo bij haar naar binnen.

'W-wat?'

'Dat het heel goed te begrijpen is dat ze iedereen afwijst?' Hij gaat weer naast haar zitten. 'Van Moon.'

'Ik begrijp niets van Moon,' zegt ze direct. 'Ze is soms zo onberekenbaar.'

Nick schraapt zijn keel. 'Ik moet toegeven dat ze... bijzonder is. Maar ik geef om haar en wil haar graag helpen.'

'Dat gevoel maakt ze inderdaad bij iedereen los.' De rest van de zin slikt ze in. Het liefst zou ze hem precies uitleggen hoe Moon in elkaar steekt, maar ze kan het beter langzaam opbouwen. De hele situatie van een jaar geleden heeft Moon geen goed gedaan, maar het lijkt er nu op dat ze steeds sterker wordt, al heeft ze nog te vaak een terugval.

'Ze is mooi en kwetsbaar. En die kwetsbaarheid heeft haar dus in een vreselijke situatie gebracht. Dat maakt waarschijnlijk dat ik haar wil beschermen.'

Amy richt zich op. 'Moon is een lieve meid, maar ze mag weleens wat meer voor zichzelf opkomen.'

'Maar je weet toch wel wat ze heeft meegemaakt?'

Ze opent haar mond en sluit hem direct weer. Wat heeft Moon hem al verteld?

'Weet je dan niet dat ze verkracht is?'

Ze gaapt hem aan. Even niet in staat om te antwoorden. Dan barst ze in lachen uit. Pas als ze de verwarring op het gezicht van Nick ziet die langzaam maar zeker verandert in een diepe ergernis, zegt ze: 'Sorry, Nick. Maar geloof me: Moon is nooit verkracht.'

MOON

'Hij is inderdaad fan-tas-tisch.' Tanja slaat haar ogen op naar het hagelwitte plafond.

Moon voelt zich lichtelijk gegeneerd. Dat haar baas datet is tot daaraan toe, maar ze kan daarin beter wat discreter zijn. Zeker omdat ze getrouwd is. Ze schuift aan de overlegtafel en wacht tot Tanja haar mobiel neerlegt. Met een steelse blik ziet ze dat Tanja er zomaar ontspannen uitziet. Wie weet wat die second lover gaat doen voor de werkdruk. Ze stuurt in gedachten een bedankje aan het adres van Kees, die haar die waardevolle informatie heeft verschaft.

Ik ruik een blog!

Moon observeert nu met onverholen interesse Tanja's gelaatstrekken. Haar vingers flitsen over het scherm terwijl haar gezicht straalt. Misschien moet ze meer details aan Kees vragen. Een blog over een datende maar getrouwde baas, het zal vast aanslaan.

'Een technisch wonder,' hoort ze haar mompelen. Bij Moon komen direct plastische beelden binnen, die ze met kracht weer wegduwt. Die intieme details hoeft ze niet te weten.

Ze laat een zacht kuchje horen. Als reactie kijkt Tanja over haar leesbril heen die ze nog lang niet nodig heeft, maar die ze draagt omdat het zakelijk staat. Ze lijkt haar nu pas te zien.

'Daten is hot,' zegt ze, terwijl ze haar bureaustoel naar achteren rolt en in een paar kittige stappen naast Moon staat. Die durft niet omhoog te kijken; ze weet hoe hot het is.

'Ik heb je de informatie gestuurd.' Moon houdt haar adem vast, bang als ze is om meer te zeggen dan goed voor haar is. Dit wordt een lastig overleg. Haar afkeer van Tanja heeft zich die nacht omgezet in haat. Dat Tanja overdag in haar nek hijgt, moet ze accepteren, maar van Nick moet ze afblijven! Hij is van háár! En hij heeft háár beloofd dat ze gingen samenwerken en nu heeft Tanja alleenrecht op zijn app.

De hele nacht heeft ze hun stemmen gehoord, hun gelach en het smerige handjeklap dat Nick en Tanja aan elkaar ging verbinden. Is ze weer te goed van vertrouwen geweest? Tanja en Nick samen, tegen haar.

'Samen tegen mij,' lispelt ze met haar ogen op het tafelblad gericht dat zomaar ineens een krasje blijkt te bevatten. Moon gaat er met haar vinger overheen alsof ze zeker wil weten dat het echt is. Met de oneffenheid onder haar linker middelvinger, haalt ze heel diep adem. *Houd je in! Het gaat om je droom. Nog even en je bent haar kwijt. Het is jouw blog.*

Tanja gaat tegenover haar zitten. 'Je hebt prima werk gedaan, maar die Nick...' Ze laat haar tong over haar roze gestifte lippen glijden.

Moon krimpt langzaam in elkaar. Ze zal toch niet...? Nee, zover zal Nick niet gaan.

Maar de argwaan heeft zich diep onder haar borstkas genesteld. Wat kent ze hem? Hij wilde WINGS groot maken en vond haar – de persoonlijke assistent van de grote Tanja – op zijn pad. De smerige hielenlikker. De gedachte aan likken neemt haar mee naar beelden die ze niet wil zien. Nee, dat doet hij niet.

En waarom wilde hij dan weten of zij zijn project behandelde? En waarom had hij gister dan een zakelijke afspraak? En waarom wilde hij dat ze weer ging daten?

Er vallen kwartjes op plaatsen waar ze ze niet wil hebben. Nick heeft met voorbedachten rade met haar aangepapt.

'Nick heeft prachtige ideeën. Eindelijk iemand die proactief is. Die je niet hoeft uit te leggen hoe je commercieel moet denken,' gaat Tanja verder.

Moon vlecht haar vingers in elkaar, ze glibberen in het vocht dat zich inmiddels heeft verzameld.

'Er is werk aan de winkel.' Tanja slaat haar map open en pakt een briefje met notities. 'Dit kun je voor me uitzoeken.'

Eindelijk gewoon een opdracht. Moon pakt haar TT-notitieblokje.

'Neem contact op met diverse restaurantjes in het centrum van Utrecht en vraag naar een provisieregeling.'

'Provisieregeling?' Moon herhaalt ademloos het laatste woord.

'Moet ik je alles uitleggen?' Een geïrriteerde zucht volgt. 'Die mevrouw van die blog moet tips geven waar mensen elkaar kunnen ontmoeten. Dus als restaurants genoemd willen worden, moet daar geld tegenover staan. Je moet een hoog percentage zien te regelen van de gemaakte omzet.'

Moon noteert bijna automatisch de opdracht, waarbij haar pen steeds dieper in het papier krast.

'Natuurlijk heb je daar de exacte cijfers voor nodig.'

Moon staart haar baas aan.

'De cijfers van de blog,' legt Tanja uit. 'De pageviews, aantal reacties, aantal posts.' De geïrriteerde zucht die Moon er zo bij kan denken, blijft achterwege.

'Tuurlijk Tanja.' Het is een onbewuste reactie. Ze ziet dat Tanja een van haar keurig geëpileerde wenkbrauwen optrekt. 'Ik bedoel, ik zal het doen.'

'Waar zit je toch met je gedachten? Je bent veranderd, Moon. Normaal begrijp je precies waar ik heen wil, maar nu...' Ze tikt in een steeds sneller ritme met haar pen op de tafel. 'Daarnaast wil ik dat je kijkt welke van deze horecagelegenheden zalen verhuren voor een groot event. De datum staat vast op 2 november.'

Haar pen maakt een gat in het papier. Allerzielen. De rest van de zinnen hoort ze alleen maar langs zich glijden, terwijl ze zichzelf wanhopig probeert terug te vinden in de chaos.

Het is jouw event! Dus 2 november klopt.

Tanja's blik snijdt bij haar naar binnen. 'We hebben een grote zaal nodig, maar wel met een intieme sfeer. Misschien met rood pluche, en wat gezellige zitjes langs de kant. Een mogelijkheid tot wat achtergrondmuziek of een bandje. Een plek waar mensen zich thuis voelen.'

Moon noteert slechts wat losse woorden en vraagt dan schor: 'Voor hoeveel mensen?'

Tanja gooit haar hoofd in haar nek en schatert. 'Meisje toch. Voor véél mensen. Liefst zo veel mogelijk. Jouw Nick is een inspirerende man die groot durft te denken.'

Jouw Nick.

Haar Nick heeft niet alleen háár provisie-idee doorgegeven, maar ook het plan om een event te organiseren. Hij pronkt met haar ideeën.

'Dus je g-gaat een event organiseren?' stottert ze.

Tanja kijkt haar stralend aan. 'Tuurlijk!'

'Een datingcafé,' prevelt Moon zachtjes.

'Wat zeg je? Niet in een café! Dat is veel te ordinair. Het moet groter, indrukwekkender, rijker, en toch intiem.' Die laatste woorden spreekt ze zachtjes uit, alsof ze daar al beelden bij heeft.

'Met een gastvrouw,' vult Moon nu enthousiaster aan.

'Ja, dat is een goed idee.'

'En een thema.'

'Nu begrijp je waar ik heen wil.' Tanja kijkt haar ineens met onverholen plezier aan.

'Laat de organisatie maar aan mij over.' Moon zet een streep in haar notitieboekje, ze weet exact wat ze moet doen.

'Doe het samen met Nick, die weet welke insteek ik wil hebben.'

Ze kan alleen maar knikken; zelfs het 'tuurlijk Tanja' is niet nodig.

'En als je hulp nodig hebt, gewoon even melden. Het is me heel wat waard dat dit project succesvol wordt.' Er blinkt iets in Tanja's ogen wat ze nooit eerder zag. Op dit moment stroomt haar kracht met grote snelheid door haar lijf. Als ze haar stoel achteruitschuift, grinnikt ze hardop. Ze gaat haar eigen event organiseren. De kras in het tafelblad kan ze niet meer terugvinden.

'Jouw Nick durft groot te denken. Proactief. Provisie. Een event!' De woede is weer terug. Ze aapt de stem van Tanja na, terwijl ze de opgebouwde irritatie op een potlood projecteert. 'Hij is fan-tastisch.' De splinters landen naast de restanten van de drie andere die al op de grond liggen.

'Bespreking gehad?'

'Daar ben je weer,' zucht ze. Ze had het kunnen weten. 'Zeker lunchtijd.'

'Volgens mij is het Moontijd.' Kees loopt naar binnen en sluit de deur achter zich.

'Nee, het is tijd om hier weg te gaan.'

'Daar ben je toch druk mee bezig? Als dat event een succes wordt, loop je binnen.'

Met een ruk draait ze haar gezicht naar hem toe.

'Hoe ik dat weet? Meisje, je zit hier hardop al je geheimen te delen. Daar moet je mee oppassen. Straks staat onze tang op de gang...' Hij grinnikt even en vervolgt: 'En dan kent zij ook jouw geheim. Dan ben je pas echt de sjaak.'

Kees weet toch niets van Tanja's inmenging?

Haar collega gaat echter onbekommerd door. 'Maar waarom heb je er een ander bij betrokken? Ik had je met al die technische snufjes kunnen helpen. Je hebt die Nick niet nodig; hij leunt op jou in plaats van andersom.'

Ook dát heeft hij al in de peiling. Ze zakt langzaam in elkaar.

Kees gaat in een vertraagde beweging op het puntje van een stoel zitten, alsof hij bang is weggejaagd te worden. Hij verstrengelt zijn vingers alsof hij de goden iets te melden heeft. Het is haar een godswonder hoe hij elke keer aan al die informatie komt en alles zo snel doorheeft. Had ze het zelf maar eerder doorzien.

'Ik kan niet meer terug,' verzucht ze.

'Je moet ook niet meer terug. Je moet alleen uit die spagaat zien te komen. Dat betekent dat je je ene been naar de ander moet brengen.'

'Klinkt simpel.'

'Een spagaat is niet simpel.' Hij schuift iets dichterbij. 'Ik heb je al eerder mijn hulp aangeboden. Natuurlijk ben ik enigszins kriegelig dat je niet direct bij mij gekomen bent, maar het bod blijft van kracht.'

Moon durft Kees niet aan te kijken, bang voor wat ze in zijn ogen zal zien. Hoe ziet vertrouwen eruit? Wanneer geeft de glans van een pupil de juiste antwoorden?

'Ik hoop alleen wel dat die dodo van je een goed contract heeft afgesloten.'

Kees weet het!

Al haar geheimen liggen nu op tafel, terwijl Kees er langzaam met zijn vork in prikt.

'Waarom heb je me niet eerder verteld dat je alles al wist?'

'Je luisterde niet naar me.'

'En dat je iets met Amy hebt.'

'Had,' verbetert hij haar.

Ze kijkt even naar hem op, maar als ze zijn strakke gezicht ziet, houdt ze een opmerking binnen.

'Heb je al geld ontvangen?'

Ze schuift onrustig heen en weer over haar stoel.

'Er gaan tonnen, nee zelfs miljoenen om in het datingcircuit. En je weet dat als Tanja er brood in ziet, er echt veel geld te verdienen valt.'

Kees schuift zijn mouwen omhoog waardoor zijn met sproeten bespikkelde armen zichtbaar worden. Ineens moet ze eraan denken. Heeft Kees overal rood haar? Is zijn hele lijf vol vlekjes? Bleek en stevig.

Lange rode haren. Een bloot lijf, vastgebonden in de nacht.

Er gaan minuten voorbij zonder dat een van hen wat zegt.

Dan denkt ze aan het contract. Ze weet dat ze de papieren wel heeft doorgenomen, maar daarbij heeft ze vooral gelet op wat zij allemaal moest doen. Het toenemende aantal blogs én de daarbij horende toename van het aantal views staan haar helder voor de geest. Maar ze heeft geen idee hoe het zit met de verdeling van de verdiensten. Nick heeft haar de uiteindelijke papieren nooit meer laten zien. Het was een prachtige deal, zei hij. En ze had getekend.

'Ik heb Amy aan een baan geholpen,' zegt ze plompverloren.

De sproeten op het bleke gezicht lichten op. 'Dat meen je niet?'

Eindelijk merkt ze dat haar schouders zakken. Ze richt zich op en vertelt over haar plan om Amy gastvrouw te maken.

'Wat goed van je. Dat werk past fantastisch bij haar.'

'Dat dacht ik ook direct. Amy is altijd een trouwe vriendin voor me geweest. Waarom ga je niet weer eens bij haar langs? Ik denk dat jij goed bij haar past.' Ze voelt zich zacht vanbinnen. Zo wil ze zich altijd voelen.

'Dat is mijn spagaat,' zegt hij.

Eerst denkt ze dat hij het over zijn gevoel voor Amy heeft, maar dan leest ze iets anders in zijn ogen: de angst om iemand pijn te doen.

Kees zucht diep en zegt: 'Ik zag Nick gisteravond laat bij Amy thuis.'

MOON

Hoe cynisch is het dat zij als grote datingexpert nu in haar eenzame kamer zit. En liggend op haar rug op het versleten bankje dooft de passie voor haar blog ineens volledig uit. Wat heeft ze eraan? Misschien is het zelfs wel beter om helemaal te stoppen met dat nutteloze gezwam over de liefde die voor haar toch onbereikbaar is. Ze houdt zichzelf compleet voor de gek.

Er hangen meer problemen omheen dan ze aankan. Iedereen blijkt haar te misbruiken voor eigen gewin. Nick pronkt met haar veren en Amy met haar vriend. En straks strijkt Tanja de winst op. Het enige wat voor haar overblijft is het steeds groeiende probleem van de geheimhouding en het opknappen van de kutklusjes.

Ze draait de strip pillen in haar vingers steeds opnieuw rond alsof ze ze voor het eerst ziet. Ze wil rust in haar hoofd, de demonen wegjagen, en deze zogenaamde gelukspillen zouden dat moeten doen. Zei Amy.

Maar zo werkt het dus niet! Wat heeft ze aan pillen? Ze moet zelf de regie weer gaan voeren, anders wordt ze zeker ondergeschoffeld door al die personen die het allemaal nodig vinden om haar te helpen.

Het moet dus veranderen!

Ze gaat direct rechtop zitten en pakt een krentenbol uit het zakje dat op tafel ligt.

Eigenlijk moet ze Kees dankbaar zijn. Door hun gesprek van die middag heeft ze een opening gezien om de problemen te lijf te gaan. Eerst moet ze Nick confronteren met zijn dubbelspel, daarna kan ze hem melden dat ze heel goed begrijpt dat bij hem zaken en het meisje samengaan, en als laatste zal ze hem op straat gooien. Het contract staat op de naam van haar blog, en dat is zijzelf! Het klinkt simpel.

Een spagaat is niet simpel.

Ze knijpt haar handen tot vuisten en laat ze hard tegen de zijkant van de bank beuken. Nu haar vader dood is en haar broer Chiel onbereikbaar, moet ze het alleen doen.

Je kunt alleen jezelf vertrouwen. En zelfs ik ben niet altijd eerlijk.

Moon knijpt haar ogen stevig dicht.

Het verstopspelletje dat ze altijd met Chiel deed, zit ineens in haar hoofd. Hij deed gewoon zijn ogen dicht en was onzichtbaar. Dacht hij. Tot ze hem riep en hij gewoon 'hier!' riep. Het verhoogde de lol van het spel alleen maar. Die ene zaterdag vroeg Chiel of hun vader ook meedeed. Ze was verrast dat hij toestemde en direct begon te tellen. Ze sloop naar boven en kroop weg in de overloopkast waar ze een laken van de stapel trok om zich onder te verstoppen. Ze weet nog hoe trots ze zich voelde dat ze zo'n goed verstopplekje had bedacht. Tot ze honger kreeg. Zachtjes ging ze naar beneden, waar de kamer leeg was. Waar waren ze gebleven? Uiteindelijk vond ze haar vader in de tuin waar hij met Chiel aan het voetballen was. 'Buut vrij,' fluisterde ze tegen de muur waar haar vader toch echt tot twintig geteld had om ook haar te gaan zoeken.

Soms vraagt ze zich af of al die dingen wel echt gebeurd zijn. Het lijkt beter om slechts één oogje dicht te knijpen zodat ze in andere mensen kan blijven geloven.

Het gezicht van Tanja zweeft binnen: glurend over haar leesbril.

'Welke hulp heb je nodig?' Moon doet de schrille stem van Tanja na. Als ze haar dialoog vervolgt, imiteert ze ook de verandering in gedrag met de daarbij behorende kunstmatige zachtheid die haar baas soms zomaar tentoonspreidt. Ze ziet het gewoon voor zich.

Met de bril bungelend aan een vinger zou Tanja zeggen: 'Moon, ik wil je altijd overal mee helpen. Ik heb alleen wel wat meer informatie nodig, zodat ik mijn expertise goed kan inzetten.'

Ik wil, ik heb, ik kan. Nee, mensen met een ik-syndroom zullen je nooit helpen. Ze willen er vooral zélf beter van worden.

Ze weet het allemaal, en toch blijft ze in die valkuil donderen. Vanaf nu gaat ze het zelf doen. Ze heeft zelf genoeg 'fan-tas-tische' ideeën waarmee ze geld kan verdienen. Eindelijk eigen baas. Geen tuurlijk Tanja, maar doei Tanja! Stel je voor.

Het is een beeld dat Moon nooit eerder zo bewust heeft durven toelaten. Samen aan de beruchte overlegtafel. Ze zou breed glimlachen, in plaats van zweten van angst. Haar TT-blocnote naast zich. Dichtgeslagen. Geen to-dolijstjes meer. Eerst rustig afwachten. Daarna heel kalm die gedroomde woorden uitspreken: ik neem ontslag.

Ze wrijft zich in de handen van genot. Die felrood gestifte mond die langzaam open zal vallen. Dan zal ze het TT-notitieblokje naar haar toe schuiven en haar fijntjes vertellen dat ze al die klussen zelf mag opknappen.

Na het afscheid van Nick is Tanja aan de beurt. Ze weet nu wat Tanja's zwakke plek is. Haar dates. Haar ontrouw. Zelfs machtige mensen zijn kwetsbaar.

Met een veel lichter gevoel in haar lijf staat Moon op; haar pillen vindt ze onder de bank. Om zichzelf geen kans meer te geven zich te bedenken, rent ze naar de vuilnisbak en gooit de strip erin.

Meteen opent ze de deksel weer, graaft net zo lang tot ze ze teruggevonden heeft en loopt naar het toilet. Daar drukt ze de pillen er een voor een uit.

'Dag Amy. Dag Nick. Da-hag Tanja.' Kleine plopjes in de duistere diepte. Zonder enige aarzeling trekt ze door.

MOON

Het getik van zijn nagels op het raam herkent ze direct. Mooi dat ze hem niet binnenlaat. Ze staart naar het vloeistofniveau in de fles dat voor haar ogen heen en weer trilt. Halfleeg. Of halfvol, moet ze nu zeggen. Dan staat ze toch op.

'Ik had je niet meer verwacht,' zegt ze als ze de deur voor Nick opent. Eigenlijk doet ze dat alleen maar omdat ze anders bang is dat een van haar bovenburen naar beneden komt.

Zijn blik verandert. 'Heb je gedronken?'

'Valt wel mee.' Ze loopt naar binnen over de rechte lijn die ze voor zichzelf heeft uitgestippeld.

Hij pakt direct de fles op die op de raamtafel staat. 'Wil je koffie?'

Ze geeft geen antwoord, maar probeert hem met haar ogen te volgen. 'Zeg, sta eens stil,' roept ze hem achterna. 'Ik wil een kus.' Dan krabt ze zich op haar hoofd. Wil ze dat wel? Ze had zichzelf toch voorgenomen hem niet meer binnen te laten?

'Hoeveelste fles is dit?'

'Tweede,' zegt ze naar alle eerlijkheid. 'Denk ik.'

'Kom, dan leg ik je in bed.'

'Zo.' De 'o' ijlt een tijdje na. 'Je windt er geen doekjes om.' Die opmerking vindt ze zo grappig dat ze zichzelf tegen de muur staande moet houden, terwijl haar lijf maar blijft schudden.

'Ik wilde een paar zaken met je bespreken, maar...'

'Maar zaken gaan voor het meisje. Dat zei je,' voegt ze er direct aan toe als ze zijn verbaasde blik ziet. 'En dan ga je naar Amy. Naar mijn vriendin. Ziek vind ik het. Als je vreemdgaat, doe dat dan met een vreemde.' En weer moet ze vreselijk lachen, terwijl de tranen op de loer liggen.

'Ik was inderdaad bij Amy om over ons event te praten. Ze is gastvrouw en moet dus het een en ander voorbereiden. Het is al over een paar weken en ik wilde bijvoorbeeld...'

'Ik moet een zaal zoeken, bij een van de plaatselijke ho-horecagelegenheden,' onderbreekt ze Nick.

'Inderdaad, dat heb ik haar gevraagd.'

Moon ziet dat hij in een onweerstaanbare pose tegen de deurpost staat geleund; door de kier van zijn strakke shirt ziet ze zijn borsthaar. Hij is inderdaad fantastisch, Tanja heeft helemaal gelijk.

'Je bent fan...' begint ze. Dan stokt ze. 'Dat heb je aan Amy gevraagd?'

'Ja, een goede locatie is van het grootste belang, met wat zitjes en...'

'Waarom Amy?'

'Ze gaat ons helpen.'

Moon zoekt tussen al die zinnen die in de chaos van haar hoofd zitten. 'Helpen klinkt als... nou ja, als helpen.'

'Ik betaal haar ervoor.'

'Jij?'

'Met het geld van Tanja.'

Het gaat te snel. Er is nog helemaal geen geld. Nick laat vast expres deze verwarrende informatie op haar los, om haar een loer te draaien. Mooi dat ze daar niet intrapt. 'Ik snap het,' lispelt ze. 'Vandaar Amy.'

'Fijn, dat is dan geregeld. Morgen overleg ik met Tanja over een thema. We denken aan "zwart-wit" of "flowerpower" of "gemaskerd bal". Dus als je nog ideeën hebt, dan...'

'Dan kan ik ze vast wel aan een van jullie doorgeven. Weet je wat, doe maar blind date, dan ben ik niet de enige die blind gehouden wordt.' Ze weet dat het zuur klinkt, maar dat interesseert haar niets.

Ineens liggen zijn armen om haar heen. Ze ruikt zijn geur die hem dichterbij brengt dan iemand ooit geweest is. Ze smelt als een ijskoningin in een hittegolf. Met haar gezicht tegen zijn borst voelt ze zich eindelijk ontspannen. De alcohol zakt langzaam naar haar knieën die slechts met de grootste krachtsinspanning haar wankele lichaam kunnen dragen.

'Waarom...?' Ze haalt haar neus op. 'Waarom overleg je het niet eerst met mij? Waarom Amy? Amy en jij...'

'Meisje toch, wat haal je je toch allemaal in je hoofd. Jij bent al zo druk. Bijna elke dag een blog, en dat naast je werk. Ik heb er enorme bewondering voor dat je dat lukt. Ik wil je daarom niet met dit soort kleinigheden belasten.'

'Ik wil het weten,' zegt ze ineens met klem. 'Het is míjn blog!'

'Natuurlijk. Dat is ook zo.'

'Ik wil erbij betrokken worden.'

'Ik zal je voortaan van alles op de hoogte houden, oké? Maar probeer me ook een beetje te vertrouwen, Moon.'

Hij is weg. Hij kon niet langer blijven. Zei hij. Die opmerking matcht niet met het gevraagde vertrouwen. Nabijheid vragen en weggaan gaan gewoonweg niet samen. Zeker niet toen hij ook nog aangaf dat ze moest blijven daten. 'Verzin eventueel een date,' riep hij door de kier van de voordeur. En net voor ze die dicht wilde gooien hoorde ze: 'O ja, en Tanja wil dat je meer seks beschrijft. *Sex sells*!'

Daarna klapte de deur dicht. Ze wist niet eens meer zeker of hij dat laatste wel geroepen had of dat ze dat zelf alweer verzonnen had.

Ze zakt op de grond en voelt de scherpe stekels van de kokosmat door haar broek heen in haar billen prikken. Ze staart naar de dichte deur en vraagt zich af wat ze hier doet. Het is zelfs niet meer duidelijk of Nick echt bij haar geweest is, of dat dit weer een van de fratsen in haar hoofd is.

Ze krabbelt overeind – wat na de derde poging zowaar lukt –

graait de fles van de tafel, vindt haar jas ergens onderweg naar de voordeur en rent naar buiten. Ze krijgt een fikse kopstoot van de koude wind die haar onverwachts midden in haar gezicht treft. Terwijl ze zo soepel mogelijk voortsnelt, merkt ze dat ze op blote voeten loopt. Het brengt haar terug bij de eerste ontmoeting met Nick. Liep ze toen ook niet op blote voeten? Dansend nog wel.

De roep van de moskee begeleidt haar door de gevreesde tunnel. Ze loopt in een hoog tempo terug naar de goede kant van Utrecht, weg bij het beeld dat op haar netvlies gebrand is: hij was gewoon weer naar Amy teruggegaan. Waarom Amy, Nick? De valse pijn woedt overal in haar lijf.

Op dat moment dringt het geluid tot haar door. De galmende voetstappen. Een stevig ritme. Leren zolen op beton. Zwaar. Ze moet hier weg. Dit is de plek waar ze elke nacht terugkeert. Waar ze haar angst onder ogen moet zien. Waar ze vecht tot ze alleen maar gas kan geven om weg te komen. Snel. Weg bij de angst die haar naar de onvermijdelijke leegte brengt van de dood. Daar is niets. Een leegte die haar zal koesteren en verwarmen.

Schichtig kijkt ze achterom. Niets. Geen schim, niets.

Ze versnelt haar pas, de voetstappen zijn er weer. Ze blijven haar achtervolgen. Ze rent naar de uitgang van de tunnel die maar niet dichterbij lijkt te komen.

'Nee. Niet weer,' stoot ze hijgend naar buiten.

Vanaf de overkant van de weg begint het gegil. Eerst is het niet meer dan een zacht gekreun, daarna wordt het smekend. Mensen die lachen. Is het om haar? Verwilderd kijkt ze om zich heen. Ze weet wie haar achtervolgt. Hij is er weer!

Moon sprint verder. Haar longen doen pijn, maar ze blijft rennen. Een bocht om. Rennen. Haar voeten dreunen op het asfalt. Ze wil weg. Geen zwart meer zien. Nooit meer. Dan is ze aan de andere kant. Ze bemerkt de drukte van de stad om zich heen. Piepende banden van een auto. Een bus die optrekt.

Terwijl ze de stad om zich heen verwelkomt, weet ze dat het

weer voorbij is. De voetstappen zijn verdwenen in het achtergrondgeruis. Ze is veilig. Voorlopig. De fles geeft haar de steun die ze nodig heeft. Het verzacht haar gedachten en laat ze wegglippen in de nevels.

Hijgend leunt ze met haar handen op haar knieën en probeert haar ademhaling tot rust te brengen. Haar hart jaagt nog vele minuten door, tot alles verstilt.

De pijn is weer te hanteren. Het is allemaal relatief, zeker als ze het vergelijkt met wat er een jaar geleden is gebeurd. Ook toen was het nacht. Eerst was haar lichaam aan de beurt, daarna ging het veel dieper. De stemmen deden haar pijn. Niet meer lichamelijk, maar haar geest liep wonden op die nooit meer konden helen.

Waarom hielp niemand haar? Waarom ving niemand haar op? Ze had net iets vreselijks meegemaakt. Toch was dat nog niet het ergste. Dat kwam nog.

MOON

'Heb je even? Ik heb cruciale informatie,' fluistert Kees, terwijl hij haar kantoor binnenglipt en hij, na een laatste blik in de gang, de deur zorgvuldig sluit.

'Geen tijd.' Moon heeft genoeg van al die mensen die van alles van haar willen, in plaats van haar door háár ellende heen te helpen.

'Hiervoor wel.' Hij schuift zijn stoel zo dichtbij dat ze automatisch met haar bureaustoel opzij rolt, waardoor ze geen zicht meer heeft op haar scherm. 'Wat ben je trouwens aan het doen?' Hij pakt haar muis en scrolt over haar scherm.

'Wat denk je? Werken natuurlijk.' Ze is hondsmoe. Haar wenkbrauwen wegen tonnen en duwen haar branderige ogen steeds opnieuw dicht.

'Hier knap je vast van op.' Hij buigt nog dichter naar haar toe en laat zijn stem samenzweerderig klinken. 'Ik weet met wie Tanja een date heeft gehad.'

Moon zucht diep. 'Lekker belangrijk.'

Natuurlijk is het dat wel, maar Moon kan nu alleen maar haar eigen besognes aan. De hele ochtend heeft ze met locaties gebeld om te vragen of ze interesse hadden in een mooie deal om de primeur te hebben voor een spraakmakend event in een van hun zalen. 'Op onze website staan alle details' was het antwoord dat op de schaal van wrevel de allerhoogste uitslag had verdiend. Ze lieten haar niet eens uitpraten. Ze weet niet meer hoe vaak ze het woord 'kut' vandaag in de mond heeft gehad. Nadat ze opgehangen had.

'Wat denk je van Slot Zeist?' vraagt ze terwijl ze onderuitzakt.

'Voor een date?'

'Nee, te ver weg,' geeft ze zelf het antwoord en ze zet een streep door de naam op het papier dat ze voor zich heeft liggen.

'Aha, nu begrijp ik het. Voor jouw event?'

'Goal,' zegt Moon gelaten.

Kees' been wiebelt onophoudelijk op en neer. Het werkt op haar zenuwen.

'Oké, vertel maar.'

'Met een heel jonge knul.' Zijn triomfantelijke blik laat haar zowaar even glimlachen.

'Geweldig,' reageert ze gelaten en ze denkt er direct 'maar niet heus' achteraan.

'Maar dat is nog niet alles. Deze knappe knul blijkt een ster in speciale… nou ja, zeg maar speciale handelingen.'

'Goed, mag ik nu weer verder? Ik heb geen eeuwen de tijd.' Ze wil weer recht voor haar bureau gaan zitten, maar wordt tegengehouden door Kees.

'Je weet wel, iemand die gespecialiseerd is in bijzondere seksuele voorkeuren.'

Moon strijkt over haar voorhoofd, waar haar wenkbrauwen toch volkomen normaal blijken aan te voelen. Toch begint er iets van interesse te groeien. 'En die knul had een date met onze Tanja?'

'Ja.' Een brede glimlach verschijnt op zijn gezicht.

'Je bedoelt toch niet "jong" in de term van "echt jong"?'

'Vergeleken bij onze ouwe tang was het een broekje. Dus dat maakt van onze baas een regelrechte cougar.'

'Hoe weet je dat allemaal?'

'Kwestie van de juiste techniek aanwenden.' Kees ziet er zo trots uit dat ze niet anders kan dan zacht gniffelen.

'En waarom vertel je míj dat?'

'Heb je vandaag het nieuws dan niet gehoord?'

Moon is er wel klaar mee. Natuurlijk is het best een grappig detail om te weten dat haar baas in haar vrije tijd als cougar aan het daten is, maar eigenlijk maakt het haar niets uit. 'Kees, vertel me gewoon wat je weet. Ik vind dit een vreselijk vermoeiend gesprek.'

'Dan ga ik maar direct door naar het hoogtepunt.' Hij buigt weer naar haar toe, wat Moon opnieuw in een afwerende houding duwt. 'Tanja houdt van sm. Je weet wel, sadomasochisme.'

'Nou en?'

'En zij is daarin de onderdanige partij! Ze laat zich vernederen, vastbinden, slaan en blinddoeken.'

'Niet,' kreunt Moon.

'Weet je nu wat ik bedoel?'

'Ja. Nee! Ik wil helemaal niet weten wat Tanja doet.'

Dan krijgt ze een lumineus idee. Tanja wilde toch een blog over seks?

Kees gaat gewoon verder met zijn relaas. 'Vandaar dat ik zo geschokt was toen ik het bericht op NU.nl las.'

Moon hijgt bijna van ingehouden spanning. Kees biedt haar een geweldige stok om mee te slaan en heeft dat niet eens in de gaten. En als hij zijn stoel nog een stukje dichter bij haar duwt, kan ze zich maar net inhouden om hem niet om de nek te vliegen.

'Ik zou bijna gaan denken dat die knul iets met die aanrandingen te maken heeft. Het is dezelfde techniek,' jubelt hij naast haar.

Er gebeurt van alles in haar hoofd. Creatieve lijntjes worden vastgeknoopt en omgeleid. Maar tussendoor dreint het woord 'aanrandingen'. Alweer?

Eindelijk staat Kees op, maar hij is nog niet van plan om te vertrekken. Hij leunt zwaar met zijn handen op haar schouders. 'Ik was echt bezorgd om Tanja. Als je je inlaat met dat soort figuren, ben je machteloos. Dan is het ineens vast niet meer zo opwindend om vastgebonden te worden. Het moet echt vreselijk zijn geweest voor de vrouw die vannacht in het centrum gevonden is.'

Het bericht staat op de website van NU.nl. Moon murmelt de tekst zachtjes voor zich uit:

'Er is opnieuw een vrouw in het centrum van Utrecht gevonden. Een toevallige passant ontdekte de vrouw die was vastgebonden aan een paal. Naakt, met alleen een blinddoek voor. Haar kleding lag op een stapeltje naast haar. Doordat haar mond dichtgetapet was, duurde het uren voor ze ontdekt werd. Ze is direct naar het ziekenhuis gebracht.'

Moon slikt moeizaam nu ze de woorden zo kil op het scherm ziet staan.

Als haar telefoon gaat, klikt ze de website snel weg.

'Kom even naar mijn kamer. Ik heb je nodig.' Nog voor ze antwoord kan geven, is het contact weer verbroken. De woorden van Tanja galmen na.

Binnen een minuut klopt Moon op Tanja's deur en loopt naar binnen.

Daar stopt ze abrupt en staart in de richting van de bekende verschijning.

'Wij hebben elkaar al eerder ontmoet,' zegt Nick tegen Moon en hij geeft haar een stevige hand. Dan pas merkt ze zijn snelle knipoog op, buiten het gezichtsveld van Tanja.

Moon hapt naar lucht en zegt: 'Natuurlijk, meneer Van Dam.' De korte weifeling kan Tanja niet opgevallen zijn. Hoopt ze.

'Volgens mij hadden we afgesproken om elkaar bij de voornaam te noemen. Moon, toch?'

Ze knikt en gehoorzaamt direct op het bevelende gebaar van Tanja om te gaan zitten.

'Nick is hier om te overleggen over dat event waar wij het gister over gehad hebben.' Tanja gaat zitten en werpt haar een namaakglimlach toe. 'Jij had al een goede locatie gevonden, toch?'

Wat een kreng was het toch. Tanja wist best dat ze pas gistermiddag die opdracht gegeven had, maar Moon voelt haar krachten groeien. Ze laat zich niet meer inpalmen door mevrouw Tang. Kort schiet het beeld door haar hoofd van een machteloos vastgebonden Tanja.

'Natuurlijk. Ik heb gekozen voor Stadskasteel Oudaen en het

maar direct laten vastleggen. Het is kort dag, nog drie weken om precies te zijn. Ook heb ik al opdracht gegeven tot de druk van een groot aantal posters om het event overal in de stad aan te kondigen. De persberichten voor de plaatselijke media liggen al klaar. De mensen die ik sprak waren zeer geïntrigeerd door de naam van het event: HET DATINGCAFÉ.'

Moon weet dat ze hoog spel speelt, maar het maakt haar niets uit. Zij is de baas en dat mogen ze zo langzamerhand ook weleens voelen.

'Dat was nog helemaal niet besloten,' stuift Tanja op.

'Volgens mij wel,' onderbreekt Nick haar met een stem waarin zelfverzekerdheid klinkt. 'Het is zelfs aan de orde gekomen tijdens de contractonderhandelingen. Bovendien is de blog groot geworden onder deze titel, dus het lijkt me alleen maar goed als we deze naam ook gebruiken voor het event.'

Moon onderdrukt een glimlach, en is blij met de steun van Nick. 'Dat is dan afgesproken,' zegt ze met een superieure air.

Nick richt zich tot Tanja. 'Het lijkt me goed als Moon en ik de rest onderling afstemmen. Ik neem aan dat je wel wat beters te doen hebt dan je bezighouden met dit soort details.' Nick pakt zijn mobiele telefoon en raadpleegt zijn agenda. 'Wij zien elkaar volgende week weer.'

Als Nick opstaat, volgt Moon zijn voorbeeld. Een snelle blik op Tanja laat haar een strak masker zien.

'Nog één dingetje,' zegt Moon dan. 'Ik heb het voorstel van Nick overgenomen wat betreft de thematiek voor die avond.' Ze negeert de verbaasde blik van Nick. 'Het wordt een gemaskerde avond, als knipoog naar de bekende blind date.' Ze spreekt het laatste woord met veel nadruk uit.

Tanja mompelt iets als 'daar hebben we het nog wel over' en dan wordt Moon aan haar elleboog meegenomen naar de gang.

Als de deur dichtzit, hangt het gezicht van Nick vlak voor het hare. 'Goed gedaan, Moon!'

MOON

Nick grijpt het succes aan om zich bij haar thuis uit te nodigen.

'Als je zo lekker doortastend ben, herken ik je weer.' Hij hangt onderuit op haar bank.

Ze heeft behoefte aan een borrel. Binnen in haar is een oorlog aan de gang die nog niet gestreden is. En Nick staat niet aan haar kant.

'Het is mijn project,' fluistert ze.

'Natuurlijk! Het is ook goed dat jij de regie voert, maar je kunt niet alles tegelijkertijd. Ik vind het echt klasse dat je dit allemaal al hebt geregeld.'

In haar hoofd heerst een drukte alsof er een rockband aan het optreden is, die alleen maar deprimerende muziek in hun repertoire blijken te hebben. Overal onrust en stemmen die de vreselijkste dingen zeggen.

Ze gaat op zoek naar haar pillen tot ze zich herinnert dat ze die verbannen heeft. Ze probeert zich te focussen op Nick, maar elke opmerking van hem maakt een vreselijke omweg voor hij landt.

Drank!

In de keuken blijkt de drankvoorraad veel kleiner te zijn dat ze had verwacht. Snel zet ze een fles aan haar mond en laat de whisky in haar keel lopen. Dat heerlijke brandende gevoel doet haar goed. Ze gooit het kastje dicht, pakt een fles wijn en loopt terug.

'Jij ook?'

Ze kijkt hem niet aan, bang om die veroordeling in zijn ogen te zien. Maar tot haar verbazing reageert hij heel enthousiast. Hij pakt zelfs de fles van haar aan en maakt hem open.

'Glazen?'

'O, fuck!'

Natuurlijk, glazen. Zo hoor je wijn te drinken. In haar hoofd start een nieuwe scheldkanonnade. Bij de kast ligt een leeg medicijndoosje. Ja, leeg! Ze weet best dat het link is om in één keer te stoppen met die rotzooi.

'Kom lekker bij me.' Nick klopt met zijn hand naast zich op de bank, maar ze negeert hem. Ze maakt zelf wel uit of ze bij hem wil zitten.

Langzaam voelt ze zich weer blij worden. Ze heeft het toch maar mooi geflikt om tegen Tanja in te gaan. Die trots gloeit lekker mee in haar lijf.

'Ik heb nog niet alles geregeld,' biecht ze grinnikend op.

'Dat dacht ik al.' Nick lacht naar haar. 'Het leek me ook onmogelijk om dat in zo'n korte tijd voor elkaar te krijgen.'

'Ik heb nog een dag of twee nodig, dan is het wel helemaal rond. Nog een laatste telefoontje naar het Stadskasteel en een kritische blik op de persberichten en het is klaar. Kees heeft me geholpen met de posters.'

'Passende locatie. Klasse, schatje.'

Ze heft haar glas en proost met Nick op het succes. En terwijl de wrange wijnsmaak haar thuis laat komen, merkt ze dat ze ontspant. De rockband is gestopt, waardoor ze zich uit eigen beweging naast hem op de bank laat zakken.

'Het wordt vast geweldig,' zucht ze.

'Zal ik Amy vragen om die laatste puntjes van je over te nemen?'

'Dat hoeft niet.' Ze voelt zich sterker dan ooit. Het is háár project.

'Ze doet het graag.' Nick dwingt haar om hem aan te kijken. 'Waarom gun je haar niets?'

Niets is niet het goede woord. Ze gunt haar Nick niet. Dat is alles.

Hij praat al verder. 'Ik dacht juist dat ze jouw vriendin was en dat je haar graag wilt helpen. Dat waardeer ik juist zo in jou. Je bent nog steeds dat meisje van vroeger dat zich wegcijfert voor anderen. Je bent de belichaming van betrokkenheid. Dat was je vroeger al, en ik dacht dat ik dat weer had gezien.'

Ineens krijgt ze zin in hem. Geen idee of dat door zijn woorden komt of door haar gedachten die ineens naar het verleden getrokken worden. Ze wil gewoon lekker verwend worden, aandacht krijgen.

Haar zoen landt scheef op zijn mond, maar de heftigheid waarmee ze zich daarna tegen hem aan drukt geeft alles aan. Ze wil niet afwachten tot hij tijd voor haar heeft, niet opzijstappen voor Amy, ze wil zich niet meer tegen de liefde verzetten omdat er een nieuwe smeltperiode kan komen waarin ze gekwetst kan worden. Ze gáát er gewoon voor.

En als hij haar terugzoent op die heerlijke manier die haar week maakt, weet ze dat het zo moet. Gewoon genieten van nu. Terwijl haar arm om zijn nek ligt, speelt ze met zijn stugge haar en verdwijnt langzaam in zijn zachte liefde. Het klopt met haar gevoel van vroeger. De aandacht die hij altijd voor haar had, zijn vriendelijke woorden waaraan ze zich laafde, zijn glimlach die een ijkpunt vormde om de nieuwe dag weer aan te kunnen. Dat was toen. Het is weer even toen.

Zijn handen strelen zacht over haar rug, haar haren en haar nek. Eindeloos zacht.

Als ze elkaar eindelijk loslaten kijkt ze hem uitdagend aan. Ze weet wat ze wil. Als ze haar glas wijn pakt, stoot ze die van hem bijna omver. Tegelijk schieten ze in de lach en klinken opnieuw op hun succes. De zakelijke klank is eraf. Het laatste restje wijn verdwijnt in haar keel. Daarna trekt ze hem mee.

Ze weten niet hoe snel ze elkaar uit hun kleren moeten helpen en daarna is er een tijdlang niets anders dan hun twee naakte lichamen en de wijn die bij elkaar net weer anders smaakt.

De zoute frites smaken als een culinair hoogstandje. Moon doopt ze steeds opnieuw in de bijgeleverde mayonaise en spoelt ze weg met wijn.

'Goed dat je nog een fles hebt meegenomen.'

'Ik wil je niet door je voorraad heen helpen.' De knipoog is veelbetekenend, maar het maakt Moon niet uit. Ze drinkt graag, maar weet heus wel hoe ver ze kan gaan.

Eigenlijk had ze zich voorgenomen om vanavond die nieuwe blog te schrijven, maar dat heeft ze al doorgeschoven.

'Ik wil je iets vragen,' begint Nick.

'Dat doe ik vannacht,' antwoordt ze. En als ze zijn vragende blik ziet, vervolgt ze: 'Tenzij jij blijft natuurlijk. Dan schrijf ik morgen in de lunchpauze wel een vluggertje.'

Ja, ze wil dat hij blijft. Vanaf vandaag vecht ze voor de liefde. Hij moet kiezen tussen haar en Amy; zij weet wel wat ze wil.

'Dat is inderdaad wel een dingetje. Tanja houdt het allemaal bij. Ze vroeg zich wel af of de schrijfster, zoals ze je noemt, die groei wel aankan.'

'Ik zorg ervoor.' Het klinkt bijna als *Tuurlijk Tanja*. 'Morgen staat er weer iets online.'

'Maar ik wilde het eigenlijk over iets anders hebben.' Nick laat de wijn in zijn glas rusteloos ronddraaien.

Het frietje blijft halverwege haar mond hangen. 'Dat klinkt serieus.' Ze hapt hem snel weg, vooral om zichzelf een houding te geven.

'Je vertelde laatst over die vreselijke nacht.'

Een snelle slok wijn.

'Toen je vader dat ongeluk kreeg.'

'Ja?'

'Je hebt toen geen aangifte gedaan. Weet je wel zeker...?' Nick stokt en schuift dan zijn bord opzij. Hij schudt vertwijfeld zijn hoofd en gooit er een scheldwoord uit. 'Het moet afschuwelijk zijn geweest.'

Moon voelt haar hart op allerlei plekken in haar lichaam kloppen. 'Hij was dood.'

Nick richt zijn blik op de restanten op zijn bord.

'Ik was zo gek op mijn vader.' Tranen lopen ergens aan de binnenkant van haar lichaam naar beneden, alsof daar de pijn zit.

'Natuurlijk, sorry dat ik er weer over begin.'

Een tijdlang is er niets anders te horen dan wat geschreeuw op straat, de wc die doorgespoeld wordt bij de buren en het geklop van de centrale verwarming. Moon haalt haar neus op. Dan pakt ze een servet en snuit luidruchtig.

'Hoe is het eigenlijk met Chiel?' Nicks vraag is er opeens.

Moon vertelt over het mooie huis dat ze voor haar broertje heeft gevonden. 'Hij is er volgens mij wel op zijn plek.'

'Chiel is de grappigste jongen die ik ken,' zegt Nick. 'Zodra ik hem zag, werd ik vrolijk. Ik weet nog goed dat hij een fiets had gekregen. Hij nam me mee naar de schuur en ik dacht dat hij heel trots over zijn fiets zou beginnen. Maar in plaats daarvan opende hij de deur van de schuur, steeds opnieuw. Open en dicht. Daarna zei hij tegen me: "Kijk, hier ga ik erin en hier ga ik er ook weer uit." Alsof hij dat zelf ontdekt had.'

'Dat was waarschijnlijk ook zo.'

'Hij was onvoorwaardelijk lief.'

De warmte kruipt langzaam omhoog naar haar hart. 'Hij kon ook vreselijk ondeugend zijn. Dan zei hij al ver van tevoren tegen me "Moon, ik wil vandaag mijn stoute schoenen aantrekken om iets stiekems te doen". Niemand kon kwaad op hem worden,' besluit ze en ze merkt dat het nu ineens geen pijn meer doet.

'Zullen we hem samen een keer opzoeken?'

Ze weifelt kort. 'Ja, misschien vindt hij dat wel leuk.'

'Geef jij maar aan wanneer dat uitkomt. Ik plooi me wel naar jouw afspraken.'

Op dat moment voelt ze haar mobiel trillen. Ze pakt hem erbij en ziet dat er een berichtje is van Amy. Snel scant ze het bericht en legt haar mobiel dan weer weg.

'Belangrijk?' Nick stapelt de borden en staat op.

'Het is Amy,' zegt ze toonloos.

Nick blijft even staan, een onpeilbare blik in zijn ogen. Maar als ze verder niets zegt, loopt hij naar de keuken. Daarna pakt ze haar laptop en zoekt haar blogsite op. Ze scrolt door de reacties, terwijl er vanuit de keuken allerlei geluiden klinken; een kraan, het gesuis van opwarmend water en uiteindelijk haar koffieapparaat.

Dan vindt ze weer een nieuwe reactie van de Utrechtse Dater:

Jouw vriendin komt steeds dichterbij. Ze is een mooie vrouw; die past in het rijtje. Een lastig dilemma: kies ik voor jou of voor haar? Wat wil jij?

Bruusk duwt ze haar laptop van zich af. Dit is het dilemma waar hij eerder over sprak. Een dilemma voor háár!

In de keuken fluit Nick een bekende song, terwijl ze hem hoort rammelen met kopjes. Een kastdeurtje wordt dichtgeslagen. Daarna fluit hij weer verder. Het zou haar een huiselijke rust moeten geven maar het bericht zingt er vals doorheen. Ze staart naar buiten en denkt na. Wat moet ze doen?

Pas als de koffie voor haar staat en er buiten toch echt niets interessants meer te zien is, behalve de nacht die steeds donkerder wordt, weet ze dat ze er iets over moet zeggen.

'Amy wil graag met me afspreken.'

'Doen,' zegt Nick alleen maar.

'Om te overleggen over het event,' voegt ze er nog aan toe.

'Prima.'

Ze kijkt hem met een ruk aan. 'Je begrijpt het niet.'

Als hij al geschrokken is van haar uitval, laat hij dat in ieder geval niet blijken. 'Wat begrijp ik niet?'

Ze loopt naar haar bureau en pakt haar laptop. Met een paar klikken staat het bericht weer op haar scherm.

'Dan loopt Amy gevaar.'

MOON

Lanterfanten staat niet in haar woordenboek. Nadat Nick haar acht keer had opgedragen de deur goed achter hem op slot te doen, was hij weggegaan. Hij was bezorgd, om haar. Maar ze heeft alles goed onder controle, behalve haar emoties. En helaas hem ook niet.

Het gesprek heeft weer van alles in haar losgemaakt. Ze heeft tijd nodig om erover na te denken. Over Amy, de verkrachting, haar vader en over die zorgeloze broer van haar. Maar eerst moet ze weer wat plaatsen op haar blog.

Moon zucht, legt haar vingers op haar toetsenbord en denkt na.

De reactie van de Utrechtse Dater staat ergens op haar computer. Ze heeft geen idee of hij wacht op haar antwoord; negeren lijkt het beste. Ze zal haar vriendin nooit in gevaar brengen. Zelfs de strijd om Nick zal daar geen verandering in brengen. De intense afscheidszoen van hem was heerlijk.

Moons vingers liggen nog steeds werkeloos op de zwarte toetsen. Pas als ze een kop koffie heeft gehaald die ze in een paar grote teugen naar binnen werkt, begint de inspiratie te stromen. En gek genoeg is het dit keer Tanja die háár helpt.

Volgens Nick wilde Tanja dus dat ze meer seks beschreef. '*Okay, sex is calling*,' zegt ze tegen het scherm. Als Tanja het hebben wil, dan zal ze het krijgen ook.

Dit is haar passie: woorden vinden voor emoties, voor situaties die vreemd of opmerkelijk zijn. Dit keer een seksuele voorkeur als onderwerp. Jij roept, ik draai, beste Tanja. Maar ik geef er wel mijn eigen richting aan. Met dank aan Kees.

De blog over deze date zal vast en zeker reacties oproepen; het is een verborgen verlangen van veel vrouwen. De titel is lastiger. Is VERBORGEN SPEL een goeie, of is VERJONGENDE PASSIE beter of BLINDE PASSIE?

Net voor ze de tekst online wil zetten zeilt de enige juiste titel binnen: WAT NIEMAND MAG WETEN.

'Yes.' Ze leunt achteruit in haar stoel en steekt haar armen in de lucht. Dit wordt een hit. Deze titel daagt iedereen uit. Tanja kan tevreden zijn; nog meer lezers en volgers. Een gemeen lachje ontsnapt uit haar mond.

Zal de Utrechtse Dater nu ook reageren? Of zal hij zich verkneukelen bij deze blog?

Ineens weet ze zeker dat die vent een freak is.

TANJA

De Telegraaf ritselt tegenover haar op de bank. Heel even ziet ze de kruin van Reinier, daarna zijn er alleen maar schreeuwende koppen.

'Het was een succesvolle meeting,' begint ze vanuit het niets een gesprek.

De krant zakt in elkaar.

'Ik heb overlegd met een jonge knul, die...'

'Een jonge knul,' onderbreekt Reinier haar met een veelbetekenende klank in zijn stem.

Tanja laat zich niet van de wijs brengen. 'Het is een echte ideeënmachine, die het ene na het andere hoopgevende plan naar voren brengt. Nick heeft...'

'Nick?' Reinier spreekt zijn naam zo uit dat het zweet haar uitbreekt.

Haar stem is iets minder vast als ze verdergaat. 'Hij heeft zoveel kennis van zaken. Technische kennis van app-ontwikkeling wat direct vele duizenden euro's scheelt. Hij creëert met het grootste gemak allerlei ingenieuze hoogstandjes.'

'Hm, dat klinkt goed.' Reinier begint met een overdreven precisie de krant op te vouwen.

De klank van haar woorden brengt haar terug naar het duistere restaurant waar ze langzaam voorverwarmde en al bijna een eerste hoogtepunt bereikte door haar eigen geile gedachten.

'En hij heet Nick?'

Ze knikt alleen maar, niet in staat zijn naam uit te spreken. Een vergissing is te makkelijk gemaakt.

'En waar gaat dit project over?'

'Dating.' Het schiet sneller naar buiten dan ze wil.

'Interessant.'

De stilte voegt zich bij hen en neemt al snel de hele kamer over. Woorden passen er niet meer bij. Pas als Tanja zucht, komt er ruimte.

'Er is een vrouw met een blog die een waanzinnig aantal volgers heeft. Haar teksten hebben een melancholie die bij veel mensen in het circuit herkenbaar is. Moedeloosheid, zoekend en tegelijkertijd met nét...' – ze knipt met haar vingers – '... dat sprankje hoop dat hen laat doorgaan met zoeken.'

'En deze Nick heb je via dating ontmoet?'

'Nee, nee. O, nee!' haast ze zich om te zeggen. 'Nick had een ander project bij me ingediend, maar is nu aanspreekpunt voor het blogproject van die vrouw.'

'En die Nick is dus geweldig.'

Tanja hemelt hem opnieuw op, waarbij ze zich compleet focust op werkgerelateerde zaken. Best lastig, omdat het zo met dating verweven is. Snel gooit ze het idee op tafel dat haar sinds die ochtend niet meer loslaat. 'Ik denk erover om hem een baan aan te bieden.'

Het blijft stil tegenover haar. Ze knijpt in de leuning van de bank die totaal niet meegeeft. Voor hun huis toetert een auto, een fietser antwoordt met een vrolijk geklingel. Interactie.

Ze denkt aan het briefje uit het hotel met die belachelijke boodschap. Het zit nog in haar tas. Zal ze het aan Reinier voorleggen? Het zit haar helemaal niet lekker dat ze een geheim voor hem heeft, ook al weet ze dat hij meer heimelijke zaken in een week doet dan zij in een heel jaar.

Is hij nog bezig met die websites die hem ooit die scheve schaats lieten rijden? Of is hij verstandig genoeg om daarbij uit de buurt te blijven? Haar nieuwe project zal hem vast laten terugdenken aan die tijd. Hij had mazzel dat de vrouw geen aangifte had gedaan, anders was het allemaal heel anders gelopen. Dan had hij een veroordeling wegens aanranding, of mogelijk zelfs verkrachting aan zijn broek gehad.

De hitte schiet door haar lijf. Is dát waar het briefje over gaat? Gaat het om het geheim van Reinier? Willen ze haar afpersen met zijn misstap?

Ze merkt dat haar ademhaling zich versnelt. Bijna hijgend. Ze staart haar man aan die zijn aandacht volledig op het schilderij achter haar richt. Ze hoeft niet te kijken om de vrouw te zien die al haar rondingen trots toont, neergezet in haastige penseelstreken, waardoor details alleen met de nodige fantasie ingevuld kunnen worden. Reiniers fantasie?

Het is een vreemde sensatie dat zijn gezichtsuitdrukking haar ineens rust geeft. Zo kent ze hem weer. Die glanzende ogen, lippen die vochtig op elkaar liggen. Ze voelt dat haar zintuigen zich naar hem uitstrekken; ze willen gevoed worden. Vooral smaak en geur, zicht is slechts een vervelende bijzaak. Niets zien geeft haar meer.

Reinier is altijd al anders geweest, die wordt juist opgewonden van beelden. Dat is de valkuil waarin hij gedonderd is. Stom wijf, die moet het hebben geweten. Zal ze hem inderdaad verleid hebben, zoals hij altijd heeft aangegeven?

'Dus je kent die vrouw niet?'

Zijn woorden komen wel binnen, maar landen niet. Pas als hij haar aankijkt, begrijpt ze wie hij bedoelt.

'Ik heb geen idee wie het is. Maar toch lijkt het alsof ik haar al ken. Ik heb intussen de nodige blogs van haar gelezen en het gekke is dat je als lezer niet anders kan dan haar omarmen.'

'Dat is een gave.'

Tanja is opgelucht dat ze weer terug zijn bij een veilig onderwerp. Reinier vuurt inmiddels de ene na de andere vraag op haar af, allemaal zaken die ze al bedacht had of die ze door Moon laat uitzoeken. Ineens vraagt hij: 'Woont ze in Utrecht?'

'Geen idee.' Daar heeft ze geen moment bij stilgestaan. Ze ging er gewoon van uit, vooral door de tip van De Winkel van Sinkel. 'Maakt dat uit dan?'

‘Het maakt het makkelijker.’

Het is fijn dat Reinier geïnteresseerd is. Hij is vaak in staat om nét die ene vraag te stellen, waardoor haar associatieve denkvermogen geprikkeld wordt. Tanja gaat helemaal los en ze vertelt over alle plannen die op de rol staan. Bij het woord ‘event’ ziet ze Reinier opveren. Ze weet dat er nu van alles gaat broeien in zijn hoofd en dat er straks een geweldig plan naar voren komt.

Maar het blijft stil. Te lang stil. Net als ze naar de keuken wil lopen om het eten op tafel te zetten, grijpt hij haar bij de arm.

‘Goed plan, Stadskasteel Oudaen.’

‘Idee van Moon.’

‘Ik ben er toevallig laatst nog geweest en het is echt heel stijlvol. Ik moest direct aan jou denken.’ De laatste woorden komen er een tikje ondeugend uit. ‘Dat kwam misschien ook wel omdat ik je daar al zag zitten, die blinddoek voor en dan…’

‘Je loopt wel een beetje hard van stapel.’ Ze schiet in de lach en geeft hem een zoen. ‘Het wordt geen blinddoek, maar een masker. Maar zullen we eerst eten?’

‘Waarom? We hadden een gezellige avond afgesproken. Dat werkt heel anders bij mannen. Zelfs als we een zakelijke afspraak hebben.’ Reinier staat op, slaat zijn armen om haar heen en pakt haar bij haar billen. ‘Wij mannen bekijken een vrouw, kleden haar met onze ogen uit en zien al helemaal voor ons hoe ze er onder dat zakelijke laagje uitziet. Het enige wat een man zich dan nog afvraagt, is hoe het is om met haar te neuken.’

‘Nou, dat weet je allang,’ zegt ze snel en ze maakt zich los.

‘Pretbederver,’ moppert Reinier. Maar ze hoort aan zijn stem dat hij het wel spannend vindt dat ze niet direct meegaat in zijn spel. ‘Je wilt zeker overwonnen worden. Als jij nou eens dat prachtige lichaam van je naar boven brengt, zal ik op je jagen.’

‘Heb je al honger?’ Tanja pakt de tas met de vers afgehaalde wokmaaltijd.

‘En óf ik honger heb.’

Reinier heeft alles al voor haar klaargelegd. Hij heeft er duidelijk zin in; voor haar zal het toch even wennen zijn. Ze had bedacht dat ze met alles Boy voor ogen zou houden; zijn jonge lijf, zijn blonde haar, zijn stevige lichaam. Het is gek, maar sinds ze weet dat hij niet méér is dan een echte toyboy die vele vrouwen aan hun bevrediging helpt, kijkt ze weer uit naar de vertrouwde standjes met Reinier. Hij weet wat ze lekker vindt en waar ze behoefte aan heeft, ook al zorgt hij vooral voor zijn eigen bevrediging.

Tanja gaat op de rand van het bad zitten en begint zich uit te kleden. Door haar verleden is ze niet in staat om gewoon seks te hebben. En ook Reinier is getekend. Twee gewonde zielen die samen een geheel vormen. Zo was het altijd. En eigenlijk is ze er meer dan tevreden mee. Het gaat niet altijd om meer, het is al heel wat waard als je iemand hebt aan wie je niets hoeft uit te leggen.

De man van haar dromen is in rook opgegaan en zijn leefomgeving bleek niets meer te zijn dan een ordinaire hotelkamer die zíj moest betalen. Dromen zijn gekke dingen, en deze was wel gebouwd op het smerigste bedrog dat je je maar kunt indenken. Ze is vreemdgegaan. En Reinier weet het, of vermoedt het. En andersom geldt hetzelfde. Ze hoopt alleen maar dat het briefje geen nieuw schandaal betekent.

Het lingeriesetje dat klaarligt is vreemd voor haar. Nooit gezien. Toch ruikt ze een bedwelmende zoete parfum. Seringen? Of is het lavendel? Ze pakt de string op en bestudeert hem langdurig. Wat wil Reinier hiermee zeggen?

Het idee dat een andere vrouw dit setje heeft aangehad en dat Reinier het wellicht van haar vast en zeker prachtige lijf heeft gestroopt, geeft haar een nieuwe sensatie. Het is geen geilheid, het is anders: lust vermengd met een competitie-element.

Hoe weet hij dat dit is wat ze wil? Dat ze nu nog gekker wordt dan anders? Ineens krijgt ze haast. Snel trekt ze de laatste kledingstukken uit en mikt ze achteloos op de grond. Ze wil niets liever dan Reinier een diep orgasme geven. Het stretchrokje dat ze normaal altijd over haar billen trekt, laat ze achterwege. En na een korte blik in de spiegel, stapt ze de verduisterde slaapkamer in. Zachte loungemuziek en diezelfde zoete geur komen haar tegemoet.

Met haar hoofd op zijn behaarde borst luistert ze naar zijn hartslag die steeds rustiger wordt. 'Dat was best lekker,' zegt ze en ze streelt met haar vinger over de plek net onder zijn navel.

'Je bent een bijzondere vrouw,' bromt Reinier.

'Het was anders, kan ik misschien beter zeggen.' Ze tilt haar benen over de rand van het bed en loopt naar de kast waar haar peignoir hangt. Ze is zich bewust van zijn blik die vast en zeker op haar billen rust. Een billenman, dat is Reinier zeker.

De bekleding op de gang is zacht en pluizig en het is eigenlijk vreemd dat ze zich daar nu pas zo bewust van is. Komt het doordat hun vrijpartij anders was dan normaal? Geen voorbereiding. Geen eigen voorspel. En vooral geen blinddoek. Ze hebben sámen gevreeën.

Ze laat de deur van het toilet openstaan en kijkt de gang in, waarbij ze nog net een streepje van hun bed kan zien. Een grote teen steekt buiten het witte laken.

'Wij hebben geen masker meer nodig,' zegt ze als ze naast hem op bed gaat zitten. Er welt trots op.

'Wij niet,' antwoordt Reinier met een glimlach die meer aangeeft. 'Maar die daters wel.'

'Ze kunnen lekker uit hun dak gaan,' zegt ze lachend. 'Er zijn zo veel soorten maskers te koop, dat wordt een prachtig spektakel.'

'Geef je die schrijfster nog inspraak?'

'Natuurlijk niet. Ik begeleid het project en ik weet precies welke zaken aanslaan in de media. Het wordt tijd dat ik me daarmee ga bezighouden. Journalisten benaderen, persberichten schrijven, het zal best lastig worden om voldoende aandacht te creëren. Want wat is nou de nieuwswaarde van zo'n bijeenkomst. Het is maar een feestje, zullen ze zeggen.'

'Misschien kan ik helpen? Ik heb vaker met die lui van doen gehad. Het zou goed zijn als ze over lekker prikkelende onderwerpen schrijft. Of met een onderscheidende insteek?'

Tanja staat op en pakt haar iPad. 'Kijk, dit is de blog.'

'HET DATINGCAFÉ,' leest Reinier hardop voor. 'Goede naam! Het insinueert gezelligheid.'

'Ja, dat vond ik ook,' haast Tanja zich te zeggen. Ze schuift wat verder naar achteren zodat ze naast Reinier onder het laken kan kruipen.

'Gave titels, die meid weet hoe het moet.' Reinier scrolt over de site. 'DATEN IN EEN SHOWROOM, geweldig. En deze is helemaal goed: WAT NIEMAND MAG WETEN. Ze prikkelt de nieuwsgierigheid.'

Tanja legt haar hoofd op zijn schouder en leest mee. De eerste zinnen geven haar een lichte vorm van herkenning die groeit naarmate de blog vordert. Dit gaat over háár. Het is een bijna exact verslag van haar date met Boy, vastgebonden aan de spijlen van het bed met een blinddoek voor haar ogen.

Haar lijf tintelt. Ademloos wacht ze af, haar ademhaling verstopt in het laken en haar spieren gespannen.

Reinier leest de hele blog hardop voor, stopt soms even bij bepaalde woorden, alsof hij ze extra nadruk wil geven en spreekt uiteindelijk de laatste zin uit: 'Niemand mag weten dat ik dit gedaan heb. Het is een verborgen spel van een cougar met haar toyboy. Zeker aan te raden om ooit eens te doen.'

Het blijft een hele tijd stil. Het scherm blijft de woorden weergeven die haar ineens vreemd aandoen. Dit is wat er gebeurd is. Het zijn zelfs haar emoties. Hoe kan deze schrijfster zo in haar hoofd kruipen?

'Wow,' zegt Reinier. En hij herhaalt het woord zeker nog een keer of drie.

Tanja heeft haar ogen inmiddels gesloten.

'Ze kan zeker schrijven. Ik zie het zo voor me,' zegt hij dan. Er klinkt slechts wat geritsel van het laken. Daarna weer die stilte die meer woorden bevat dan ooit tevoren.

TANJA

De maaltijd smaakt nergens naar. Weke groenten in een saus die meer smaakmakers bevat dan kruiden. Tanja geeft het op en legt haar bestek weg. Tegenover haar smakt Reinier met een onvoorstelbare honger alles naar binnen. Ze vraagt zich af of hij ooit nog trek in haar zal hebben.

Het was niet haar date met Boy, ook al leek het er verrekte veel op. Dat blijft ze maar in zichzelf herhalen. Toch voelt ze aan alles dat Reinier dat anders ziet.

Als hij zijn bord van zich af schuift en de laatste hap met bier wegspoelt, wacht ze af wat er gaat gebeuren. Is het niet beter om er zelf over te beginnen?

Stom, op haar werk zou ze direct weten hoe ze het moest aanpakken. Van achteren aanvallen, dat verwachten ze nooit. Zijdelings toeslaan en daarna slijmen. Dan rennen ze voor je.

'Ik heb eens nagedacht,' begint Reinier. Daarna stopt hij en drinkt eindeloos langzaam zijn glas leeg. 'Geef me die tablet nog eens aan?'

Het apparaat ligt als een tijdbom op de bank. Tanja pakt het en aarzelt als Reinier met zijn hand op de stoel naast zich klopt. Ze wil het niet nog een keer zien, maar ze kan niet anders dan gehoorzamen.

'Meiske, ik wist allang dat je met iemand anders aan het rotzooien was.'

'Denk je dat ik...?'

'Ja, dat denk ik. Maar ik heb geen recht om jou dat te verbieden. Ik ben alleen maar blij dat je weer bij mij bent teruggekomen. Dat telt. En nu ik dit heb gelezen, verbaas ik me er des te meer over. Het moet een waanzinnige date zijn geweest.'

Haar gelatenheid verandert in een eindeloze woede jegens de schrijfster. Ze is bezig om deze vrouw in het zadel te helpen. Om haar met financiële middelen te ondersteunen en groot te maken en dan durft dat wicht háár...

'Je hebt gelijk,' zegt ze dan zacht. 'Dit gaat over mij.'

Reinier reageert niet op haar onthulling en scrolt verder. 'Heb je dit ook gezien? De vele reacties. Onvoorstelbaar.'

Maar Tanja wil niet weten wat al die anderen van haar vinden. Het enige wat in een continue riedel in haar hoofd zit is de noodzaak om dit bericht zo snel mogelijk van de site af te halen.

Reinier leest de ene na de andere reactie op de blog voor. Een oneindige reeks complimenten die de schrijfster de hemel in prijzen.

'Met deze ene blog heb je goud in handen.'

Tanja gaat rechtop zitten. Als ze al verbaasd is over zijn reactie laat ze dat niet merken.

'Deze tekst gaat scoren. Natuurlijk ook wat betreft de inhoud, maar...' Hij schudt zijn hoofd. 'Heb je dit gezien? Dit is eng.'

Reinier leest de reactie voor:

Blind date. Goed gekozen! Welke vrouw wil dat niet?

Ben jij dan het perfecte slachtoffer?

'Wie is...?'

'Geen idee. Maar moet je kijken, hoe kent hij al die details?'

Tanja hoort dat hij zwaar ademt, wat hij altijd doet als hij geconcentreerd bezig is. 'Wat is er? Is er iets mis?'

'Juist niet,' zegt hij uiteindelijk. 'Als je het goed aanpakt, gaat dit jou heel rijk maken.'

Iedereen die ze tegenkomt in de gang lijkt anders op haar te reageren. Ze durft niemand in de ogen te kijken, omdat ze bang is wat ze daarin kan lezen. Haar angst om herkenning zit in elke vezel van haar lichaam. Er moet iemand zijn die meer weet, die schrijfster komt angstaanjagend dicht bij haar sekswensen. Is een van haar medewerkers ergens achter gekomen? Er staan dingen in de blog die met een fluorescerende pijl naar haar wijzen. Zeker nu zij zich inlaat met de blog. Het zijn misschien slechts kleine speldenprikken die – als ze door de verkeerde opgepikt worden – zomaar grote gaten kunnen slaan. Haar bedrijf loopt gevaar.

Het ergste was die zogenaamde Utrechtse Dater die de meest impertinente reactie plaatste alsof hij allerlei *inside information* heeft.

Reinier heeft gelijk. Gebruik het!

En terwijl ze moed verzamelt om haar eerste telefoontje te plegen, moet ze elke opwelling om de blogsite op zwart te zetten tegenhouden. In plaats van verzwijgen en hopen dat de hype overwaait, moet ze er een schijnwerper op zetten.

'Zorg dat je iedereen te slim af bent. Wijs hen op zijn reactie, dan zal hun aandacht naar hém gaan, in plaats van naar jou.' Dat zei Reinier.

Hij weet als geen ander hoe journalisten te werk gaan. En dat is direct de tweede reden dat ze zichzelf nogmaals moed inspreekt: wat zullen de media tegenkomen? Via haar komen ze geheid bij Reinier terecht, en dus ook bij zijn dubieuze verleden. Als ze hun werk goed doen, komen ze de bewuste vrouw op het spoor. Dan zal duidelijk worden dat Reinier te ver is gegaan met zijn seksuele driften. Had ze Reinier op dat moment moeten laten vallen om haar bedrijf zeker te stellen?

Tanja heeft altijd voor dit moment gevreesd, maar het gekke is dat nu het bijna aan de oppervlakte dreigt te komen, haar vechtlust groter is dan ooit. Reinier heeft gelijk: ze moet het gebruiken. Niemand zal verwachten dat ze zelf de aandacht op haar dreigende ondergang zal vestigen. Ze zullen háár met rust laten. De focus zal op die Utrechtse Dater liggen, niet op haar. Zeker nu er een figuur in het nieuws is die vrouwen op exact die manier aanrandt.

Stel dat er een link is tussen die twee… Zijn reacties zijn duidelijk, hij heeft bijna te veel details gegeven. Het kán bijna geen toeval zijn. Dat moet ze zeggen tegen de pers.

Dan pakt ze de telefoon.

MOON

Nog een week, dan is het event. Haar inspiratie is opgedroogd. En dus heeft ze op haar blog vooral aandacht besteed aan het naderende feest. Ze heeft maskers als voorbeeld geplaatst, tips gegeven voor een eerste kennismaking, een blog over eerste kennismakingszinnen geplaatst en natuurlijk de datum doorgegeven. Toen ze het woord november typte, trilden haar vingers.

Nog een week.

De Utrechtse Dater blijft actief en reageert op elk bericht.

Een eerste kennismaking? Ik ken jou al te lang.

En ook:

Wanneer zet jij jouw masker af? Ik heb nog maar weinig geduld.

Zijn woorden zijn niet meer zo bedreigend, het is bijna alsof ze al kan voorspellen wat hij gaat zeggen. Of houdt ze er zelfs bij het schrijven al rekening mee? Haar blogs zijn minder opruiend dan eerst.

Van haar baas heeft ze meer last. Die zet haar nog even extra onder druk, alleen hoort ze de opdrachten tegenwoordig uit de mond van Nick. Best vreemd. Zeker omdat hij ook dingen doorgeeft waarvan hij weet dat die haar zullen kwetsen. Wat te denken van Tanja's bemoeienis met een titel. Nick gaf het terloops door. Of ze maar even de titel van haar eerstezinnenblog wilde aanpassen.

KEN IK JOU NIET ERGENS VAN was te cliché, vond mevrouw Tanja. Het moest EERSTE INDRUK worden. Eerste indruk! Belachelijk, alsof dát de nieuwsgierigheid zou opwekken.

Schrijven is háár creativiteit, háár fantasie. Zij is de schrijfster, Tanja is een tang, meer niet. Oké, een rijke tang, dat dan weer wel. Maar met de inhoud moet ze zich niet bemoeien, ze haalt de kracht uit haar teksten.

Nick had haar rustig laten uitrazen en daarna aangegeven dat ze beter kon gehoorzamen. Morrend had ze toegegeven. Vanaf dat moment had ze het gevoel dat de blog niet meer van haar was. Het eerste stukje van haar domein was onteigend.

Sindsdien is haar contact met Nick verschrompeld tot zakelijke berichtjes. Ze mist hem. Het idee dat hij vaker bij Amy zit dan bij haar, kan en wil ze niet toelaten. De gedachte aan hun laatste vrijpartij houdt haar op de been. Ze geeft elk detail de ruimte alsof ze het aan het inkleuren is. Hij nam net zo veel tijd voor het netjes wegleggen van zijn kleding als voor het bekijken van haar blote lijf. Daarna sloot ze haar ogen en stimuleerde de zintuigen die er echt toe deden. De wrange smaak van wijn die bij hem veel zoeter proefde dan dat ze hem rechtstreeks uit het glas dronk. Zijn geur snoof ze zo diep op dat ze er duizelig van werd. Ze zou die wel altijd bij zich willen dragen omdat het haar terugbrengt naar geluk.

Hij kan die liefde niet gefaket hebben. Onmogelijk. Maar terwijl ze het denkt, ligt de twijfel alweer op de loer.

Ze pakt een dropje uit de la van haar bureau en weet dat ze zich moet concentreren op haar werk, maar in plaats daarvan staart ze al een tijdje naar haar screensaver: snelle lijnen die door elkaar heen vloeien. Precies zoals Tanja wil dat ze werkt: snel en accuraat. Het is maar goed dat Tanja druk is met hele andere zaken, en haar daarom met rust laat. Haar baas staat journalisten te woord die ineens om haar heen zoemen alsof ze zich heeft gehuld in zoete zomerbloesem.

Vanmorgen werd er een mail rondgestuurd waarin stond dat alle medewerkers deze figuren de grootst mogelijke medewerking moeten geven. Er komt zelfs een camerateam om Tanja te interviewen. Ze is bezig om háár blog te promoten. Het is een dubbel gevoel: ze haat haar baas, maar tegelijkertijd krijgt ze elke dag een recordaantal nieuwe volgers. Hoe doet ze dat?

'Heb je even?' Het haar van Kees zit wilder dan anders. 'Zullen we samen lunchen?'

Moon wil zijn verzoek al afwimpelen als ze iets in zijn ogen weerspiegeld ziet. Bezorgdheid? Ze graait nog een dropje uit haar la en staat op.

'Ga je echt mee?'

'Natuurlijk, waarom niet?'

'Je gaat nooit… Fijn dat je meegaat,' zegt hij. Voor hij de kamer uit loopt, gluurt hij eerst naar beide kanten de gang in. 'Kom, de kust is veilig.'

Als ze al verbaasd is, laat ze dat niet merken. Kees is nu eenmaal een beetje vreemd figuur, een technieknerd. Algauw zit ze met een kop mosterdsoep voor zich in de kantine. De kleur is vaalgeel, wat haar eetlust geen goed doet.

'Het is die dater,' fluistert Kees, terwijl hij zich ver voorover buigt. 'Die Utrechtse Dater is een regelrechte bedreiging voor je blog. Heb je dat gezien?'

Ze humt ter bevestiging.

'Ik heb zo'n hekel aan die kerel. Wie denkt hij wel niet dat hij is? Ik heb al zijn reacties achter elkaar gezet. Hij komt steeds dichter bij je, vreselijk.'

'Het is Amy,' zegt ze dan.

'Amy? Wat heeft zij met die reacties te maken?'

Moon neemt te snel een hap en brandt haar mond. Het duurt even voor ze de tranen in haar ogen weer de baas is. Haar tong voelt rauw aan.

De woede die in haar hoofd smeult als ze aan haar vriendin denkt is nog vele malen erger. In de afgelopen dagen heeft ze elk woord van Amy opnieuw gehoord, herkauwd en uitgespuugd.

'Ik snap niet dat ik het niet eerder heb gezien. Amy is niet te vertrouwen.' Haar stem eindigt in een hoge uithaal.

'Nu overdrijf je wel een beetje.'

'Sorry,' mompelt ze. 'Maar ik heb hen inderdaad betrapt. Precies zoals je me vertelde. Het idee dat ik haar altijd blindelings...' ze slikt moeizaam. 'Ik ken haar al bijna mijn hele leven. En nu pikt ze Nick van me af. Een vriendin doet zoiets toch niet? Ik vertrouwde haar. Het spijt me dat ik jou naar haar toe geduwd heb, ik wist het niet.' Een korte snik ontsnapt.

'Maakt niet uit. Ik ben blij dat je het nu zelf ontdekt hebt.'

Moon roert met haar lepel in de soep, maar durft nog geen tweede hap te nemen. 'Er moet nog meer aan de hand zijn.'

'Dat weet ik wel zeker,' beaamt Kees. 'Ik vraag me af of Amy...'

Ze gooit het er ineens uit: 'Ze willen mijn blog overnemen. Is dat het?'

Ze denkt aan de opdracht van Nick om te blijven daten. Als een pooier stuurde hij haar op het liefdespad, zodat ze aan de eisen zou voldoen en Nick het geld kon opstrijken. 'Wat stom dat ik het niet eerder heb gezien. Ze betalen zichzelf van mijn geld en houden Tanja van alle informatie op de hoogte. Ze weten straks meer van mijn event dan ikzelf. Zíj is de gastvrouw. Zíj is...'

'Woordvoerder naar de pers,' vult Kees aan.

Ze stopt met ademen. 'Echt?'

Hij knikt en slurpt zijn soep naar binnen. 'Wist je dat Tanja Nick een baan heeft aangeboden?'

Verbaasd staart Moon hem aan.

'En Amy ook, al is dat een tijdelijke aanstelling.'

Moon laat deze nieuwe informatie tot zich doordringen. Het is nog erger dan ze dacht. Wat is ze stom geweest!

Jouw vriendin komt steeds dichterbij.

'Hij heeft me ervoor gewaarschuwd,' gooit ze naar buiten. Als ze de vragende blik van Kees ziet, voegt ze eraan toe: 'Ik heb hem verkeerd begrepen. Niet Amy, maar ík loop gevaar. Net als toen.'

'Toen?'

'Het is alweer een jaar geleden.'

'Wat is er gebeurd, Moon?'

Met haar blik op de inmiddels onooglijke gele smurrie, vertelt ze wat er een jaar geleden is gebeurd. Waarom ze zich heeft teruggetrokken, begraven in grote hoeveelheden werk en zich ver heeft gehouden van contact met haar collega's.

'Wat heftig.' Kees ziet er lamgeslagen uit. 'Had ik het maar geweten. Ik...' Hij stokt en ze ziet hem vechten tegen zijn emoties. 'Wat moet je je alleen gevoeld hebben. Ik dacht dat het met het ongeluk van je vader te maken had, maar er was dus nog veel meer aan de hand.'

Moon weet niet wat ze moet zeggen. Ze herinnert zich hun gesprek waarbij hij zijn hulp aanbood en weet nu dat ze hém in vertrouwen had moeten nemen. Waarom kiest ze altijd voor de verkeerde mensen?

'Heb je enig idee wie het was? Heb je aangifte gedaan? En is er wel een onderzoek gestart?'

Ze schudt haar hoofd en strijkt een irritante lok achter haar oor.

'Kan het zijn dat het allemaal met elkaar verband houdt?'

Met een ruk heft ze haar gezicht op.

'Dat die aanrander nog steeds actief is?' denkt Kees hardop verder.

'Maar waarom gebruikt hij mijn blog?'

Kees strijkt over zijn kin terwijl hij zijn gedachten onder woorden brengt. 'Hij kan het niet hebben dat je hem de baas bent. Je negeert hem. Hij zoekt juist aandacht en wil graag in de schijnwerper staan. En die domme gans van een Tanja geeft hem zijn podium.'

'Dat heeft hij zelf ook al aangegeven.'

'Hoezo?'

Moon ademt diep in. Ze weet nog woordelijk wat hij schreef: *Ik sta straks op een podium. Mijn eigen spotlight in november.* 'Shit, hij komt naar het event.'

TANJA

Bijna elk uur controleert ze de blog om te kijken of er iets nieuws is geplaatst. Daarnaast leest ze alle reacties en is ze steeds weer onder de indruk van het aantal volgers, die de schrijfster op handen dragen. Wat een adoratie. En dat alleen maar om een paar schrijfsels over daten.

Tanja is zich steeds meer gaan realiseren dat er een hele wereld zit achter het fenomeen. Het gaat niet zozeer over de dates zelf, het gaat om de eenzaamheid of om het niet gezien worden. Een mens heeft liefde nodig en aandacht.

Het zou goed zijn als deze vrouw dat zelf ook zou inzien en dáár een blog over zou schrijven. En zo heeft ze nog veel meer ideeën voor blogs voor haar. Maar ze heeft nog steeds geen idee wie de schrijfster is. Dat zit haar helemaal niet lekker. Waarom wil ze zich niet bekendmaken? Hoe heerlijk moet het zijn om zo geadoreerd te worden?

Scrollend door de reacties merkt ze dat het lezen ervan bijna verslavend is. Iedereen is zo positief en bemoedigend naar haar toe. Ze geven zelfs tips hoe zij het ooit aangepakt hebben, of waar ze ingestonken zijn. De commentaren geven een gevoel van verbinding dat een innige vriendschap benadert.

'Dus dat is haar kracht,' mompelt Tanja. 'Deze schrijfster is hun geheime vriendin.'

Snel belt ze Reinier die sinds haar biecht dichterbij is dan ooit.

'Die journalisten pikken mijn bericht niet op!'

'Geduld, ze zullen toch ook hun eigen onderzoek moeten doen.'

'Maar er is nog maar weinig tijd. Ik word hier op kantoor helemaal paranoia, alsof iedereen alles van me weet.'

'En je hebt nog steeds geen idee wie de schrijfster is?'

'Ze blijft in de schaduw, ik snap er niets van.' Tanja leest intussen een mail van Nick die haar graag snel wil spreken over de taken van de gastvrouw.

'Dan moet je haar dwingen. Duw haar uit de schaduw.'

'Maar hoe?'

'Hoe doe je dat elke dag in je eigen bedrijf?'

De stilte ruist zachtjes in de speaker.

Dan weet ze het. 'Dank, lieverd. Ik ben er weer.'

Snel verbreekt ze het contact, stuurt een antwoord aan Nick dat ze over een kwartier de gastvrouw zelf wil spreken en zoekt dan in haar contacten naar een telefoonnummer. Het is ineens rustiger in haar maag nu ze weet hoe ze het moet aanpakken. Reinier is top, hij weet exact wat ze nodig heeft.

Een snelle blik op de klok geeft aan dat ze nog net genoeg tijd heeft voordat Nick op haar deur zal kloppen. Ook belangrijk, want ze moet zelf de jonge gastvrouw onder haar hoede nemen, voordat ze nog fikse fouten begaat. Het event gaat op dit moment vóór welk ander project dan ook. Het aantal inschrijvingen overstijgt elke verwachting. Dat gegeven zal ze zeker benadrukken in het telefoontje dat ze nu gaat plegen.

'Hallo, de redactie graag.' Tanja wacht ongeduldig. Ze heeft haar naam expres zo duidelijk mogelijk uitgesproken en ze verkneukelt zich al bij voorbaat als ze voor zich ziet hoe haar bericht zal inslaan bij *Shownieuws*. Zij krijgen de primeur.

MOON

Het klonk alsof ze een eitje moest gaan bakken. 'Schrijf even een blog over de nieuwe datingapp WINGS-contact.' Dat was de boodschap die Nick haar persoonlijk kwam brengen. De woorden waren niet alleen een feilloze Tanja-imitatie, ze hadden ook nog een commercieel doel. Hij zat duidelijk onder de plak van dat kreng en hoopte daarnaast ook nog zijn eigen uitvinding via háár succes te slijten. Hoe haalde hij het in zijn hoofd!

'Vannacht klaar?' vroeg ze ijzig.

Pas toen hij zag hoe ze de kwaadheid probeerde te onderdrukken, vroeg hij hoe het met haar ging.

Ze heeft hem gewoon de deur gewezen, maar zijn opdracht bleef om haar heen zoemen.

Ze had Nick direct moeten doorzien. Ze wist toch hoe hij was? Hij palmde toen al iedereen in; zelfs Amy, een van de minst aantrekkelijke meiden op school. Hij geilde op aandacht.

Wat was ze verliefd geweest op Nick, die haar leven maandenlang kleur gaf met zijn aanwezigheid. Ze snoof elke dag zijn geur diep op die nog het meest weghad van door de zon verwarmde mimosa. Het gaf haar vleugels. Vandaar dat ze de roddels, die zij natuurlijk ook wel hoorde, afdeed als onzin. Ze kon zich niet voorstellen dat een jongen die zo lief voor haar was, bij verdachte zaakjes betrokken was. Ze had er graag met een van haar ouders over willen praten, maar haar moeder was weg en haar vader was er niet. Niet voor haar, in ieder geval.

De waarschuwing van Amy kwam op een moment dat ze slecht in haar vel zat, omdat Nick al een paar keer erg kribbig op haar had gereageerd. Als ze vroeg wat er was, gaf hij aan dat het grotemensenproblemen waren. Hij was de dagen ervoor vaker afwezig geweest op school en ze vroeg zich voor de zoveelste keer af of Nick inderdaad in een verkeerd circuit zat.

Toen zag ze hem, met een meisje met prachtig rode krullen. Ze waren zo diep met elkaar in gesprek dat hij Moon niet eens opmerkte. Toen ze hem er later naar vroeg, gaf hij aan dat ze samen met een project bezig waren. Ja hoor, mooi project! Daarna maakte ze het uit.

Amy pamperde haar met alle vriendinnenliefde die ze had. Na het laatste uur gingen ze samen shoppen, en kochten op de markt elk een grote zak snoep en aten die binnen een uur leeg. Het zout van de drop duwde haar hartslag in een ander ritme, wat voelde als een uiting van een ziek hart.

Die avond lag ze misselijk op bed. Zelfs het avondeten sloeg ze over. Haar vader die net Chiel geholpen had, klopte op haar kamerdeur en vroeg of alles goed was. Hij kwam zelfs op de rand van haar bed zitten! Ze vertelde hem over Nick en over het liefdesverdriet. Haar vader zag er ineens zo klein en wit uit dat zij degene was geweest die hém omhelsde. 'Je gaat steeds meer op haar lijken,' had hij gefluisterd. Ze troostte hem en genoot van die paar minuten vaderlijke aandacht. De drop bleef, de aandacht niet. Ook Nick zag ze nog maar sporadisch tot hij van school afging.

Het blijft bizar. Nog geen maand geleden werkte ze in redelijke rust aan haar toekomst en nu zijn ze erin geslaagd haar leven compleet kapot te maken. Tanja heeft nu ook de macht over het enige waar ze ooit in excelleerde: haar blog.

De schemering is al lang overgegaan in een donkere nacht als

Moon de woorden van de Utrechtse Dater voor de zoveelste keer leest.

Ik ken jou al te lang. Ik heb nog maar weinig geduld.

Hij zegt dingen die zij al vele honderden malen tegen Tanja had willen zeggen. Elke keer weer dat het vele werk maar op haar bordje gekwakt werd, waarna Tanja de show stal met de successen. Het is alsof hij exact verwoordt wat ze zelf denkt.

Ze heeft zich al een aantal keren afgevraagd of ze de reacties weg moet halen, om angst bij haar volgers te voorkomen. Nu besluit ze dat de woorden blijven staan.

Zal ze dan toch maar een korte blog schrijven over die app? In haar eigen woorden? Het is toch nog te vroeg om te gaan slapen.

Verder heeft ze alles gedaan om haar event zo goed mogelijk voor te bereiden. De persberichten liggen klaar, maar ze heeft geen idee of die weggegaan zijn. Normaal verstuurt ze die zelf, maar dit keer moesten ze naar de controletoren waarin Tanja zich al dagen heeft verschanst. Die trekt alles naar zich toe en weigert er met iemand anders over te praten dan met Nick. Wat voeren ze toch in hun schild?

Vandaag zag ze Amy in een flits door de gang lopen, maar toen ze haar wilde roepen was ze nergens meer te bekennen. Was ze er echt? Of was het een van die spookbeelden waar ze inmiddels zo vertrouwd mee is dat ze haar schouders ervoor ophaalt? Nog maar twee nachten niet slapen dan is het gemaskerde feest.

Papa, wedden dat je straks trots op me bent?

Moon kijkt rond in haar kamer die ineens vreemd aandoet. Hij lijkt veel kleiner dan anders, alsof iemand er zomaar ineens muren in gebouwd heeft. Met haar ademhaling hoog in haar lijf voelt ze haar hart rustig kloppen.

Nog een glaasje? Kan best.

Na een paar slokken hakt ze definitief de knoop door: de opdracht van Nick voert ze niet uit. Ze gaat haar eigen pad weer kiezen dat zal eindigen in een briljant gemaskerd feest. Blij met haar voornemen zet ze de tv aan en zapt langs de vele programma's.

De *Shownieuws*-presentatrice ziet er zelfs op dit uur nog monter uit. Ze gaat het gesprek aan met haar vaste sidekick.

'Het event wordt nu al geroemd omdat er kosten noch moeite bespaard zijn om iedereen straks een prachtige avond te bezorgen,' zegt de presentatrice.

De sidekick laat zijn valse lachje zien. 'Deze avond is natuurlijk een kolfje naar de hand van de BN'ers die vast en zeker op dit feest zullen afkomen. Omdat iedereen een masker zal dragen, kunnen zij in alle anonimiteit hun slag slaan.' Hij kijkt recht in de camera en Moon denkt even dat hij haar persoonlijk aanspreekt. 'De schrijfster van de blog waaraan dit event gekoppeld is, is nog steeds onbekend. Navraag bij het bedrijf Tanja-Talents, dat de organisator is van deze avond, leert echter dat het zomaar de directrice van Tanja-Talents, de gewiekste zakenvrouw zélf kan zijn die de drijvende kracht achter deze hele show is. Ze heeft dit nieuwtje bevestigd noch ontkend, maar ze heeft aangegeven dat er op de avond zelf een grote onthulling komt. Komen we er zaterdag achter dat Tanja zelf van haar geheime dates een financieel succes heeft gemaakt? We gaan het voor u volgen.'

Moon klemt haar kaken op elkaar en zapt direct naar een andere zender. De triomfantelijke blik die vol geile sensatiezucht zit, flitst weg en het beeld van de sidekick wordt vervangen door Astrid Kersseboom.

'... onduidelijk of deze zaken met elkaar te maken hebben. De politie is inmiddels een onderzoek gestart naar geheimzinnige reacties die worden geplaatst op een datingblog.'

Moon staart naar het beeld dat inmiddels alweer bij het item hoort dat over het vluchtelingenbeleid gaat. Een band trekt strak om haar borst en zorgt ervoor dat haar hart bijna uit haar borstkas springt.

Er gaat geruime tijd overheen voor de grijze hemel boven haar langzaam lichter wordt en ze merkt dat ze weer kan ademen. Emoties wisselen van plek, tot haar eigen winnaarsmentaliteit overheerst. Ze voelt zelfs een glimlach rond haar mond verschijnen als ze haar laptop op tafel ziet staan. Daarin zit haar verborgen leven, haar passie die niemand ziet.

'Die niemand mag zien,' verbetert ze haar eigen gedachten. 'Dat komt vanzelf. En dan weet iedereen wie Moon is.'

Ze ziet zichzelf al op een groot podium staan, haar handen om een microfoon, terwijl een enorm publiek ademloos naar haar luistert. Zij is de vrouw achter HET DATINGCAFÉ. Niet Tanja. Dat gaat ze doen. Ze gaat de feestavond gebruiken waar die voor bedoeld is: een nieuwe kennismaking en daarna haar coming-out. Wat zal iedereen opkijken…

AMY

Alleen dat gezicht al, die stressnek en die kille ogen. Tanja is nog erger dan ze had verwacht na de vele verhalen van Moon. Nu ze aan het werk moet, merkt ze dat ze het ontwend is om opdrachten te moeten opvolgen. En al helemaal als het op de manier gebeurt die Tanja eigen is.

Met een hoofd vol opdrachten – ze herinnert zich nu pas dat Moon het altijd over haar notitieboekje had – loopt Amy door de gang van het bedrijf. Hoe ze al deze zaken ooit in zo'n korte tijd moet uitvoeren is haar een raadsel.

'Je kunt wel even...' wauwelt ze zachtjes voor zich uit, terwijl ze in hoog tempo voortsnelt. Ze doet het allemaal voor Moon. Maar waarom blijft ze haar eigenlijk helpen, Moon negeert haar compleet.

'Bloemen bestellen, de drankjes doorspreken, het welkomstdrankje regelen, visitekaartjes ophalen bij de drukker,' herhaalt ze een aantal opdrachten die ze vanmiddag nog *even* moet doen en dan vergeet ze er geheid nog een paar. Morgen is het al D-day.

Het enige wat haar aanspreekt is de zoektocht naar de juiste jurk. Mét bijpassend masker, want het is natuurlijk wel een blinddateavond, voegde Tanja er nog met nadruk aan toe.

Op het parkeerterrein komt een flitsende zwarte wagen aanrijden. Amy blijft staan en volgt de auto met onverholen aandacht, tot hij naast haar parkeert. Nick stapt uit, zijn krachtige gestalte overvalt haar.

'Dag schoonheid.' Hij schuift zijn zonnebril met een soepele beweging op zijn hoofd.

'Ik heb je gemist.'

Bij Nick schiet een wenkbrauw omhoog.

'Bij de bespreking met Tanja.' Ze merkt dat ze een pruiltoontje aanslaat, en corrigeert zichzelf snel. 'Tanja gaf opdracht tot de laatste puntjes op die welbekende i en voegde daar natuurlijk nog wat extra orders aan toe.'

'Ben ik even blij dat ik wat later ben.' Hij zucht diep.

'Heb je het ook zo druk? Vast wel. Jij zult wel net als iedereen op deze allerlaatste dag je benen uit je lijf rennen om de laatste details te regelen. Allemaal voor Moon.' Terwijl die zich niet laat zien, voegt ze er in gedachten aan toe. Snel vraagt ze: 'Heb je haar nog gezien?'

'Die zal wel achter haar bureau zitten. Ook druk met die laatste puntjes.'

'Nee, daar was ze niet. Het lijkt wel of ze zich ergens verstopt. Alleen gister zag ik haar in de gang lopen. Ik riep haar nog, maar ze deed net of ze me niet zag. Ik begrijp het niet helemaal, we zijn toch allemaal bezig om háár blog te promoten?' Ze trekt haar jas wat dichter om zich heen. Het is waterkoud.

'Moon is echt druk. Tanja drong er namelijk nog op aan dat er een nieuwe blog moest komen, dat schoot enigszins in het verkeerde keelgat.'

'Dus dat moest jij tegen haar zeggen?'

'Ik ben gisteravond laat nog bij haar geweest. Maar ze pikte mijn woorden helemaal verkeerd op. Geen succes dus.'

Ze beseft dat Moon hem weggeduwd heeft. Moon is dus weer alleen en die heeft haar vast en zeker nodig. 'Dan ga ik direct naar haar toe.' Amy wil zich al omdraaien, maar wordt tegengehouden.

'Laat haar maar met rust.'

'Maar ik...?'

'Ze heeft genoeg aan haar hoofd.' Nick laat zijn greep iets verslappen.

Amy zucht. 'Ik zou willen...' Het is een gedachte die al ontelbare keren bij haar boven is gekomen. 'Denk je dat ze er morgen graag bij wil zijn? Ik bedoel, nu ga ík haar event presenteren in een prachtige jurk. Dat moet zij toch eigenlijk zelf doen.'

'Ik heb het haar al een paar keer gevraagd, maar ze wimpelt elke betrokkenheid af. Ze wil niet dat bekend wordt wie ze is.'

'Moon hoeft er alleen maar te zijn. Een speech is niet nodig, dat doe ik allemaal voor haar. Ze mag gewoon genieten van het applaus en stralend mooi rondlopen, dat is alles. Dat laatste gaat Moon sowieso al geweldig goed af. Stel je voor dat ze daar zou verschijnen in een prachtige avondjurk.' Amy ziet voorlopig alleen zichzelf in flitsend rood met een kanten decolleté, waar haar gebruinde huid en donkere haar vast geweldig bij afsteken. Rood staat haar, daar is ze intussen wel achter.

'Ik heb haar geld aangeboden om iets voor zichzelf te kopen, maar ze wil het niet aannemen.'

Amy kauwt op de binnenkant van haar wang. 'Er is iets aan de hand. Ze reageert niet op mijn telefoontje, niet op appjes, het is of ze me helemaal niet meer wil zien.'

Nick werpt een blik naar boven waar de ramen van de kantoren op hen uitkijken. 'Kom, laten we even in mijn auto gaan zitten.' Hij houdt het portier voor haar open en kruipt daarna achter het stuur.

In de cabine is het in ieder geval een stuk warmer. Met haar voeten duwt ze wat troep opzij, een leeg blikje, een rol tape en een bus deodorant. De geur van Nick is ineens overal om haar heen.

Amy probeer haar aandacht te verleggen naar het dashboard.

Het gesprek stokt. Ze moet eigenlijk weg, de tijd ís al te kort voor al die opdrachten. Bovendien wil ze graag nog shoppen voor haar outfit. Het is de vraag of ze in één middag wel kan slagen. Hoe laat is het eigenlijk? Ze werpt een steelse blik op Nick die diep in gedachten verzonken lijkt. Het lijkt ineens bijna onmogelijk dat hij zijn betrokkenheid veinst. Geeft hij echt om Moon?

Nick schraapt zijn keel. 'Het lijkt wel of ze bang is. De kwetsbaarheid ligt als een dikke laag over haar heen.'

Amy herkent niet wat hij zegt. Het is geen angst, het is iets anders. Het is veel gevaarlijker dan angst, iets wat ze eerder bij Moon gezien heeft. Zíj kent Moon het beste, maar hoe meer mensen zich met haar bemoeien, hoe lastiger het wordt om haar te blijven helpen. Zeker nu Moon haar buitensluit.

'Zou het met die reacties te maken hebben?'

'Vast niet,' zegt ze resoluut, maar haar stem trilt.

'Dat weet ik nog zo net niet. Moon was zelfs bezorgd dat jou iets zou overkomen. Die vent schreef dat je dichterbij kwam, of zoiets.'

De bewolking wordt nu zo dik dat ze de regen al bijna kan ruiken. 'Ik?' Amy is écht verbaasd. 'Ik ben helemaal niet belangrijk. Ze reageren op Moon, niet op mij.' Nu ze het zo zegt, voelt ze een tinteling over haar huid alsof ze zachtjes met een veer gekieteld wordt. Ze heeft nauwelijks meer aandacht besteed aan die Utrechtse Dater. Dan vloekt ze hartgrondig.

'Wat is er?'

'De tijd van het jaar; het is november. Dat is het. Daarom duikt ze weg.'

'Daar heb ik helemaal niet aan gedacht.'

'Dat maakt toch niet uit?' Ze legt een hand op zijn arm. 'Je kunt niet overal aan denken. Daar heb je mij toch voor? Ik ken Moon al zo lang. Het is alweer een jaar geleden dat haar vader is omgekomen. Het ongeluk was echt een traumatische gebeurtenis voor haar.' Ze buigt haar hoofd en bestudeert haar nagels. Een jaar geleden alweer. Het is of de tijd een aantal maanden heeft overgeslagen. 'Ik had eigenlijk nooit verwacht dat ze nu nog steeds zo van slag zou zijn.'

Ze herinnert zich de eerste weken nog precies. Moon was bij haar ingetrokken, omdat alles in hun huis pijnlijke herinneringen naar boven bracht. Als het aan haar had gelegen was Moon nog veel langer gebleven, maar die vond al snel een kleine benedenverdieping. De triestheid kleefde er aan de muren. Toch was het alsof ze daar opleefde, natuurlijk ook door de pillen die ze voorgeschreven kreeg. Die verzachtten de pijn. De rest deed zij.

Nick staart door de voorruit naar buiten. 'Een jaar is niet lang. De dood etst diepe wonden in je ziel. Het lijkt me vreselijk om zo jong al je vader te verliezen.'

'Dat klopt, maar ze was helemaal niet zo gek op haar vader.'

Ergens in die zwarte ogen blinkt ongeloof, maar hij weet dan ook nog niet de helft van wat er toen gebeurd is. Amy weifelt of ze hem alles moet vertellen.

'Volgens mij was ze juist dol op haar vader,' zegt hij schor.

'Helemaal niet. Ze had een hekel aan hem. Misschien was ze zelfs wel opgelucht dat hij er niet meer was.'

Op de een of andere manier geeft het haar een voldaan gevoel dat ze meer weet dat hij. Alsof Moon weer bij haar terug is.

'Maar waarom was ze dan zo van slag?'

'Ze hield waanzinnig veel van haar broer.'

'Chiel? Maar...'

'Die zat bij zijn vader in de auto.'

AMY

Haar avondjurk heeft een indrukwekkende hoeveelheid kant die straks haar lijf op een sensuele manier zal omhullen. Natuurlijk zijn complimenten van een verkoopster nooit te vertrouwen, maar toch deden ze haar goed. Ze is mooi en aantrekkelijk. Eindelijk is ze er zelf ook van doordrongen. Ze zal Moon niet teleurstellen, ze zal haar vertegenwoordigen als persoon maar ook als de schoonheid die Moon in zich draagt.

Morgenavond is ze het stralende middelpunt van HET DATINGCAFÉ en ze zal haar stinkende best doen om Moons droom alleen maar groter en indrukwekkender te maken. Wat zal ze dankbaar zijn!

Amy probeert zichzelf te dwingen deze gedachten elke keer weer te herhalen, maar toch dreint er een gedachte doorheen. Het zou Moons hoogtepunt moeten zijn waarin ze zelf zou schitteren te midden van al haar fans. Natuurlijk weet ze wel dat al die aandacht niets voor Moon is, maar misschien kan ze in ieder geval een bescheiden rolletje spelen op de feestavond zodat ze wel kan zien wat haar blog teweegbrengt.

Na twee keer proberen, geeft Amy het op. Haar vriendin neemt de telefoon niet op en inspreken is zinloos. Het was altijd al haar geijkte manier om aandacht van haar te krijgen en tot nu toe is Moon daarin geslaagd. Dat wringt. Misschien is het wel tijd om Moon meer los te laten. Ze kan altijd op een afstandje kijken of ze geen verkeerde keuzes maakt.

Maar na zestien rondjes door haar kamer – ook om haar nieuwe killing heels uit te proberen – gaat ze overstag.

'Oké, ik weet wat je wilt,' kreunt ze. Eigenlijk heeft ze helemaal geen zin om een depressieve Moon onder ogen te komen, maar ze wil haar vriendin niet in de steek laten. Zeker nu niet.

Voordat ze daadwerkelijk de deur uit gaat besluit ze de blog op te zoeken. Nick heeft een zaadje bezorgdheid in haar brein geplant. Als Moon echt gevaar loopt, zal zíj moeten ingrijpen. Niemand anders zal dat doen.

Het is even zoeken, maar dan ziet ze met eigen ogen wat Nick bedoelde. Haar naam staat er niet bij, maar aangezien Moon verder geen vriendinnen heeft, kan het niet anders dan dat hij haar bedoelt. Gedver.

Ze blijft echter vastbesloten om voor Moon in de spotlights te gaan staan. Even overweegt ze om Kees mee te vragen. Als hij haar in haar avondjurk ziet, moet hij wel onder de indruk zijn.

Ze schudt haar hoofd. Het idee dat hij haar zal wegsturen is onverteerbaar. Ze moet geduld hebben. Kees komt wel bij haar terug. Net als Moon.

Ze scrolt verder op de blog en komt bij het laatste bericht, van vanmiddag. Moon heeft lef, dat moet ze haar nageven, want dit móét ze tijdens haar werk hebben geplaatst.

De tekst is doorspekt met geheimzinnigheid. Moon laat zelfs doorsijpelen dat er tijdens het feest een spectaculaire onthulling zal zijn. De vele reacties getuigen van een toename van het aantal inschrijvingen. Tanja kan tevreden zijn. Maar dan ziet ze zijn reactie:

Ik kom! En jij mag met mij mee voor de ultieme date.

Ik zie je morgen!

Amy rilt onwillekeurig als ze de zinnen leest. Nog maar een uur geleden geplaatst. Ze moet Moon waarschuwen!

Gedurende de rit groeit het schuldgevoel exponentieel. Ze had veel eerder naar Moon toe moeten gaan. Het is vast weer mis.

Het stoplicht dwingt haar om te stoppen terwijl haar gedachten blijven doorrennen. Het blijft lastig om Moon te doorzien. Ze praat soms in rare waarheden die vaak niet kloppen met haar eigen werkelijkheid. Of Moon moet informatie voor haar achtergehouden hebben.

Haar nagels tikken op het stuur terwijl ze naar het rode licht tuurt dat maar niet wil verspringen. De waarheid is dubbel. Ze kan zich voorstellen dat de dreiging van de Utrechtse Dater haar recht in haar hart raakt. Maar de blog is haar droom, daar moet die vent van afblijven.

Dan verbleekt ze.

Het klopt niet! Die vent kan helemaal niet weten dat zij dichterbij is gekomen.

Niemand weet dat zij bij de organisatie betrokken is, behalve Tanja en Nick. En ook Moons identiteit is maar bij een klein aantal mensen bekend. Dus die Dater moet weten dat Moon de blog schrijft! Hij kent haar.

Haar ademhaling wordt schokkerig als ze beseft dat Tanja door haar geflirt met de media een gevaarlijk spelletje speelt. Die lokt niet alleen de media, maar ook hém naar het feest.

Dáár gaat het gebeuren. Dáár zal de schrijfster van de blog zich onthullen. Dus dáár loopt Moon gevaar. Maar is dat niet de enige manier om met hem af te rekenen? Als ze het goed spelen, kan Moon haar triomf vieren en kunnen ze tegelijkertijd die creep oppakken.

Als ze nou eens zelf…

Ja, dat is het! Zij moet zich voordoen als de schrijfster. Als ze zich goed vermomt, haar haren in een kanten sjaaltje vastbindt en haar masker haar voldoende anonimiteit geeft, kan ze hem misschien om de tuin leiden. Zo zal ze alle aandacht naar zich toe trekken waardoor ze Moon kan beschermen. Het is de enige manier om haar vriendin echt te helpen. Ze heeft haar de laatste tijd al te veel verwaarloosd. Maar kan ze deze nieuwe taak wel aan?

De angst schiet omhoog. Snel kijkt ze om zich heen en geeft gas. Fuck. Rood!

Ongeduldig wacht Amy tot haar vriendin opendoet. Een doffe klik van het slot en dan kijkt ze in de ogen van Moon. Ze neemt geen tijd om uit te leggen waarom ze er is, maar duwt haar gewoon opzij en loopt naar binnen.

'Wat doe jij hier?' De stem van Moon klinkt mat.

'Ik wil met je praten.'

Moon sloft langs haar heen, bukt zich om een bord met een restje plakkerige spaghetti van de bank te pakken en gaat zitten. 'Gezellig,' zucht ze.

'Zo klinkt het niet.'

Ergens in Moons ogen vonkt iets.

'Weet je Moon, morgen is het grote event. Ik wil dat je weet dat ik er alles aan doe om er een groot succes van te maken.' Ze stopt en wacht op een reactie van Moon. Als die niet komt, gaat ze snel verder. 'Het spijt me dat ik je de laatste tijd een beetje verwaarloosd heb. Maar na het feest ben ik er weer voor je.'

'O ja? Net als voor Nick?'

Amy buigt haar hoofd. 'Er is niets tussen ons. Nick is gek op jou. Net als Kees, die praat ook alleen maar over jou.'

Moon snuift. 'Ja hoor, en daarom spreek jij met ze af.'

Dat Moon haar niet begrijpt is haar niet kwalijk te nemen. Ze heeft ook weinig zin om het uit te leggen. Het maakt allemaal niets uit, want beiden hebben hun hart allang verloren. 'Ze willen dicht bij jou zijn,' zegt ze zacht.

Het gesprek stokt. Er klinken opgewonden stemmen van boven, mannen die ruziemaken in twee verschillende toonhoogtes. Een deur die dichtslaat.

'Hoe kun je hier wonen.' Het is eruit voor ze er erg in heeft.

'Ik moest ergens heen nadat mijn vader dood was.'

'Sorry, zo bedoelde ik het niet.' Amy vecht tegen de woorden die ze wel móét uitspreken, omdat het de enige manier is om haar vriendin duidelijk te maken dat ze er niet alleen voor staat. 'Ik heb Nick niets verteld.'

Moon tilt haar hoofd op. 'Hij weet allang van de verkrachting, dat heb ik hem zelf verteld.'

Ze durft haar niet tegen te spreken, ook al weet ze dat die verkrachting iets is wat Moon zichzelf heeft wijsgemaakt. 'Het is vreselijk wat er gebeurd is. Het ongeluk van je vader en...'

Ineens schiet Moon uit haar slof. 'Wat zit je nu te porren in mijn pijn. Stop ermee. Daar heb ik je niet voor nodig.'

'Je moet het onder ogen zien. Hij is er niet meer en komt ook nooit meer terug. Het is afschuwelijk dat je zowel je vader als je broer in één klap bent kwijtgeraakt.'

'Het was een ongeluk!'

'Ik heb je ooit beloofd dat ik mijn mond zou houden en dat doe ik. Niemand zal van mij horen dat het jouw schuld was. Echt niemand.'

Moon springt op en staat binnen een fractie van een seconde voor haar, de handen tot vuisten gebald. 'Wat bedoel je daarmee? Je bent bezig om mijn leven kapot te maken. Ik heb je wel door! Eerst mijn vertrouwen winnen, daarna me volstoppen met pillen...'

'Die heb je nodig. Je zat in een diepe depressie.'

Moon raast gewoon door. 'En nu pik je alle dingen af die ik nog over heb. Hoe stom ben ik geweest om jóú te vertrouwen! Wat heb ik aan pillen? Ik was blij met Nick, die bracht licht in mijn leven!'

Amy ziet hoe Moon haar gezicht naar haar grauwe plafond keert alsof daar de zon te vinden is. Snel krabbelt ze overeind. Het is gevaarlijk als Moon in zo'n gemoedstoestand verkeert. Dat heeft die arts haar duidelijk gemaakt toen hij voorstelde om Moon te laten opnemen. Ze was in die tijd tot van alles in staat. Maar Amy kende Moon al zo lang dat ze de arts ervan had kunnen overtuigen dat ze haar in de gaten zou houden. Het is bijna een jaar goed gegaan, ook doordat Moon zich vastbeet in het schrijven. Dat was haar redding.

'Maar Nick zorgde ook voor onrust. Dat merkte ik al toen je bij me was om die jurkjes te passen.' Natuurlijk gaat ze haar niet vertellen dat ze Moon had uitgenodigd om te controleren of het wel goed ging. Ze had zelfs de anonieme hulplijn gebeld om advies te vragen, maar die gaven aan dat de aandacht van een geliefd iemand haar ook rust kon geven. Hoewel ze twijfelde of Nick daar wel de juiste persoon voor was. Ze doet een paar passen naar Moon toe. 'Ik was blij dat je me vroeg om gastvrouw te worden.'

Moon barst in snikken uit en uiterst voorzichtig slaat Amy haar armen om haar heen. Met sussende woordjes laat ze haar huilen. En zo staan ze vele minuten bij elkaar terwijl ze haar zachtjes in haar armen wiegt. Het schokken van Moons lichaam wordt steeds minder. Het doet Amy oneindig goed dat ze in staat is om haar weer rustig te krijgen.

'Het is ook niet niks dat jouw prachtige succes net samenvalt met deze tijd van het jaar,' fluistert Amy. 'Maar besef vooral ook wat een prachtige groei je hebt doorgemaakt. Dat je jouw blog zo groot hebt weten te maken is echt jouw prestatie. En ik ben vereerd dat ik je morgenavond mag vertegenwoordigen.'

'Ik heb niemand anders,' snikt Moon. 'Ik moet er niet aan denken dat Tanja die taak op zich zou nemen.'

'Ik heb haar nu leren kennen, maar 'tang' is nog een compliment voor dat secreet.'

Moon schiet in een snotterig lachje. 'Dat heb jij nu dus ook ervaren?'

'Tanja heeft me zelfs gevraagd of ík morgen wil doen alsof het míjn blog is.' Ze zegt het in een opwelling en is daarna vooral blij met haar vondst.

Moon wendt zich af en snuit haar neus in een stuk keukenpapier dat ze ergens van tafel vist.

'Waarom kom je zelf ook niet naar het feest? Kom kijken wat je voor elkaar hebt gebokst. Ik blijf al die tijd dicht bij je. Misschien is het wel tijd dat je je masker aflegt.' Amy ziet dat ze een gevoelige snaar raakt en dus pakt ze door. 'Het zoemde vandaag door de gangen dat *Shownieuws* met een cameraploeg aanwezig zal zijn. Is dat geen goed moment? Dan kun je Tanja laten zien wie je echt bent.'

Ze ziet dat Moon rechtop gaat zitten, er komt zelfs weer een kleine flonkering in haar ogen.

'Ja, dat ga ik doen.'

'Echt?' Amy is verbaasd dat Moon zo snel te zien opfleuren.

'Natuurlijk! Je hebt helemaal gelijk. Ik ga Tanja laten zien wie ik echt ben. Dat ga ik doen.'

'Dat vind ik echt stoer! Zo ken ik je weer.'

'Jij als gastvrouw en ik als...'

'Als ster van jouw eigen feest,' vult Amy direct aan.

Moon knikt. 'Als ster. Ja, als ster. Dan kan ik eindelijk mezelf zijn.'

Er borrelt een blijdschap in haar maag die ze omarmt. Amy weet dat ze zo eerst Nick van deze nieuwe situatie op de hoogte moet brengen, maar dat zegt ze maar niet.

Moons gezicht is zachter geworden en de vage glimlach legt er een mysterieus laagje overheen. Ze ziet er zo rustig uit dat Amy het bijna ontroerd gadeslaat. Dan loopt Moon naar de piano. Er hangt een serene stilte die slechts onderbroken wordt door de klok die met een onvoorstelbare gelijkmatigheid laat horen dat de tijd gewoon doorloopt. Amy durft bijna geen adem te halen als ze ziet dat Moons vingers de witte toetsen strelen, alsof ze haar liefde voor haar broer alleen nog op die manier kan uiten. Dan klinken er zachte tonen. Vijf tonen, daarna is het weer stil.

En opnieuw.

Er wellen tranen op in Amy's ogen als ze de melodie herkent. Het was het lievelingsliedje van Chiel dat Moon tijdens de begrafenis van vader en zoon met een breekbare ijle stem ten gehore bracht.

Ze staat op, loopt naar Moon toe en drukt een kus op haar kruin. 'Ik zie je morgen,' fluistert ze. De tonen van *Nights in white satin* begeleiden haar als ze zachtjes naar buiten glipt.

MOON

Er glijdt een zware last van haar schouders nu ze eindelijk de moed heeft gevonden om Chiels piano te gebruiken. De muziektonen leken voor altijd verloren. Nu wervelen ze door haar kamer in een eeuwigdurend ritme. Moon zingt zachtjes de pijnlijke woorden die ze dacht nooit meer te kunnen uitspreken: '*Gazing at people, some hand in hand*.'

De diepe pijn ligt ergens in haar onderbewustzijn opgeslagen. De woorden spreken van een onbeantwoorde liefde, en dat niemand ooit zal begrijpen wat zij heeft moeten doormaken. Het is het verhaal van haar leven.

Ze zit in gedachten weer in hun vertrouwde woonkamer waar Chiel zijn vingers over de toetsen liet gaan. Hun vader zong en creëerde een omgeving vol harmonie.

Meestal.

Lang niet altijd.

De stem van Chiel klinkt in haar hoofd.

'Ik kan ook liedjes schrijven. Hele mooie liedjes.'

'Dat weet ik,' zei ze tegen haar broertje.

'En papa kan ze zingen.'

'Hoe verzin je die teksten?'

'Die komen uit mijn fantasie als ik rustig ga zitten.'

'Waar gaat jouw liedje dan over?'

Chiel begon te stralen. 'Over de liefde die er niet is, maar die wel komt.'

'Wat voor liefde bedoel je dan?' vroeg ze, terwijl ze met een steelse blik naar haar vader keek die het opstel dat ze voor Nederlands had geschreven naast de krant had gelegd. Straks ging hij het vast lezen.

'Echte liefde. Die is belangrijk. Je moet die dingen uiten en niet in je houden.'

'Knap dat je dat al weet.'

'Ja, maar ik ben ook heel knap, want ik kan heel goed schrijven.'

Toen haar vader de krant dichtsloeg, dwarrelde haar opstel op de grond, waar het bleef liggen tot het naar achter schuiven van zijn stoel er een scheur in bracht.

'Moon, soms lopen er allemaal tranen over mijn wangen,' fluisterde Chiel. Moon sloeg haar arm om haar broertje heen en knuffelde hem stevig.

Kon ze nog maar eens zo'n gesprek met Chiel voeren. Het is lastig om die simpele liefde weer terug te vinden. Liefde heeft vaak een masker op.

Misschien is het wel tijd dat je jouw masker aflegt.

Ze kijkt om zich heen. Amy is hem alweer gesmeerd. En ineens moet het eruit. Ze bonkt met een vuist op de toetsen die van schrik wanklanken uitbraken. 'Mijn masker afleggen?'

Amy heeft geen idee wat ze gedaan heeft door haar die pillen te laten slikken. Het is goed dat ze niet weet dat ze ermee is gestopt, anders had ze haar vast en zeker gedwongen. Net als toen.

Wat zat ze nou te blaten over Chiel? Alsof zíj weet wat er echt gebeurd is. Niemand heeft haar ooit geloofd. Ze voelde zich smerig en tot op het naakte bot gekleineerd door die lui die dachten dat ze over haar mochten oordelen. Ze was naar huis gereden, omdat ze nog altijd dacht dat ze daar veilig zou zijn. Dat haar vader haar zou opvangen. Troosten of zelfs verwennen.

Onderweg ging het fout.

Nee, niet terug! Ik ben nu zover gekomen.

Morgen ga ik naar het feest. Dan zal ik iedereen verrassen met mijn coming-out.

Moon kijkt naar haar handen die licht trillen. Ze weet nu hoe ze het moet aanpakken. En daar heeft ze Amy niet bij nodig. Liever niet zelfs! Misschien moet ze wel zover gaan dat ze Amy zal verbieden om naar het event te gaan. Die zal zich als een teef wentelen in de aandacht van de mannen.

Het lijkt onmogelijk dat Amy de wil van Tanja naast zich neer kan leggen. Dus als Tanja van haar eist dat ze moet zeggen dat zij de geheimzinnige schrijfster is, dan gaat ze dat doen. Amy wil een baan, die wil weer terug in de maatschappij. Dus ze zal met alle liefde de hielen van die smerige Tanja gaan likken. Amy hoort bij kamp Tanja.

Moon drentelt ongedurig door haar kamer.

Er klopt iets niet in Amy's woorden. Waarom komt ze ineens hierlangs? Om haar te steunen? Ze zit haar te dicht op de huid!

Met een enorme zwaai smijt ze een van de stoelen door de kamer die met een gebroken poot in een hoek blijft liggen.

Het klopt niet!

Het is goed dat Amy weg is. Het enige wat daarvoor nodig was, was te doen alsof ze haar nodig had. Laten zien hoe belangrijk ze is. Ze begint Amy steeds beter te kennen, maar ze is niet blij met wat ze ziet. Amy's vriendschap benauwt haar. Ze komt steeds dichterbij. Amy én Tanja.

Waarom zegt Amy dat Nick een onruststoker is, terwijl die haar blog juist naar een hoger level gebracht heeft? Hij heeft voor elkaar gekregen dat er voldoende subsidie is om dit grote event op te zetten. Nick is een held. Zonder hém was er helemaal geen datingfeest geweest.

Maar het is nog niet te laat. Ze zal er zijn en ze zal zich haar plek toe-eigenen.

Ze rent naar haar slaapkamer en begint in haar kast te zoeken naar een geschikte outfit. 'Zwart, verdorie, waar is hij?' Dan ziet ze tussen de schoenen iets rozigs oplichten. Ze geeft een ruk aan de stof en algauw houdt ze het roze jurkje van Amy omhoog.

'Je bent een hoer. Je papt met mijn Nick aan.'

Ze praten alleen maar over jou!

Amy is jaloers. En niet zo'n klein beetje ook. Waarom heeft ze dat niet eerder gezien? Daarom plakt ze aan haar als een stalker die zijn prooi nooit los zal laten. Moon laat zich op haar bed vallen. Amy heeft het zelf aangegeven. *Ik blijf al die tijd dicht bij je.*

Fuck!

Met felle rukken scheurt Moon het jurkje in stukken, maar ze krijgt er snel spijt van als ze bedenkt dat ze verder niets geschikts heeft om aan te trekken. Ze gaat! Zeker weten. Ze gaat haar opwachting maken tijdens haar eigen feest op een manier die iedereen nog lang zal heugen.

Morgen gaat ze de stad in om iets nieuws te kopen. Een fantastische droomjurk waarin ze haar opwachting kan maken en kan laten zien hoe ze echt is. Het wordt tijd dat de mensen om haar heen ook hun masker afzetten. Daar gaat ze zelf voor zorgen.

Terwijl ze op zoek gaat naar schoenen, voert ze opnieuw een gesprek met Amy, alleen nu op een compleet andere toon. Waarom heeft ze haar niet eerder doorzien?

Ik was blij dat je me vroeg om gastvrouw te worden.

'Dat kan ik me voorstellen. Het maakte het indringen in mijn succes vele malen makkelijker.'

Het is ook niet niks dat jouw prachtige succes net samenvalt met deze tijd van het jaar.

'Toevallig? Is het niet gewoon zo gepland?'

Er komt een cameraploeg...

'Ik zorg wel dat ik in beeld kom.' Moon vindt een paar killing heels en is nu al benieuwd welke prachtige outfit ze zal uitkiezen, liefst een die haar mysterieuze aanwezigheid alleen maar zal versterken. Met een masker, zo'n geval met strassteentjes die in dit geval een volkomen verkeerde indruk zullen geven. En een pruik, zodat ze eerst in alle anonimiteit kan rondkijken. Ze zal zelf haar moment kiezen.

Tanja heeft me gevraagd of ík morgen wil doen alsof het míjn blog is.

‘Die verleiding kun je vast niet weerstaan, want dichter dan dát kom je niet bij me.’

Waarom kom je zelf niet?

‘Je allereerste goede idee, Amy.’

Ik zie je morgen.

‘Ja, ik zie je morgen,’ sluit Moon hun conversatie af.

Dan houdt ze van schrik haar adem in. Waren dat niet dezelfde woorden die de Utrechtse Dater onder haar blog had geplaatst?

TANJA

Ze heeft eerst nog een paar mailtjes beantwoord en telefoontjes gepleegd voor ze toekwam aan het bericht van Reinier. Maar nu ze zijn voicemail afluistert, knijpt haar keel dicht.

Haar gekoketteer met de media, het persbericht over die Utrechtse Dater, haar mysterieuze gedoe over de bekendmaking van de schrijfster, haar suggestie dat ze zelf achter het succes zit, dit kon niet goed gaan. Dat wist ze eigenlijk zelf ook wel. Toch ging ze door. Met alle gevolgen van dien.

Reinier is aangehouden. Hij wordt verdacht van de aanrandingen in het centrum.

De oude wond is opengegaan.

Eigenlijk was Reinier al sinds die verdomde avond dat hij zich aan een vrouw vergreep een bedreiging. Niet alleen voor haar, maar ook voor alles wat ze had opgebouwd. Hij werd verhoord, maar ze moesten hem laten gaan toen de vrouw in kwestie geen officiële aangifte had gedaan. Maar toen de jaren voorbijgleden en de tijd het probleem toedekte, durfde ze weer te vertrouwen in hun gezamenlijke leven en hun onderlinge steun. In die tijd ontdekte ze dat ze liever blind wilde zijn voor zijn blik. Elke keer dat ze die wilde blik in zijn ogen zag, keerde ze in gedachten terug naar zijn misstap. Naar hun wankele band. Naar haar angst om haar bedrijf te verliezen.

Net nu ze voor het eerst weer echt samen met hem heeft gevreeen en zelfs zijn blik in zich heeft opgezogen omdat die haar opwinding opzweepte, worden haar wankele benen onder haar vandaan geslagen.

De display van haar mobiel is op zwart gegaan, haar bureau ligt vol aantekeningen van de laatste dingen die nog gedaan moeten worden voor het grote event, en ze kan niet anders dan de wijzers van die kloteklok volgen die seconde na seconde wegtikken tot de uiteindelijke uitbarsting. Hij is opgepakt.

Ze strijkt met haar hand over haar voorhoofd waar de problemen rondrazen en een oplossing onmogelijk lijkt. Moet ze het feest afzeggen en onderduiken? Die persmuskieten zullen haar vast overal achtervolgen.

Ze kan zich bijna niet voorstellen dat Reinier dat echt heeft uitgevreten in de uurtjes die hij zogenaamd in afzondering achter zijn computer zat. Is Reinier de Utrechtse Dater en de aanrander? Het lijkt onmogelijk en logisch tegelijk.

'Reinier heeft me op hem gewezen,' zegt ze hardop en ze schrikt van haar eigen stem.

Ze hoort weer zijn zware ademhaling. Maar ook zijn aanmoediging om de reacties van de Utrechtse Dater te gebruiken. Wat ging er toen in zijn hoofd om? Hij moet zich wel heel erg onaantastbaar hebben gevoeld, want hij weet als geen ander hoe groot de macht van de media is. Nee, hij kán er niets mee te maken hebben.

Onzekerheid helpt op een gemene manier alle rust aan gort. Ze heeft echt geen idee meer wat ze nu moet doen. Het enige wat ze weet is dat het een gigantisch financieel verlies zal opleveren als ze nu opgeeft. Bovendien staat het gezicht van haar bedrijf op het spel.

Ze moet achter Reinier gaan staan. Zijn zwakte moet ze tot haar kracht maken. Net als Hillary met haar Bill Cigar deed. Als ze Reinier blijft steunen omdat hij nou eenmaal haar echtgenoot is, dan wordt zij daar om geroemd. Dat kan niet anders. En anders zal ze met verve de bedrogen echtgenote spelen.

MOON

Het is vier uur. De slaap komt haar niet verlossen; elke vierkante centimeter van het plafond heeft ze bestudeerd in het vage schijnsel dat naar binnen glijdt. Een halfuur lang heeft haar knuffelbeer haar vastgehouden, toen kon ze niet meer stil blijven liggen en kriebelde elke zenuw. Het is niet erg. De laatste nacht voor het feest. Het is niet zo belangrijk of ze slaapt of niet.

Moon staat op, vindt nog een glas op tafel en gooit een vergeten slok wijn naar binnen. Daarna klikt ze een bierblikje open en gooit het lipje opzij. Ze drinkt gulzig een aantal slokken en grinnikt om de vermenging van smaken. De wrange wijnsmaak klopt niet met bier, maar het venijn zit niet in de combinatie. Het zit in de reden waarom ze drinkt. Ze heeft steeds meer nodig om dezelfde verdoving te kunnen vinden. Het mes dat al een jaar in haar hart steekt is gedoopt in gif en dat verdoof je niet met pillen.

Amy heeft aan haar wond gepulkt waardoor alles vanbinnen schrijnt. Het is vreselijk dat Amy haar de schuld geeft van het ongeluk en de waarheid verdraait. Ze is onschuldig! Ze weet zeker dat ook haar vader Amy's relaas als onzin had afgedaan. Als hij nog had geleefd.

'Het was een ongeluk,' mompelt ze zacht. 'Lieve Chiel, het spijt me zo.'

Het beeld van haar moeder die gewoon bij hen wegliep, wandelt door haar gedachten. Chiel zat naast haar aan tafel en zwaaide hun moeder vrolijk gedag.

Ze wil niet meer op onze lippen zitten.

Op dat moment was ze te jong om te begrijpen wat hij daarmee bedoelde. Pas later begreep ze hem beter. Hij leek blij te zijn dat zijn moeder hem niet steeds meer corrigeerde. Het werd een fluisterend verbond tussen hun tweetjes. Elke keer voor hij hartverscheurend begon te huilen, tuitte hij zijn lippen, en alleen zij begreep dat hij zijn moeder miste. Haar vader troostte hem en zag haar stille tranen niet. Nooit eigenlijk. Ook die bewuste nacht had hij haar niet eens gemist.

Ze was die avond uit geweest. Het leek maar een klein eindje naar haar auto, de nacht was al ver gevorderd en de ijskoude wind was fiks aangewakkerd. Met liefde had ze op dat moment de paar euro extra parkeerkosten vertienvoudigd als ze direct kon instappen. De wind duwde de winter onder haar huid. Was het ooit zo koud geweest in november?

Ze had geeneens tijd om te schrikken toen hij haar vastgreep. Na een kort gevecht wist ze zich los te rukken en zette het op een lopen, maar hij was sneller. Die paar seconden die ze nog vrij was had ze kunnen gebruiken om te schreeuwen. Om een steen te grijpen en hem te lijf te gaan. Maar tegen vijf kon ze niet op.

Haar vest en shawl werden gebruikt om haar te beteugelen. Haar shirt om haar blind te maken. Ze vocht niet terug en hoopte dat ze zouden verdwijnen. Maar daarna begon het pas.

Ze prikten haar met stokken. Steeds opnieuw. Steeds onverwachts. Op pijnlijke plekken. Op intieme plekken. Ze kon niets zien en zich dus ook niet wapenen. Er klonken stemmen die het niet met elkaar eens waren. Tot er iets kouds over haar buik gleed. Wat was het? Koud als staal, en uiteindelijk scherper dan de puntigste stok. Het eindigde zijn helse tocht met een rondje om haar borst en stopte bij haar tepel. De druk werd verhoogd tot ze het uitschreeuwde van de pijn. Handen drukten haar hoofd op de koude grond en smoorden elk geluid.

En opeens lieten ze haar los. Er woedde een schrijnend brandende pijn in haar lijf, maar ze hield zich stil. Gingen ze weg?

Toen kwamen de woorden, erger dan welk mes ook. Vrouwenstemmen die de hoogte in gingen en mannen die diep van onderen binnendrongen. Ze vernederden haar door te lachen en haar te beschimpen. Ze kende het. Zo reageerden meer mensen om hen heen omdat ze nu eenmaal buitenbeentjes waren. Geen normaal gezin. Maar dit keer was het erger dan ooit tevoren. De spot was te scherp. Het ging niet over háár.

'Hoe is het met je broertje?'

'Het broertje en het hoertje.'

'De slet en de gek.'

'Mongolen moet je afmaken.'

'Een verplichte abortus.'

'Wegsnijden dat gezwel.'

'Je broertje is ziek!'

'Ben je ook down?'

'Weet hij wat een depressie is?'

'Nee, hij ís de depressie!'

'We gaan naar hem toe.'

'Ik weet waar hij woont.'

'We pakken hem.'

'Jaa, net als jou.'

'Nee, erger!'

'Ja, veel erger.'

'Hij moet dood.'

'Jaa, dood!'

'We maken hem dood.'

De krijsende lach die volgde maakte diepe krassen op haar ziel. Ze zweeg. En daarom haatte ze zichzelf nog het meeste. Ze had Chiel moeten verdedigen en had het niet gedaan.

Toen de stemmen allang verdwenen waren, schold ze zichzelf nog steeds de huid vol. De kou zorgde ervoor dat uiteindelijk alles bevroor.

Urenlang vocht ze tegen de bevroren knopen en tegen de dodelijke bevriezing. Maar ze bleef leven om Chiel te kunnen redden. Ze moest naar huis! Hem beschermen.

Het duurde uren voordat ze zichzelf had bevrijd. Haar vingers waren verstijfd van de kou, toch lukte het haar om de blinddoek af te doen. De diepe schrammen in haar polsen waren de minst erge verwondingen. De rest bekeek ze niet.

Ze weet het nog precies. Die bizarre ontdekking dat haar kleding bijna ongeschonden uit het gevecht was gekomen. Zo snel mogelijk kleedde ze zich aan; ze wilde weg bij de kille vingers die haar urenlang hadden betast alsof ze zich beschikbaar had gesteld als lustobject. Daarna duurde het zeker nog een halfuur voor ze haar auto had teruggevonden, rond haar hoofd hing een mist van pijn.

Het was inmiddels ochtend. Vroege wandelaars meden haar angstvallig. Ze zag wat ze dachten.

Eenmaal achter het stuur kreeg ze nog meer haast. De motor loeide toen ze gas gaf. Ze wilde weg, snel naar huis, naar Chiel. Hij mocht niet alleen zijn. Bovendien zou haar vader wel ongerust zijn. Was het dan niet om haar, dan wel om zijn auto die ze had mogen lenen. Ze verlangde ineens naar de veilige muren van haar ouderlijk huis.

Haar belofte dat ze haar vader en Chiel die ochtend zou wegbrengen naar de zaterdagochtendgymnastiekrepetitie kwam terug in haar gedachten, maar nu hoopte ze vooral vurig dat ze haar broertje thuis levend zou aantreffen. Hadden die gekken hem echt opgezocht en hem iets aangedaan?

Net op het moment dat ze de auto voor hun huis parkeerde, kwam Chiel de voordeur uit rennen. De opluchting dat haar broertje helemaal in orde was, drukte alles opzij. Het was goed.

'Daar is de taxi,' riep Chiel blij.

En dus schoven haar vader en Chiel met z'n tweetjes achterin. Naast elkaar.

Ze zweeg over wat ze net had meegemaakt om zijn blijdschap te kunnen koesteren.

'Jij bent de taxi,' riep Chiel steeds weer.

Ze durfde hem niet teleur te stellen. En dus reed ze direct de weg weer op, met een joelende Chiel achter zich. Haar vader zei niets, maar ze voelde dat hij niet blij met haar was.

Het drukke verkeer sjeesde om haar heen. De spits was drukker dan ooit en de auto's die haar aan alle kanten sneden, reden vreselijk in de weg. Luid getoeter. Bestuurders die naar hun voorhoofd wezen. Ze had geen enkel benul meer van de juiste richting. Haar ogen brandden en haar hoofd was te moe, toch probeerde ze zich wanhopig te concentreren.

'Je rijdt verkeerd,' hoorde ze haar vader achterin schelden.

'Taxi!' riep Chiel.

De tunnel kwam al in zicht. Dat was toch goed? Het was alleen vreemd dat er geen stoplicht bleek te zijn. Ze gaf gas en kneep het stuur bijna samen. 'Sorry, pap. Ik weet het niet meer. Waar moet ik heen?'

'Daarheen,' riep hij hard.

'Naar rechts?' Ze keek naar hem om.

'Pas op!'

Snel keek ze weer voor zich. Twee lichtbundels verblindden haar. Waar kwamen die vandaan? Ze kneep haar ogen dicht en gaf een ruk aan het stuur. Het geknars van metaal op metaal. Scherp sneed het lawaai naar binnen.

De treinen reden toch over de tunnel?

De klap had ze niet gehoord. De bus niet gezien. De chauffeur had zijn stuur opzij gegooid en de bus had zich hard in de zijkant van hun auto geboord. Haar vader was op slag dood, haar broer overleed in de ambulance. Zelf had ze geen schrammetje, behalve de verwondingen die ze al had. Haar gehavende lijf werd verpleegd in het schijnsel van de blauwe zwaailichten. Niemand begreep wat ze wilde zeggen.

Pas toen ze weer thuiskwam vertelde haar buurvrouw wat er precies was gebeurd. En zij zweeg over de rest.

Het mes dat op tafel ligt, glijdt zacht over haar pols. Er is geen bloed. Geen pijn. Slechts een zacht zuchten van haar lichaam. Ze weet nog hoe het voelt. Maar ze weet nu ook wat ze moet doen. Het is tijd. Ze is bijna klaar, alleen deze laatste missie ligt nog op haar te wachten tot HET DATINGCAFÉ zijn maskerade zal beginnen.

In haar woonkamer zijn zelfs de schaduwen nauwelijks waarneembaar. De nachten zijn van haar en van de duisternis waarin ze zich het best voelt. Ze loopt op de boksbal toe en weet nu dat ze haar woede zelf in stand heeft gehouden. Ze moet zichzelf verslaan, pas dan kan ze vrij zijn.

Zonder waarschuwing steekt ze toe. Hard en ongecontroleerd. Ze raakt haar doel in het hart. De boksbal beweegt onrustig voor haar ogen heen en weer. Daarna blijft ze toesteken, steeds opnieuw. Met lange halen snijdt ze zijn huid kapot en voelt tot haar verbazing de zachte binnenkant. Is dit hoe sommige mensen zijn? Die laten alleen maar hun harde omhulsel zien zodat ze de macht kunnen gebruiken om je klein te krijgen. Ze geven bevelen. Maar iedereen heeft een zachte kant. Ja, iedereen.

AMY

Het is een tijd geleden dat ze zo vast heeft geslapen. Halfacht, zegt haar wekker. Het is haar zelfs gelukt om een minuut voordat hij afgaat uit zichzelf wakker te worden, een sport uit haar middelbare schooltijd. Maar zoals het nou eenmaal met sporten gaat: de interesse zakt weg.

Ze vouwt haar handen onder haar hoofd en strekt zich loom uit. Tien minuten blijven liggen. Dat doet ze gewoon. Het is een heerlijk gevoel om te spijbelen. Dat kan weer. Ze is nodig. Vandaag is de grote dag.

Het is goed dat ze gisteren naar Moon toe is gegaan. Die meid zit zichzelf zo vreselijk in de weg dat ze geen idee heeft hoe goed het met haar gaat. Kon ze maar meer genieten van haar succes. Kon ze die vreselijke gebeurtenis maar achter zich laten. Het blijft toch vreemd hoe ze haar eigen verhaal erbij heeft bedacht.

Als deze opgefokte toestand achter de rug is zal ze weer eens ouderwets met Moon uit eten gaan. Bijkletsen. Echt praten. Dingen aanstippen die ertoe doen. Gisteravond was een start en ze was opgetogen dat Moon de muziek gebruikte om te vertellen wat haar diep vanbinnen raakte. Muziek trilt naar binnen. Moon mist haar broertje. Maar ze weet nu ook dat Moon zich vooral vreselijk schuldig voelt. Moon en Chiel hadden een onvoorstelbaar diep contact dat haar vaak verbaasde en haar soms zelfs tot buitenstaander maakte.

Langzaam draait Amy zich op haar zij en trekt haar knieën op.

Eigenlijk zou ze het liefst in een oude joggingbroek samen met Moon op de bank willen kruipen en naar een lekker romantisch drama kijken. Maar ze heeft al die poeha graag voor haar vriendin over. Het zou toch geweldig zijn als Moon onder het juk van Tanja uit zou kunnen komen en zich volledig op haar eigen bedrijf zou kunnen richten? Het wordt geheid een succes.

Daarna is het voor haar ook weer afgelopen. Geen Tanja. Never nooit niet. Die is ziekmakend bezig. Misschien kan ze wel een definitief plekje in het bedrijf van Moon krijgen.

Ineens schiet ze overeind.

Moon! Het is hoog tijd om de juiste voorbereidingen te treffen. Ze pakt haar mobiel en scrolt langs haar favoriete site. Wat veel reacties! Maar ze is alleen maar op zoek naar die ene naam. En als ze die vindt, wordt het ineens heel stil in haar.

Ze moet Nick spreken.

Ze vindt hem in de benedenzaal van Stadskasteel Oudaen; hij is in gesprek met de vrouw die de catering regelt. Als Nick haar ziet, wenkt ze hem met haar ogen. Hij knikt, maar praat rustig verder. Ze schudt de regendruppels uit haar krullen en bekijkt de schilderingen die boven de eeuwenoude schoorsteenmantel aangebracht zijn; ze lijken te stammen uit de middeleeuwen, uit de tijd van de grote schranspartijen. Is dit nou echt een prachtlocatie voor een datingevent? Ze is blij dat ze boven zalen hebben gehuurd met een intiemere sfeer.

Weer wenkt ze Nick.

Ik weet precies hoe jij eruitziet. Maar ga je mij wel op tijd herkennen? Of lukt dat pas als het te laat is… Tot vanavond.

Dat schreef die Utrechtse Dater. Haar plannetje gaat niet werken. Hij doorziet alles. En die freak loopt straks onherkenbaar tussen de gasten. Hoe beangstigend.

Ze loopt naar de bar. Het getik van haar schoenen klinkt te hard. Misschien was het toch niet zo slim om er bij Moon op aan te dringen om te komen. Net als Amy overweegt om Nick bij die vrouw weg te rukken, komt hij het trapje af en loopt met een brede glimlach op zijn gezicht naar haar toe.

'Wordt het niet eens tijd dat jij je in je nieuwe werkkleding gaat hijsen?' Een vluchtige kus op haar wang.

'Ik weet niet of dat zo'n goed idee is.'

Nick schiet in een schaterende lach.

Amy kijkt schichtig om zich heen en ziet diverse blikken hun kant op flitsen.

'Je hebt plankenkoorts. Dat is heel normaal. Maar je bent...'

'Dat is het niet,' onderbreekt ze hem snel. 'Ik ben bang.'

'Ja, dat zeg ik.'

'Nee! Luister dan naar me. Hij is erbij. Dat zegt hij. En hij zal onherkenbaar zijn, tot het te laat is. Dat schreef hij.'

'Wie?'

'Die Utrechtse Dater.'

Tot haar grote verbazing lacht Nick haar angst weg. 'Dat kan helemaal niet.'

'Hij heeft het zelf gezegd. Op haar blog.'

'De man is opgepakt.'

Het dringt nauwelijks tot haar door. Sinds ze zich heeft voorgenomen om Moons kogel op te vangen, is de angst sluimerend aanwezig geweest. De eerste inslag was het bericht. En nu blijkt hij niet gevuurd te hebben?

Maar Nick is bloedserieus. 'Tanja belde me gisteravond op. Ze hebben Reinier, haar man, meegenomen.'

'Wat? Haar man, maar...'

'Ik weet verder geen details. Hij wordt verdacht van die aanrandingen.'

'Jeetje...'

Nick ziet er bezorgd uit. Toch speelt er een scheve glimlach om zijn lippen. 'Ik heb even gedacht dat ze zelfs dát geregeld had om meer aandacht te krijgen. Maar dat zal wel niet.' Het duurt even voor hij verdergaat. 'Het goede nieuws is natuurlijk dat het feest veilig is nu die vent opgepakt is.'

Het is te veel informatie om te kunnen verwerken. Dan schudt ze haar hoofd. 'Het klopt niet, Nick. Want hoe komt deze reactie dan op de blog? Deze is vanmorgen geplaatst, dus dat kan Reinier nooit gedaan hebben.'

Nick pakt direct zijn telefoon. Amy hoort hem overleggen. Kort en zakelijk. Beslissingen met grote gevolgen.

'Reinier blijkt inderdaad alweer thuis te zijn. Er was te weinig bewijs om hem vast te houden. Het feest moet gewoon doorgaan,' zegt hij nadat hij het contact heeft verbroken.

'Tanja?'

Hij knikt en kijkt van haar weg.

'Heb je verteld waar die vent mee gedreigd heeft?'

Geen antwoord, dat zegt haar genoeg.

'Shit, dat mens is echt meedogenloos. Ze weet dat die engerd komt en zij beslist...' Amy schuift haar stoel naar achteren en loopt naar de uitgang.

'Maar Amy...' Hij is eerder bij de deur dan zij. 'Dit is Moons grote kans op succes. Je mag haar dit niet afpakken. Als het een succes wordt zal dit haar leven een positieve wending gaan geven. Dit doen we voor háár, voor niemand anders.'

'Ja, áls het een succes wordt...' Amy laat een veelbetekenende stilte vallen.

Ergens achter in de zaal valt een glas op de grond. Ze denkt aan Moon die al een jaar lang op scherven loopt, terwijl niemand ziet hoeveel pijn ze heeft.

Natuurlijk, het scheelt dat ze gewaarschuwd zijn, dat geeft hen een voorsprong. En Moon kan eventueel in de anonimiteit blijven. Dan is ze er wel getuige van dat zo veel mensen haar geweldig vinden. Hopelijk ervaart ze dat ook zo.

'Je hebt gelijk. We doen dit voor haar.'

MOON

De poort staat uitnodigend open. Er brandt een enkele straatlantaarn en de flakkerende kaarsen die overal op de graven oplichten geven de plek een stemmige sfeer. Moon weet precies hoe ze moet lopen, ook al is ze er al maanden niet meer geweest. Elke nacht bezocht ze zijn graf in gedachten en liep ze de paden af. Ze stelde zich voor hoe zijn ogen haar volgden.

De foto is nat geworden, waardoor de kleuren uitgelopen zijn; toch kijkt Chiel haar stralend aan.

'Ik heb Beer meegenomen. Hij is van jou, maar het is fijn dat ik hem even mocht lenen.'

Moon knielt op de kiezelstenen aan de voet van een houten boomstam. *Hout, ik houd van hout!* De stem van Chiel klinkt ineens in haar oor, alsof haar broer weer naast haar zit en op zoek gaat naar haar hand. Hij was gek op haar. En zij op hem.

'Ik kom sorry zeggen.'

Waarom?

'Het was mijn schuld.'

Dan ben je stout, maar dat klopt toch niet?

'Het klopt wel. Ik had niet in de auto moeten stappen.'

Het is groen en het zit in de boom.

'Een komkommer?'

Nee, gekkie, een blad.

Ze hoort zijn lach die altijd overal in huis aanwezig was. Hij speelde met zijn lego terwijl hij allerlei onherkenbare liedjes zong.

Om de tien minuten kwam hij haar een knuffel geven, omdat hij vond dat ze dat verdiende. Dan fluisterde hij in haar oor dat hij verliefd op haar was.

Ik voel de vlinders omhoogkomen.

Ze moest zich inhouden om dan niet in huilen uit te barsten, omdat ze zelf die verliefdheid wilde voelen. Was er iets mooiers dan de kriebels krijgen omdat je iemand zo graag dicht bij je wilde?

Ik ga met je trouwen.

'Jij hebt Beer al.'

Ja, Beer is mijn vriendinnetje.

Moon zet Beer tegen de dikke stam die nu zwart lijkt te zijn. Er dwarrelt een blaadje naar beneden dat landt op haar knie. Het is geel en zacht, en het voelt alsof de berkenboom hem voor haar bewaard heeft.

Het is geel en het zit in de boom.

'Niet doen, Chiel. Dan word ik verdrietig.' Ze voelt haar maag samenknijpen. Heeft ze eigenlijk wel gegeten?

Je bent mooi.

'Ik ga straks een mooie avondjurk kopen, dan ben ik pas echt mooi.'

Je bent nu al mooi.

'Dat komt omdat ik me feestelijk voel. Ik ga straks mijn geheimpje aan iedereen vertellen, daarna kom ik weer bij je.' Ze krijgt steeds meer zin in het feest; ze weet inmiddels precies hoe ze op een spetterende manier naar buiten zal treden.

Gaan we daarna verstoppertje doen?

Ze wil zeggen dat ze dat nu lang genoeg heeft gedaan, maar knikt dan. Chiel kan er niets aan doen. Hij heeft geen idee hoe hard de wereld kan zijn; hij kent alleen de oppervlakkige kant. Is dat het geheim van een goed leven? Geniet van de waterspiegel, maar probeer er nooit onder te kijken.

'Dan verdrink je,' fluistert ze. 'Letterlijk en figuurlijk.'

Ze staat op, slaat wat steentjes van haar knieën en bekijkt haar broer met hernieuwde interesse. Chiel is een knul die misschien een chromosoom te veel had, maar niets tekortkwam. Zijn vader hield zo veel van hem.

Ze werpt hem een kushandje toe en begint terug te lopen.

Het is rood en het zit in de boom.

'Ik weet het niet, Chiel. Wat is het?'

Een rododendron.

Moon gniffelt zacht als ze haar fiets uit de struiken opdiept en opstapt. Nu kan ze zich gaan opdoffen voor het event. Een jurk is normaal niets voor haar, maar vanavond moet ze wel want ze wil niet te vroeg opvallen.

Het is op een of andere manier heel prettig om een mooie jurk uit te zoeken voor haar grote avond. Ze is er klaar voor. De zwarte jurk is simpel en tegelijkertijd fascinerend door de mouwtjes die als kleine vleugeltjes vanaf haar schouders naar beneden hangen, maar wijd uitwaaieren als ze om haar as draait. Die wordt het. Ze draagt de tas – die op zich al een vermogen moet hebben gekost – dicht tegen zich aan als ze daarna de feestwinkel binnenstapt.

De winkel prees zich op internet aan met 'Maak jezelf onherkenbaar!' Maar als ze voor de etalage staat ziet die er zo carnavalesk uit dat ze aarzelt. Uiteindelijk ontdekt ze de maskers en ziet dat ze naast de simpele oogmaskers ook een ruime keuze hebben in grotere exemplaren. Ze opent de deur en stapt naar binnen.

Het ruikt er naar theater, wat haar het gevoel geeft in het juiste decor te zijn beland. De keuze is snel gemaakt; ze wil haar mond vrijhouden en toch zo onherkenbaar mogelijk zijn. De pruik is lastiger. Maar als ze de theaterpruiken ontdekt, ziet ze hem direct: een met lange donkere haren en een pony.

Blij met haar buit huppelt ze bijna naar huis. Het verlangen om Nick te bellen is groot, maar de wens om hem te verrassen nog groter. Wat zullen ze opkijken. En ze kan zelf het moment kiezen. Dat gevoel van macht blijft haar bij tot ze haar kamer binnen danst en meteen doorloopt naar haar slaapkamer waar haar kromgetrokken spiegel al op haar wacht.

Het is geen D-day, het is Me-day!

AMY

'Fijn dat je er bent,' fluistert Nick haar toe en hij poseert gewillig naast haar voor de camera's.

Het masker kriebelt rond haar neus, maar toch blijft Amy haar rode lippen in de gevraagde glimlach plooien. Het ging goed. Ze had nauwelijks tijd gehad om haar openingswoordje te oefenen, maar dat bleek de beste voorbereiding.

De lampen van de televisieploeg waren zo fel dat haar ogen al snel begonnen te tranen, maar ze realiseerde zich dat die toch nauwelijks te zien waren. Bizar eigenlijk dat ze zich dan toch voor een kapitaal heeft laten optutten, onder dwang van Tanja.

'Waar is Tanja?' sist ze tussen haar tanden door.

Hij knikt met zijn hoofd naar de hoek van het podium waar Tanja nog met een journalist staat te praten.

Pas als ze door de fotograaf vrijgelaten zijn, kunnen ze even rustig met elkaar praten. Een ingehuurde entertainer is begonnen om middels een spelprogramma de gemoederen wat losser te krijgen. Als er opgetogen gelach klinkt, zakken Amy's schouders zeker tien centimeter naar beneden.

'Het gaat goed.' Ze laat haar blik over de bezoekers gaan die zich allemaal prachtig uitgedost hebben. De maskers variëren van zilveren exemplaren met grote roze veren aan de bovenkant tot simpele zwarte zonder enige versiering.

Een excentrieke vrouw met een flamboyante jurk, zeilt door de zaal en kirt hoog boven de gasten uit: 'Is het niet enig?' Ze draagt een asymmetrisch masker dat in een juwelierswinkel niet zou misstaan.

'Het succes van een feest hangt altijd af van een goede voorbereiding.'

Amy voelt hoe ze bloost onder het compliment. Gelukkig dat niemand het kan zien. Ze begint echt te genieten van het event, iets wat ze zich van tevoren niet had kunnen indenken. 'Vergeet je lastminuteplan niet. Jouw idee slaat echt aan.' Ze kijkt naar het scherm dat duidelijk zichtbaar in de zaal hangt. 'Die Twitter... hoe noem je dat ook weer?'

'Twitterstream?'

Amy knikt. 'Ja, moet je zien wat veel reacties al. De hashtag #Blinddate17 werkt geweldig. Het is grappig om te zien dat mensen het leuk vinden om lekker mysterieus te blijven. Niemand wil direct herkend worden. Het is een speurtocht naar bekenden via een livestream. Ze gooien visjes uit om uiteindelijk binnengehaald te worden. Een extra datingspel. Wie had dat gedacht?'

Maar Nick lijkt er niet zo mee bezig. 'Heb je nog iets van Moon gehoord?'

Daar is hij weer met zijn Moon. Hij had haar toch zelf kunnen bellen? Maar ze antwoordt ontkennend. Natuurlijk heeft ze na hun gesprek vanmorgen nog geprobeerd haar vriendin te bellen, maar haar mobiel stond uit. Bovendien, wat had ze willen zeggen? Dat ze toch maar niet moest komen? Ze heeft er geen antwoord op. Toch was dat het moment dat ze zich realiseerde dat ze Moon veel minder goed kent dan ze dacht. Ze wil niets liever dan haar helpen, maar ze is er dus helemaal niet goed in.

'Ik vroeg me af...' De gedachte heeft haar niet meer losgelaten vanaf het moment dat ze zich had overgegeven aan de allerlaatste voorbereidingen en niets anders meer kon doen dan doorrennen tot het feest van start ging. 'Zou die Utrechtse Dater zich nu tussen de gasten bevinden?'

'Probeer er maar niet aan te denken.'

'Zou hij mij...' Ze slikt moeizaam. Eigenlijk heeft ze spijt van haar belachelijke idee om het lokaas te zijn.

'Vast niet. Je bent alleen de gastvrouw. Niemand denkt dat jij de schrijfster bent.' Het komt er zo stellig uit dat ze even opzijkijkt. Nick verschuift net zijn ijsblauwe masker dat hem een prachtige mysterieuze uitstraling geeft.

'Eigenlijk hoop ik dat Moon niet naar het feest komt.' Het zit Amy al een tijdje dwars en het lijkt haar goed om het met Nick te delen.

'Waarom niet? Als ze dit zou zien...' Hij strekt zijn arm uit en wijst naar de deinende groep mensen.

Haar blik glijdt over de mensenmassa. De maskers geven het feest iets geheimzinnigs. Er klinkt gelach; de gasten vermaken zich. Toch voelt ze een elektrische lading in de lucht alsof er een onweer dreigt.

'Ik weet niet of ze ervan zou genieten. Moon is op dit moment zichzelf niet.' Het is eruit voor ze het weet.

'Hoezo niet?'

'Ik bedacht het pas vanmiddag. Ze slikt ze niet meer. Ik had het moeten merken. Haar reacties... Ze is volkomen onberekenbaar. En als die Dater haar...'

'Wacht.' Nick pakt haar bij haar arm, troont haar mee naar een hoek van de zaal en duwt haar op een stoel. 'Vertel eens rustig wat er aan de hand is. Is er iets wat ik moet weten?'

Terwijl ze naar de drukte voor zich kijkt, haalt ze diep adem. Had ze het maar eerder gezien. Normaal houdt ze haar zo goed in de gaten, maar de laatste dagen werd haar aandacht opgeslokt door andere dingen.

'Je weet het meeste al. Maar wat je nog niet weet is dat Moon het ongeluk heeft veroorzaakt waarbij haar vader en Chiel omgekomen zijn. Ze was uit geweest en te laat thuisgekomen. Na een slapeloze nacht is ze weer in de auto gestapt om haar vader en Chiel weg te brengen. Door haar gevaarlijke rijgedrag heeft een buschauffeur de macht over het stuur verloren en is op hun auto gebotst. De zijkant van hun Opel was compleet in elkaar gedrukt.

Ik heb Moon erna opgevangen en ze bleef maar verwarde verhalen vertellen.'

'Zoals die vermeende verkrachting?'

'Ze is niet verkracht, hoewel ik me soms afvraag of ze misschien wel is lastiggevallen. Maar iemand die na een nacht feesten en drinken de auto pakt... Nou ja, niemand heeft bewijzen. Alle aandacht ging op dat moment naar de dood van haar vader en Chiel. Achteraf bleek het alcoholpromillage in haar bloed mee te zijn gevallen. Maar ze was in zware shock.'

Amy zit handenwringend naast Nick en voelt ineens hoe intens koud haar handen zijn. 'Het is vreselijk wat haar overkomen is, dus sindsdien zorg ik een beetje voor haar. Ik ken haar inmiddels zó goed, dus ik had het gister moeten zien.' Amy werpt een blik op haar horloge dat onverbiddelijk de tijd aangeeft. Zou Moon inderdaad komen?

'Wat is je niet opgevallen?' Nick pakt haar hand en trekt haar aandacht weer naar zich toe.

'De pillen.'

'Wat is er met pillen?'

'Die slikt ze niet meer.' Het is eruit.

'Slikt ze antidepressiva?'

Amy kijkt naar haar hand die nog steeds in die van Nick ligt. 'Nu niet meer.'

'Die fucking artsen.' Nick scheldt binnensmonds. 'Ze schrijven maar van alles voor, in plaats van dat ze echt hulp bieden.' Zijn kwade blik boort zich bij haar naar binnen. 'Die meid heeft een levensgroot trauma opgelopen en ze dichten dat gat met pillen?'

'Ze hielpen haar wel.' Amy voelt zich persoonlijk aangesproken. Moon kon niet voor zichzelf opkomen, ze steunde volledig op haar. 'Maar Moon kennende is ze in één klap rigoureus gestopt. Die doet niets geleidelijk. En het is bekend dat zoiets ernstige bijwerkingen kan geven. Ze was gister ook zo warrig. Ik had het moeten zien. Dus als we haar nu in de schijnwerpers zetten weet ik niet wat er gebeurt.'

'Dat gaan we ook niet doen. Bovendien, waarschijnlijk is die vent er helemaal niet en is het alleen maar een ziekelijk figuur die aandacht wil.' Nick beent weg.

Amy rilt. De laatste zin laat haar onrust alleen maar groeien. Dit is de perfecte plek om aandacht te krijgen en tegelijkertijd in de anonimiteit te blijven. Ze staart naar het scherm waar de ene na de andere tweet voorbijkomt. Ze leest ze zonder de tekst echt tot zich door te laten dringen. Tot een bekende naam opduikt.

De Dater *@Utrechtse_Dater*

Ik zie jou, zie jij mij ook? #Blinddate17

MOON

De trap die naar de bovenste verdieping van Stadskasteel Oudaen loopt, straalt een schimmige sfeer uit. Het is er koud, zelfs de gele verlichting kan dit niet verhullen. Onderweg komt Moon diverse mensen tegen, in hun eentje dwalend door het immense gebouw. Soms zijn het al stelletjes die ze nakijkt tot ze om de hoek verdwijnen.

Gazing at people, some hand in hand.

Niet staren, dan gaan ze wel weg.

Eenmaal boven mengt Moon zich in het feestgedruis. Er lopen minstens honderd mensen rond in deze zaal waar achterin een podium is opgesteld. En daarnaast zijn er nog twee andere ruimtes die aan deze feestzaal grenzen. Ademloos kijkt ze rond. Dit is haar papieren werkelijkheid die nu ineens tot leven komt. Haar event. Haar idee. En haar volgers. Maar zo voelt het niet. Het is eerder een belachelijke nepvertoning.

Haar feestelijke stemming wordt overschaduwd.

Ze vindt een lege stoel helemaal achter in de Couwenhovezaal en bekijkt het gezelschap dat voor haar langs gaat. Overal gekir en gebral. Mannen wiens ogen bijna uit hun maskers puilen van geilheid en vrouwen die als hoeren met hun lijf koketteren. Een namaakwereld. Allemaal geschreeuw om aandacht. Wat een aanfluiting!

Moon zucht diep en zakt wat verder onderuit. Wat doet ze hier eigenlijk? Ze baalt van haar eigen nieuwsgierigheid. Ze kan alleen maar toekijken wat er van haar ooit zo briljante idee gemaakt is.

Ga weg! Ontvlucht het noodlot nu het nog kan!

En dan? Ze heeft niets meer om naartoe te vluchten. Een schimmelige kamer waar spinnen de enige uitdaging vormen en waar de boksbal is afgeslacht.

Er kruipt een lachje naar boven als ze beseft dat ze net zo alleen is als anders. Ze zou zich moeten mengen tussen de gasten – háár gasten – en een gesprek aangaan.

Langzaam kruipt de eenzaamheid onder haar huid. Om haar heen is gelach, maar ze voelt de vrolijkheid niet. Er daalt een wolk over haar heen waarin kleine elektrische prikkels haar opmerkzaam maken dat iedereen haar negeert, omdat ze er niet is. Niet echt. Niet meer. Alleen haar masker is echt.

Naast het podium staat Amy die in een rode wolk van tule ronddraait en lachend naar een man toe loopt. Hij ontvangt haar met een brede glimlach en duwt een kus op haar hand. Amy's Nick. Die twee passen beter bij elkaar; het is hun wereld.

Naast hen duikt ook het secreet op. De antracietgrijze jurk is strak om Tanja's lijf gespannen. Haar blik is alert en haar gezicht staat strak. Zou ze ooit genieten van de dingen die ze bereikt? Of gaat het haar alleen maar om het geld? Nee, ze geniet van de macht, ziet ze nu.

Dan hoort ze weer wat ze tegen haar zeiden. De leugens. Hun smiespelende gedraai waarin ze háár plannen voor eigen gewin gebruikten. Ze geilden op elkaar en likten de grond waarop ze liepen. De stralende Amy, de fijne maar onbetrouwbare Nick en de kordate Tanja, een driemanschap dat de staatsgreep goed heeft voorbereid.

En zij tuinde erin. Met open ogen.

Ze knijpt ze dicht en slaat in gedachten met een vuist op tafel. De woede golft door haar maag waar gal en zuur zich verzamelen tot een explosief mengsel. Ze moet hier weg voor ze tot uitbarsting komt. Toch blijft ze compleet verstijfd zitten.

Uiteindelijk bestudeert ze het succesvolle drietal grondig en laat alles goed tot haar doordringen, alsof dit het laatste glas whisky is dat ze ooit in haar leven nog zal drinken. Langzame slokjes. Wervelend langs haar gehemelte. Hitte om te blussen.

Hád ze maar een drankje. Maar opstaan om het te halen durft ze niet. Ze hoort thuis in de schaduw.

Halverwege de zaal tekent zich een aureool van blonde krullen af achter een groen masker. Ze kent hem. Het is Alex! Hij viel nog mee, was zelfs heel aangenaam gezelschap. Hij staat te praten met twee stevige vrouwen. De een heeft een nietsverhullende jurk aan, waarbij haar boezem als een dienblad vooruitsteekt. Maar Alex is volledig in beslag genomen door de andere vrouw die heupen heeft als een bulldozer. Als het mens giert van het lachen trilt alles mee.

Alex. De melancholie grijpt haar beet. Hij was leuk. Waarom wilde hij haar niet meer zien? Eigenlijk paste hij perfect bij haar. Was hij afgeknapt op het vele gepraat over haar werk? Of was het toch de uitingen van liefde voor Chiel, een downkind? Niemand mag een oordeel hebben over haar broer, zonder te weten waar hij over praat. Chiel is geweldig, de meest mooie persoon die ze ooit heeft ontmoet. Wees Alex haar om Chiel af?

'Door mijn stomme gejank,' voegt ze hardop aan haar eigen oordeel toe. Een vrouw met een witte jurk, waaronder een zwart lingeriesetje overduidelijk zichtbaar is, kijkt haar misprijzend aan.

'Sorry hoor.' Moon draait zich van haar af.

Door Alex zit Chiel weer in haar hoofd. Dat is goed. Ze doet het allemaal voor hém. Hij verdient een beter leven. Het probleem is dat ze niets meer heeft. Alles is door die tang overgenomen, alles wat zíj heeft bedacht.

'Sorry, Chiel,' fluistert ze.

Mensen staan in groepjes met elkaar te praten en vanaf haar stoel ziet ze voornamelijk ruggen. De ruggen praten met elkaar en zwijgen tegen haar. Het is misschien wel het enige wat klopt in deze te vrolijke omgeving.

Het doet geen pijn meer.

Achteraf is ze blij dat ze de opening door Amy heeft gemist. Ze was vast gillend gek geworden van haar gedraai in de schijnwerpers. Ze wil naar haar toe lopen, op het podium springen en het feest overnemen. Dat wil ze, maar ze doet het niet. Nog niet. Het is nog geen tijd, ze wil eerst anoniem rondkijken voor ze zichzelf laat zien. Ze heeft alleen geen idee hoe het programma in elkaar steekt.

'Kutzooi.' Ze werpt direct een uitdagende blik naar de witte dame die haar weer zit op te nemen. Waag er eens wat van te zeggen! Maar het blijft stil en uiteindelijk draait de vrouw haar hoofd af en loopt weg. Haar witte lijf is makkelijk te volgen door de kleurige massa en tot haar verbazing ziet ze dat ze naast Tanja gaat staan.

Haar baas draagt slechts een klein masker, waardoor ze nog steeds duidelijk herkenbaar is. De kilte in haar ogen is gelukkig niet te zien. Moon wil net haar blik afwenden als ze ziet dat haar baas nogal opgewonden reageert. Haar felle handgebaren zijn zelfs van een afstand te volgen. Daarna draait ze de vrouw gewoon haar rug toe en negeert haar volledig. De witte schim druipt af als een geslagen hond.

Moon schudt haar hoofd. Ze weet precies hoe Tanja nu kijkt. Dat masker draagt ze vaker. Haar kin hoog in de lucht en ogen die schreeuwen: Je bent niets waard!

Ooit gaat ze Tanja de waarheid zeggen. Als ze haar baas heeft verslagen. Als onzichtbare vijand. Ooit.

TANJA

De sfeer is geweldig. De camera's draaiden direct al naar haar toe en alle gezichten volgden haar daarna met onverhulde adoratie; hier geniet ze van. Toch merkt ze dat ze zichzelf niet is en dat heeft allemaal te maken met Reinier.

Ze was opgelucht dat hij weer thuis was en dat de verdenking was opgeheven. Maar het zit haar niet lekker dat zij niet meteen in zijn onschuld heeft geloofd. Ze is zijn vrouw! Waarom vertrouwt ze hem niet? Hij is eerlijker dan tien Bill Cigars samen.

Een hoge stem vraagt haar aandacht. 'Ik weet wie je bent.'

Ze draait zich om en ziet een in het wit geklede vrouw staan. 'U bent niet de enige.' Ze probeert professioneel te glimlachen.

'Je bent de vrouw van...' De vrouw pauzeert, alsof ze de woorden extra lading wil geven. '... van Reinier.'

Onwillekeurig verkrampen Tanja's handen. Ze opent haar mond om iets te zeggen, maar er komt niets.

'Heeft hij je eigenlijk ooit verteld wat er gebeurd is?'

De bom valt in een diepe stilte in haar maag. Hier is ze altijd bang voor geweest. Deze vrouw heeft steeds op de loer gelegen. En net nu ze volop in de aandacht staat en kan scoren met een nieuw project, slaat dat mens toe. Razendsnel schiet er van alles door haar hoofd. Ze staat erom bekend dat ze binnen een seconde loeischerp kan reageren. Nu komt het erop aan.

'Ik weet er alles van. Dus vertel eens: waarom heb je mijn man verleid? Weet je dat ik je daarvoor kan aanklagen?' Ze weet dat ze hoog spel speelt, maar ze kan nu niet over zich heen laten lopen. En dus pakt ze door: 'Gelukkig was het alleen maar geld.'

'Geld?'

'Je wilt het toch niet ontkennen? Eerst een onschuldige man verleiden en hem dan uitkleden. Qua geld dan,' een schril lachje ontsnapt aan haar lippen. 'Mijn man was niet je eerste slachtoffer. Ze herkenden je in het hotel, dus blijkbaar doe je het vaker.' Tanja probeert overeind te blijven, maar ze zou het liefst wegrennen.

'Je zit ernaast,' sist de vrouw door haar zilverkleurige masker.

'Leg dat maar uit aan mijn advocaat.' Tanja draait zich van haar af, recht haar schouders en doet alsof ze haar interesse in haar is verloren. Het gesprek is afgelopen. Toch voelt ze dat de vrouw nog steeds achter haar staat. Snel knoopt ze een gesprek aan met de persoon die het dichtst bij haar staat. Meer dan wat oppervlakkig geklets komt er niet uit haar, maar de ander gaat er gretig op in.

Als ze na een tijdje behoedzaam achter zich kijkt, is het witte gevaar verdwenen. Ergens achter in de zaal ziet ze haar naar de gang lopen. Ze sluit haar ogen en stuurt een schietgebedje naar boven dat ze definitief vertrekt. Zowel van het feest als uit haar leven.

Ze verontschuldigt zich midden in een lacherige uiteenzetting van haar gesprekspartner en loopt weg. Haar glas water wisselt ze om voor iets sterkers.

Het is prettig om even alleen te zijn. Terwijl ze snel een paar slokjes neemt, spreekt ze zichzelf streng toe. Het mag niet zo zijn dat deze vrouw dit feest gaat bederven; daarvoor zijn de belangen te groot. Het wordt een succes, dat moet!

Langzaam ontspant ze zich en merkt dat de trots weer terugkomt. Nog even en dan volgt de onthulling. De cameraploeg is gebleven, die willen de primeur.

'Ik moet je wat vertellen.'

Van schikt slaakt Tanja een gil. 'Jeetje Amy, kun je niet uitkijken?' De rode wijn druipt van haar hand.

'Sorry, maar ik moet je spreken.'

'Nu niet.' Ze zit nog met haar gedachten bij de vrouw die zopas haar rust heeft ondermijnd.

Ineens duikt ook Nick naast hen op. 'Ze is er,' zegt hij simpel.

Even is Tanja in verwarring. Weet hij van de vrouw in het wit af?

Ineens lijkt het haar helemaal geen goed idee meer dat ze zelf alle aandacht naar zich toe trekt. Maar zoals altijd als ze in het nauw gedreven wordt, laat haar slimme hoofd haar ook dit keer niet in de steek. 'Ik heb een prachtig voorstel voor je,' zegt ze daarom tegen Amy.

Maar Amy is helemaal niet geïnteresseerd in wat Tanja te zeggen heeft. Amy richt zich volledig op Nick. 'Is het een zij? Die engerd is toch een man?'

Nick buigt zich nog wat dichter naar Amy toe. 'Ik heb haar gezien. Ze is inderdaad naar het feest gekomen.'

'Shit, ik begrijp nu over wie je het hebt. Maar dan moet ik haar beschermen.'

'Ho ho,' Tanja heft haar handen op. 'Over wie hebben we het?' Ze kijkt naar haar nieuwe compagnon. Zijn ogen liggen diep verstopt achter het masker, alsof hij wat te verbergen heeft. Maar hij lijkt totaal niet met haar bezig. En ook Amy praat gewoon door alsof ze er niet bij staat. 'Heb je zijn tweets gezien?'

In de zaal zijn wat verwarde geluiden te horen. Tanja ziet dat er kleine groepjes ontstaan die allemaal ergens naar kijken. Wat is er toch aan de hand?

Tanja kijkt van de een naar de ander en gaat dan zonder pardon tussen haar twee medewerkers in staan. 'Het is nu tijd voor iets anders,' zegt ze zakelijk. 'Zoals ik al aangaf heb ik een prachtig voorstel voor je, Amy. Ik wil dat je over een minuut of vijf klaarstaat voor de onthulling. Jij mag in mijn plaats het applaus in ontvangst nemen. Het enige wat je hoeft te doen is aangeven dat jij de schrijfster van de blog bent.'

'Ik weet niet of...' begint Amy.

'Dat doet Amy helemaal niet,' stuift Nick op. 'Amy blijft bij mij.'

'Amy?' vraagt Tanja opnieuw. 'Ga je mee? De pers heeft een

scoop nodig. Kom, we moeten naar het podium.'

Tot haar verbazing blijft Amy als aan de grond genageld naar boven staren. Dan wijst ze naar het scherm van de Twitterstream. 'Ik weet niet of die onthulling zo slim is. Ik wilde het je net vertellen: de Utrechtse Dater is hier in de zaal.'

TANJA

Tanja's voet tikt minstens in het dubbele tempo van de muziek. Wat een gezeur om een berichtje dat door iedereen geplaatst kan zijn. Maar Nick is onverbiddelijk en sleurt Amy met zich mee. Ze kan niet anders dan hen volgen, tot hij in een hoek de hele reeks Twitterberichten op zijn mobiel heeft opgezocht met diezelfde hashtag.

'Hij heeft er al meer geplaatst,' zegt hij al snel. 'Waarom heeft niemand dat gezien?'

Tanja krijgt de display onder haar neus geduwd en het duurt even voor ze de woorden kan ontcijferen.

De Dater @Utrechtse_Dater

Wat is jouw favoriete kleur? De mijne is rood. #Blinddate17

De volgende luidt:

De Dater @Utrechtse_Dater

Rood is de kleur van de liefde. Maar ook van gevaar. #Blinddate17

Tanja duwt zijn mobiel van zich af. Gedurende een kort moment wil ze het gewoon negeren, maar dan ziet ze dat er al een paar mensen naar het scherm wijzen. Er klinken verwarde geluiden uit de zaal, zelfs de band is gestopt met spelen. 'Ik had dit nooit moeten toestaan. Nu zie je wat je met deze innovatieve troep veroorzaakt.'

'Het geeft ook aan hoe hij denkt.' Amy lijkt ineens een stuk kleiner.

Tanja forceert een glimlach. 'Daar zit niemand op te wachten. Kom, we gaan onze gasten gewoon een beetje afleiden. Ik ga je nu direct aankondigen.'

'Niets daarvan!' Nick gaat voor Amy staan. 'Ik wil niet dat Amy gevaar loopt. Hij heeft niet voor niets die kleur genoemd. Amy is een en al rood. Het is een waarschuwing. Jij hebt de media een kluif voorgehouden en je wilt nu Amy als een gemakkelijke prooi naar voren duwen? Dat meen je toch niet, Tanja?'

'Laat maar Nick, ik doe het wel.' Amy duwt hem opzij.

'Ben je gek?'

'Ik heb het haar beloofd, dus ik kan...'

Tanja onderbreekt haar direct. 'Haar beloofd? Over wie heb je het?'

'De vrouw van de blog.' Het komt er aarzelend uit. Amy werpt een blik naar Nick, maar die schudt alleen maar zijn hoofd, terwijl hij zijn kaken op elkaar klemt.

Zijn stem is lager dan anders als hij zegt: 'Je weet dat ze vanavond hier is, Amy. Als jij voor haar... Ze wil echt niet dat jij gevaar loopt.'

'Dat kan me niet schelen,' zegt Amy flink. 'Ik moet haar beschermen.'

Tanja begrijpt nu dat ook Amy weet wie de schrijfster is. Maar dat is van latere zorg, het feest loopt gevaar. Daar gaat het om!

Als er opnieuw stemmen in de zaal door elkaar beginnen te roepen, zegt ze snel: 'Ik weet het goed gemaakt. Ik offer me wel op. Het is míjn project, dus laat mij het doen. Ik ben niet bang.' Ze ziet een lichte twijfel over Amy's gezicht trekken. Snel voegt ze eraan toe: 'Ik zal nooit toestaan dat een van mijn medewerkers gevaar loopt voor het werk. Bovendien zal niemand mij wat durven doen. Ik geef de pers een scoop, dat zal mij beschermen. Het feest moet doorgaan!'

Terwijl ze de woorden op de voor haar zo karakteristieke manier uitspreekt, weet ze dat niemand haar zal durven tegenspreken. Toch voelt ze zich verre van zeker.

Natuurlijk had ze gehoopt dat de schrijfster zou komen, zodat ze haar alsnog kon aankondigen. Maar nu ze er inderdaad blijkt te zijn, gooit die Utrechtse Dater dat plan in de war. Alle reacties die hij geplaatst heeft duiden maar op één ding: hij wil die vrouw.

Ze zal het publiek een worstje voorhouden, met een beetje mazzel happen ze toe. Misschien komt er later op de avond nog een nieuwe kans. Ze zal Amy straks een beetje onder druk zetten, dan komt ze vast achter de identiteit van die schrijfster.

Met grote passen loopt ze naar de microfoon. 'Geachte gasten. Wat een prachtige avond! En fijn dat jullie allemaal zo heerlijk meedoen om het mysterie van dit datingcafé nog wat op te voeren. Er is zelfs een grapjurk die de boel wat extra peper geeft. Rode peper.' Haar krassende lachje schiet de zaal in. 'Maar onrust is compleet onnodig, want we hebben allerlei veiligheidsmaatregelen genomen. Dus geniet van het feest.' Ze ziet tot haar tevredenheid dat het scherm niet meer de volledige aandacht trekt. 'En ter verhoging van de feestvreugde verklap ik jullie zo meteen een geheimpje. Wie is er nieuwsgierig naar de schrijfster van de blog?'

Er klinkt gejoel. Daarna barst er een applaus los. Ze maakt een kleine buiging en geniet van de aandacht. Het lukt! En als zij straks bekendmaakt dat zíj degene is die de blogs heeft geschreven, barst het vast en zeker helemaal los. Feitelijk zit ze niet eens zo ver naast de waarheid, het is bijna háár blog. Het contract laat nauwelijks ruimte voor ontsnapping.

'Maar eerst muziek!' Met haar arm zwaait ze in de richting van de band die direct inzet.

Pas als ze hoort wat ze spelen, voelt ze haar zelfvertrouwen als een ijsberg smelten. En eenmaal bij het refrein, vraagt ze zich af of ze wel de juiste beslissing heeft genomen.

MOON

De frisse lucht heeft haar goed gedaan. Eenmaal terug in de zaal ziet ze dat haar stoel bezet is. Moon vraagt zich af wat ze hier in vredesnaam doet. Iedereen lijkt zich in een universum te bewegen dat niet het hare is. Een parallel universum. Zouden ze haar gewoon niet kunnen zien? Is dat het?

Ze krijgt de neiging om het uit te testen en tegen een bezoeker aan te duwen of iemand pootje te haken. Zouden ze haar dan nog steeds niet opmerken?

Het liedje van Celine Dion dreint door de zaal, het is zwarte muziek zonder enige hoop. Het beeld van de zinkende Titanic in de ijzige oceaan. Liefde overwint niet alles. Even heeft ze de neiging om haar armen te spreiden en de storm te trotseren en ze sluit haar ogen om de ijzige windvlagen op te ontvangen. De zangeres zingt haar persoonlijk toe.

'De aanrander is opgepakt.'

Moon schrikt van de plotselinge stem naast haar. Het donkere masker laat het onderste deel van zijn gezicht extra oplichten. Ze wil al tegen hem uitvallen, tot ze zijn rode haar erbovenuit ziet steken.

'Wat doe jij hier?'

'Heb je toch maar besloten om te komen?' stelt Kees een wedervraag.

Moon knijpt haar lippen op elkaar.

'Ik had het al verwacht. Je gaat vanavond iedereen verrassen en je identiteit onthullen.' Als ze niet antwoordt vervolgt hij: 'Ik kan me voorstellen dat je schrikt dat ik je nu al ontdekt heb. Maar daar ben ik goed in. In dingen ontdekken, weet je?'

Een man stapt achteruit en belandt met zijn grote voet hard op haar teen. Ze verbijt de pijn, terwijl de man zich niet eens omdraait om sorry te zeggen.

'Zo ben ik ook achter de identiteit van de aanrander gekomen. Wist je eigenlijk dat hij is opgepakt?' Hij zegt het zacht, terwijl hij de mensen in hun buurt goed in de gaten houdt.

'Nee,' zegt ze en ze hoopt dat het afwerend genoeg klinkt.

'Die klojo's hebben hem ook alweer vrijgelaten, dus het is eigenlijk ook geen nieuws.' Kees komt nog dichterbij staan. De bierlucht prikkelt haar neus en doet haar verlangen naar drank.

'Wat ben jij gezellig. Geniet je niet van je feest?' Kees staart haar aan en ze draait snel haar hoofd weg.

Gedurende korte tijd zwijgen ze. Ze herinnert zich Amy's woorden dat hij gek op háár is. Onmogelijk. Het zal wel een van zijn provocerende opmerkingen zijn geweest. Waarschijnlijk alleen bedoeld om Amy pijn te doen, of – ja, dat moet het zijn – haar jaloers te maken.

'Fijn,' stoot ze naar buiten.

'Wat is fijn?'

'Die aanrander.' Ze is moe. Communiceren is een van de lastigste dingen op de wereld, zeker als je maar een uurtje geslapen hebt. In de hoek ziet ze twee vrije stoelen en ze snelt erop af.

Zodra Kees naast haar zit, gaat hij alweer verder. 'Ik had hem al een tijdje door, maar ik wilde het zeker weten. En ik denk dat ze een fout hebben gemaakt door hem te laten gaan.'

Moon sluit haar ogen en verdwijnt in haar hoofd.

'Reinier moet ermee te maken hebben. Ik heb alleen zijn motief nog niet helemaal uitgedacht. Best lastig, want die twee hebben een behoorlijk complexe relatie,' gaat Kees op zachte toon verder.

Het geroezemoes verdwijnt naar de achtergrond en het enige

wat er nog is, is de monotone stem van Kees en haar bonzende hart die ze in een te snel tempo in haar oren hoort gonzen.

'Ik heb Tanja afgeperst,' zegt hij met een trotse klank in zijn stem. 'Haar reactie zou direct het bewijs voor me zijn. Maar ze reageerde niet. Toch denk ik dat het haar gedrag heeft bepaald. Misschien dacht ze wel dat hij... Ach, het maakt ook niet uit. Ik kom er nog wel achter.'

Is het donker in je hoofd? Of rood van al het bloed dat erdoorheen gaat? Zwart, dat kan bijna niet anders. Haar gedachten moeten inmiddels een dikke teerlaag hebben aangebracht.

'Heb je me gehoord?' Kees legt zijn hand op haar arm.

'Ja. Ja, natuurlijk. Dat is een schok,' zegt ze automatisch.

'Weet je wat ik ook denk?'

Ze wil dat hij weggaat. Hij stoort. Toch humt ze zachtjes.

'Dat Reinier die zieke reacties op jouw blog heeft geplaatst. Zou hij hier zijn? Ik heb hem nog niet ontdekt, maar als iemand...'

Moon heeft het drietal weer in het oog. Tanja is goed te onderscheiden. En akelig herkenbaar met dat minuscule masker. Vast expres. Ze is continu om zich heen aan het kijken en Moon vraagt zich af of ze echt kijkt, of vooral bekeken wil worden.

'Daar weet je zelf het antwoord wel op,' mompelt ze.

'Ik wilde je wat vragen.' Kees is zowaar even stil. Zeker een paar seconden. 'Mag ik je straks thuisbrengen, Moon? Gewoon om zeker te zijn dat je veilig bent?'

'Ik blijf niet zo lang meer,' zegt ze snel.

'Dat maakt niet uit. Dan ga ik gewoon met je mee. Ga je nu jouw geheim onthullen? Tanja zei net...'

'Straks, Kees.' Ze gaat met een diepe zucht overeind zitten. Hij moet weg. Hij is gevaarlijk voor haar. Niemand mag weten dat ze er is. Nog niet.

'Geef je me dan een seintje? Ik breng je met liefde thuis. Ik ben met de auto, dus dan hoef je niet het hele eind op die hakken te lopen. Zo herkende ik je namelijk. Je bent niet van de hoge hakken, hè?'

Moon ziet Tanja naar het podium lopen. Haar masker kan haar zelfingenomen houding nooit verbloemen.

'Het was best moeilijk om mijn mond te houden, maar je weet het, ik ben te vertrouwen.'

Moon draait zich naar hem toe. 'Mensen die dat zeggen, zijn vaak de grootst mogelijke leugenaars ooit.'

Hij schrikt echt.

'Maakt niet uit, Kees. Haal maar een drankje voor me, dat zal ik straks nodig hebben. Ik zal eerst Tanja inlichten.'

Ze wil al opstaan, maar wordt door Kees tegengehouden. 'Maar ze weet het toch al? Ze gaat je zo aankondigen, dus misschien moet je vast naar voren lopen.'

'W-wat? Maar Tanja weet helemaal niet…'

Zie je wel, een van die twee heeft gekletst! Ze had het kunnen weten. Ze moet maken dat ze wegkomt.

Op dat moment vraagt Tanja om de aandacht. De muziek zwijgt en de gasten dringen naar het podium.

Moon verstilt vanbinnen. Haar tong ligt droog in haar mond. Ze zou een moord doen voor een drankje, maar ze kan zich niet bewegen. Nu komt alles uit. Dit is het moment dat ze al die tijd gevreesd heeft. Er zit een mierennest in haar buik met vele strijders die haar van binnenuit opvreten. Het is voorbij.

Terwijl de minuten zich aan elkaar rijgen en zich niet over de toekomst bekommeren, krimpt ze zelf langzaam in elkaar. Ze ziet haar aartsvijand met grote gebaren de aandacht naar zich toe trekken. Hoe kan het toch dat Tanja niet heeft laten blijken dat ze het wist van haar blog? Dat ze haar niet eens heeft opgezocht?

Dan spreekt Tanja de woorden uit die zij had moeten zeggen. Over haar mooie teksten, het café en de verbinding, maar ook over alleen zijn. Nu komt het allemaal uit en tegelijkertijd gaat het alles verpesten.

Ze richt haar blik naar boven waar ze naartoe zou willen vluchten. Binnen een paar seconden, als alles anders wordt.

De bezoekers houden hun adem in; zelf stikt ze bijna.

'Ik heb zelf deze blog opgezet. Ik ben de schrijfster,' hoort ze Tanja zeggen.

Als Moon de woorden hoort, kan ze het onmogelijk geloven. Haar verbazing heeft plaatsgemaakt voor een allesverterende verbijstering. Tanja snijdt schaamteloos de liefde uit haar hart.

AMY

Amy heeft het gevoel dat ze haar vriendin heeft verraden, maar ze kon niet tegen Tanja op. Die stond al bij de microfoon voor ze een manier had bedacht om Moon de credits te kunnen geven die ze verdient. Nu is het te laat.

Tanja loopt stralend door de zaal om de felicitaties in ontvangst te nemen. De cameraploeg is er als de kippen bij om de nieuwbakken schrijfster te interviewen. Gepijnigd draait Amy zich van het tafereel af. Het liefst zou ze nu naar huis gaan, wegkruipen onder een fleecedekentje op de bank en een tranentrekker aanzetten.

Terwijl het feest een nieuwe fase ingaat en er steeds meer stelletjes op de dansvloer verschijnen, duikt ze zelf weg achter een statafel in de hoek. Voor haar neus bungelen slingers die de feestvreugde allang niet meer verhogen en er staan glazen die als vergeten trofeeën zijn achtergelaten. Ze staart naar het scherm dat in de nu meer verduisterde zaal nog beter zichtbaar is. De snelheid waarmee nieuwe tweets geplaatst worden is afgenomen. Er is meer aandacht voor elkaar dan voor de digitale contactenstroom.

Elke keer dat iemand in haar richting kijkt, schrikt ze. De Dater is hier, daar is ze van overtuigd. Zijn tweets leken rechtstreeks aan haar gericht. Ze draagt zijn favoriete kleur. Hij ziet haar, maar ze heeft geen idee hoe hij eruitziet. Of is het toch een zij? Het is beangstigend dat er in iedere feestganger een mogelijke aanrander schuilt. Als ze maar tussen de mensen blijft, dan is ze veilig.

Ze is verbijsterd hoe Tanja in staat blijkt om vol overgave een leugen te verkondigen. Het heeft het feest gered, de opluchting in de zaal was goed te zien. Maar het schept een nepveiligheid, daar is ze zich volledig van bewust. En dus houdt ze iedereen om zich heen in de gaten.

Aan de andere kant van de zaal staat een man alleen. Hij is dun en steekt boven iedereen uit. Hij valt op in het gezelschap. Maar het is niet alleen zijn lengte, er is iets anders. De gebogen houding? Of zijn het die immens lange armen die als slierten spaghetti langs zijn lijf waaieren? Als hij weer in haar richting kijkt, draait ze zich snel af. Waarom kijkt hij steeds naar haar? Ze voelt haar benen week worden en klemt zich vast aan het tafeltje. Ze dwingt zichzelf weg te kijken.

Weer een tweet:

De Dater @Utrechtse_Dater

Liefde is vreselijk. Het is zwarter dan wit. #Blinddate17

Amy spreekt de woorden een aantal keren uit. Ze is blij dat hij het niet meer over rood heeft, maar wat bedoelt hij hiermee?

'Ze is in het zwart.'

Ze gilt het uit en springt zeker een meter naar achteren. Vele maskers draaien zich naar haar toe.

Dan ziet ze wie het is. 'Shit, Kees, wil je dat nooit meer doen.' Amy ademt langzaam uit.

'Moon is hier.'

'Dat zei Nick ook al.'

'Heb jij haar nog niet gezien?'

'Nee, maar dat zegt niets. Er zijn zo veel mensen en iedereen heeft...'

Kees onderbreekt haar: 'Ze is in het zwart.'

Ze snuift zachtjes. 'Dat is ze altijd.' Dan draait ze zich met een ruk naar hem toe. 'Weet jij waar ze nu is?'

Kees heeft twee glazen in zijn hand en neemt om de beurt van elk een slok. Hij knikt en tovert een brede glimlach om zijn lippen.

'Hoelang geleden heb je haar gezien?'

Hij kijkt naar de klok en zegt: 'Ze heeft nog tien minuten nodig.'

‘Waarvoor?’ Amy pulkt aan de kanten randjes van haar robe.

Kees haalt zijn schouders op en morst daardoor witte wijn op het tafelkleedje. Snel zet hij beide glazen neer.

‘Moon is niet in orde,’ zegt ze dan. Ze wil veel meer zeggen, over de pillen, de rusteloosheid en de stemming waarin ze verkeert, maar ze houdt zich in. ‘Het is beter als ze zich gedeisd houdt, anders zou het weleens gevaarlijk voor haar kunnen worden.’

‘Moon weet precies wat ze doet. Ze ging een babbeltje met haar baas maken en had daar een halfuurtje voor nodig, zei ze. Dan sluit ze het feest in stijl af. En daarna mag ik haar naar huis brengen.’ Na de laatste zin krult er een zelfvoldane glimlach om zijn mond.

Amy zucht diep. ‘Maar wat gebeurt er dan over tien minuten?’

‘Negen.’

‘Wat gaat ze doen? Ze gaat haar geheim toch niet bekendmaken? We hebben net…’

Kees draait zich met een ruk naar haar toe, zijn lippen klemt hij stevig op elkaar. ‘Weet je wat jij moet doen, Amy? Je zou eens kunnen beginnen om je vriendin te steunen. Moon voelt zich volkomen verlaten door iedereen. Alleen al door de manier waarop Nick en jij alles zogenaamd voor haar hebben geregeld.’

Amy deinst terug. ‘Het afgelopen jaar héb ik haar gesteund. Ik deed niet anders.’

‘En je pikte haar ideeën, klom omhoog in Tanja’s aanzien, waarbij je ook nog tussendoor haar vriend afpikte.’

‘Wat?’ Amy staart hem verbijsterd aan.

‘Nou, ontken het dan?’ Kees krabt aan zijn neus waardoor het masker een stukje omhoogschuift. De tranen springen in Amy’s ogen. Kees komt nog dichter bij haar staan. Haar lichaam reageert op de herinnering aan hun contact.

‘Ik mis je, Kees.’

Maar hij kijkt geïrriteerd de andere kant op. Het doet pijn. Nog maar een paar weken geleden waren ze geliefden en nu lijken ze een kibbelend echtpaar.

'Het is andersom. Zij heeft jou van míj afgepikt. We hadden zo veel...' Een snik belemmert haar om verder te praten. 'Ik was zo verliefd op je en jij koos voor haar.'

De muziektonen dansen om hen heen maar Amy voelt alleen maar de verstikkende pijn diep vanbinnen. Er is geen feest meer, geen uitdaging om er een groot succes van te maken. Ze voelt alleen haar knie trillend tegen die van Kees aan en ze realiseert zich dat ze hem kwijt is.

Ze haalt haar neus op en recht haar schouders. 'Ik moet weg, Kees. Neem me niet kwalijk.'

'Pas goed op jezelf!' roept hij haar achterna.

De maskers staren haar allemaal aan, terwijl ze het liefst wil wegduiken. Terwijl zij bezig is geweest om Moons droom uit te laten komen, is ze die van zichzelf kwijtgeraakt.

Ze rent door de dansende menigte, botst op een stel dat net iets te enthousiast een samba danst, en zoekt wanhopig naar een plek waar ze kan schuilen. Terwijl ze zich tegen het podium aandrukt, merkt ze de rumoerige sfeer. Er is iets veranderd. Er wordt niet meer geschuifeld, er wordt vooral gelachen.

Er gaat een luid boegeroep op als de volgende tweet op het scherm verschijnt.

De Dater *@Utrechtse_Dater*

Zwart is de kleur van de haat. #Blinddate17

Direct erna volgen nieuwe tweets elkaar in een snel tempo op. De Dater wordt uitgedaagd: *Laat je maar zien, we zijn niet bang. Waarom verberg je je? Wat is jouw lievelingskleur? Ben jij misschien Rainbow Man? Kom maar tevoorschijn. We lusten je rauw.*

Er klinkt gelach als er een foto gepost wordt van een duwende massa mensen. *De massa is sterk*, staat erbij. *Pas zelf maar liever op.*

'Tien minuten,' fluistert ze. 'En dan?'

Een blik op de klok zet haar hart in de vijfde versnelling. Nog acht?

Amy laat de woorden van Kees opnieuw tot haar doordringen. Dan snapt ze wat hij bedoelt. Moon wil zelf kiezen hoe ze uit de schaduw stapt. Direct daarna wil ze vertrekken. Vandaar dat thuisbrengen. Moon denkt het zo goed te regelen.

Ze moet naar Nick, die weet precies hoe Moon eruitziet. Maar die Dater dus ook! Ze moeten haar waarschuwen. Ze moet zich verborgen houden, voor het te laat is.

Weer baant ze zich een weg door de menigte, met haar ogen gericht op de klok die de minuten veel te snel voorbij laat gaan. Ze zou iedereen wel willen toeschreeuwen dat ze weg moeten. Dat ze de Dater niet moeten uitdagen. Zwijg, voordat jij misschien in het vizier terechtkomt. Deze dater wil je liever niet ontmoeten.

TANJA

Ze kijkt genietend om zich heen en knikt naar mensen die hun gekleurde maskers naar haar toe draaien. Er wordt haar een drankje in handen geduwd en ze heft het glas naar de man die direct zijn hoofd buigt en haar een mysterieus knikje geeft. Net voor hij zich van haar afdraait en wegloopt, dringt zijn blik bij haar naar binnen. Dan verdwijnt hij in de menigte.

Ineens voelt ze de angst die tegen haar borstkas duwt. Wie is dat? Door die verrekte maskers herkent ze niemand.

Schichtig kijkt ze om zich heen. De echte dader gaat hier toeslaan. Natuurlijk! Dit is zijn podium. Hij geilt op de aandacht. En is het niet tijdens het feest, dan zal hij direct na het feest op zoek gaan. Als het donker is. In de nacht. Bij een vrouw die alleen naar huis gaat. Snel zet ze het drankje weg. Ze kan niemand vertrouwen.

Bij een grote bos chrysanten in herfstkleuren staat een groepje gasten te praten. Een van hen is een voor haar bekende vrouw. Shit, dat mens in het wit is gewoon gebleven. Ze kijkt steeds haar kant op waarbij de zilveren kraaltjes trillen in het weinige licht. Het dreigement heeft dus niet gewerkt, sterker nog, het lijkt zelfs een averechts effect te hebben gehad. Dat kreng verspreidt haar leugens onder alle bezoekers.

'Kijk, daar is ie weer.' Een zware stem ergens achter haar. Ze volgt een wijzende vinger naar het scherm.

De Dater *@Utrechtse_Dater*

Wit is de kleur van de verwarring. #Blinddate17

Naast haar schieten stemmen omhoog en ze heeft het idee dat iedereen ineens naar haar kijkt. Ze buigt haar hoofd en strijkt haar jurk glad. De tweets bezorgen haar een zenuwinzinking. Nick moet dat ding uitzetten! Iedereen wordt er nerveus van. Zijzelf misschien nog wel het meest.

'Sorry, mag ik erlangs?' Tanja duwt de ene na de andere feestganger opzij. Ze hoort schel gelach om zich heen. Ze ruikt bier en zelfs iets van sigarettenrook. Maar haar blik is gericht op Nick die als een lichtgevende pion naast het podium staat opgesteld, zijn blik gericht op zijn mobiel.

De controle is zoek. Het feest gaat een eigen leven leiden en haar rug voelt naakt en kwetsbaar. Ze heeft zichzelf altijd afgedekt. Geen risico gelopen. De winst was voor haar, de verliezen voor de andere partij. Zo werkte ze altijd. Waarom heeft ze zichzelf dit keer als schild voor een onbekende vrouw geplaatst? Op die manier steekt ze haar nek te ver uit en die vrouw in het wit kan haar daardoor makkelijker te grazen nemen.

Natuurlijk is de blog een risico waard, maar dit gaat te ver. Ze moet zichzelf weer verdekt opstellen en de echte schrijfster naar voren duwen. Het zal haar geloofwaardigheid een knauw geven, maar dat is het waard. Nick en Amy weten wie het is. Ze zal eens een hartig woordje met ze wisselen.

Net als ze zich langs een tafel heeft geperst, wordt ze aan haar arm tegengehouden. Ze wil zich losrukken, maar de vingers sluiten zich stevig om haar bovenarm. Als ze omkijkt ziet ze een vrouw. 'Ik weet wie de blog schrijft,' sist die haar toe.

AMY

De paniek golft door haar lijf. Ze haat al die domme mensen die doen alsof het feest is. Waar is Nick? Het is alsof ze haar kind kwijt is in een druk winkelcentrum. Overal mensen die gezellig kletsen, terwijl haar wanhoop steeds groter wordt.

'Aan de kant,' roept ze tegen iedereen die ze tegenkomt.

Er klinkt een gil. Amy kijkt gealarmeerd om, maar ziet dan dat iemand speels omhooggetild wordt en daarna een stevige omhelzing krijgt van twee mannen.

Het is niet te bevatten dat haar vriendin ergens in deze deinende maskerade zit. Ze kent Moon zo goed, waarom herkent ze haar niet? 'Zwart, let op zwart,' zegt ze steeds opnieuw tegen zichzelf.

Om zich heen hoort ze mensen lacherig praten over Tanja's openbaring. Niemand schijnt te geloven dat zij de blogs schrijft. Ze had het kunnen weten.

De klok geeft haar nog zes minuten. Ze moet haar voor die tijd gevonden hebben. Of brengt Kees haar dan naar huis? Dan is er dus nog minder tijd voor…

'Kees.' Ze stopt abrupt. Een man botst van achteren tegen haar aan, maar ze merkt het niet eens. De paniek schiet door haar heen. 'Nee, niet Kees.' Toch lijkt het ineens zekerder dan dat een plus een twee is. Hij plakt al weken aan Moon alsof ze een postzegel is die hij liefst de hele dag wil likken. Hij weet precies wat ze doet, zowel op haar werk als met haar blog. Kees is zo gek van haar dat hij een ander melkwegstelsel voor haar zou bewerkstelligen. Shit, en Kees heeft rood haar! *Rood is de kleur van de liefde. Maar ook van gevaar.* Daarmee heeft hij zich verraden. En hij brengt haar dus naar huis... Kees en Moon. Moon alleen, met Kees.

Een hand grijpt haar om haar middel en tilt haar op. 'Dag mooie meid, alleen vanavond? Wil je daten of dansen?'

Ze probeert zich los te maken, maar zijn vingers zijn sterker.

'Laat me los, ik moet...'

'O, nou zie ik het. Jij bent het rode gevaar. Kom maar mee, ik zal je redden.' Hij trekt haar ruw tegen zich aan en loopt naar de zijkant van de zaal. Om zich heen hoort ze vrolijk geklets, iedereen zoemt voorbij. Binnen in haar komt de storm tot rust. Het is zover.

'Nee, niet...' Amy duwt tegen het harde lijf van de onbekende. Hij is zeker een kop groter en boven het witte masker steekt een kaal hoofd uit. Terwijl ze wanhopig probeert los te komen kan ze niet voorkomen dat hij haar meetrekt naar de gang.

De angst verdwijnt. Alle mensen verdwijnen naar de achtergrond. Het geluid verstilt. Het is alleen deze kale man en zij. Ze registreert feilloos zijn brede gouden ring en het kettinkje met het kruisje. Geen borsthaar. Een kleine moedervlek in zijn hals. Nu het zover is, voelt ze de adrenaline stromen. Dit is hem. Ze moet helder blijven. Haar vingers verkrampen. Ze laat zich niet zomaar meenemen.

Ze zet haar nagels op zijn masker en trekt het naar beneden. Dan haalt ze opnieuw uit, nu over zijn wang. Zijn te lichtblauwe ogen zijn groot van verbazing.

Dan begint ze te schreeuwen, beheerst maar keihard. 'Hij is de Dater. Laat me los!' Haar keel staat in brand, maar ze schreeuwt door, tot hij haar plotseling loslaat en ze achterover op de grond valt.

Ineens hangt het bekende blauwe masker van Nick voor haar gezicht. 'Amy, ben je in orde?'

'Hij...' Ze wijst naar de man die probeert weg te komen.

In een paar passen staat Nick naast de man. Amy wacht tot hij hem neer zal slaan en hem daarna in bedwang zal houden. Ze is veilig. Het is haar gelukt.

Maar er gebeurt niets van dit alles. Nick slaat kameraadschappelijk op de schouder van de man die nog een laatste gemene blik in haar richting werpt voor hij zich weer naar de zaal begeeft.

'Het was gewoon een van de bezoekers,' zegt Nick voor de zoveelste keer, terwijl hij naast haar zit en haar kleine slokjes water geeft.

'Hij wilde me meenemen. Hij was het.' Ze zucht de woorden naar buiten, maar al veel minder krachtig dan even geleden.

'Je bent een beetje gespannen, denk ik.'

Amy ademt diep door en probeert terug te schakelen. 'Nog maar een paar minuten.' Het schiet naar buiten.

Nick kijkt haar verbaasd aan. 'En dan?'

'Dan gaat Moon naar huis.' Terwijl ze het zegt, vliegt ze overeind. 'En Kees brengt haar. Is dat niet verdacht? Hij wil haar voor zich alleen hebben. Ik denk dat hij...'

'Rustig, Amy. Je ziet spoken. Kees is echt de meest eerlijke vent die ik ken. Hij is gek op Moon, dat voelde ik al vanaf het moment dat ik ze samen in het café zag zitten. Hij wil haar alleen maar helpen.'

Ze weet niet meer wat ze moet denken. Haar verwarde hoofd kan de gedachtestroom niet meer aan.

'Ik vertrouw het niet. Hij moet meer weten. Hij heeft toch rood haar?' Wanneer ze dat hardop zegt, beseft ze hoe belachelijk het klinkt. Hoe heeft ze ook maar een moment kunnen denken dat haar Kees iets te maken had met welke aanranding dan ook. 'Sorry.'

Een man duikt naast hen op. Lange witte armen naast zijn lijf. 'Mag ik even onderbreken?'

Amy duwt zich tegen Nick aan, maar die staat meteen op om de man met de spaghettiarmen te woord te staan.

'Ik heb mijn nieuwe date al even niet meer gezien.' Hij vervolgt op monotone stem dat het tussen hen direct raak was geweest, en dat ze nog even naar het toilet ging voor ze naar huis zouden gaan. Samen. 'Maar sindsdien is ze niet meer opgedoken.'

Nick probeert met zachte bewoordingen uit te leggen dat vrouwen soms bang worden en dan op de vlucht slaan. Amy voelt zich aangesproken en wrijft over haar pijnlijke bovenarm waar ze de knellende greep nog voelt.

'Maar ze heeft haar handtas aan mij in bewaring gegeven.' De man buigt zijn lange nek alsof hij zich nogmaals wil vergewissen dat het toch echt zo is.

De intonatie verandert als Nick kort en zakelijk vragen begint te stellen. Maar als ze de beschrijving van de vrouw hoort, veert ze op. 'Een in het wit geklede dame, met een zilveren masker? Nog maar even geleden stond Tanja met haar te praten. Heeft ze onder die witte jurk een...' Ze stokt. Het valt alleen vrouwen op dat die vrouw de kleur van haar lingeriesetje compleet fout gekozen heeft of dat ze wel heel graag wil laten zien wat ze te bieden heeft.

'Bij Tanja?' Nick draait zich naar haar toe. 'En daarna?'

'Volgens mij liep ze naar de gang. Ze zag er nogal verslagen uit.' Amy probeert zich te herinneren wat ze heeft gezien, maar haar aandacht lag toen heel ergens anders. 'Hij wil verwarring veroorzaken,' zegt ze zacht. Ineens beseft ze dat deze vrouw gevaar loopt. In die tweet heeft hij zijn nieuwe slachtoffer aangekondigd.

Nick knikt. 'Luister Amy. Ik heb geen idee wat Tanja ermee te maken heeft, maar ik ga op zoek naar de witte dame en jij moet de bezoekers afleiden. Moon heeft je heel hard nodig, want zij kan zomaar de volgende zijn.' En weg is hij.

De man staat nog steeds met hangende armen naast haar, maar ze heeft wel wat anders aan haar hoofd dan deze man gerust te stellen. 'Moon is de volgende.' De zin ijlt nog na.

En terwijl ze in de richting van het podium loopt, beseft ze ineens wat ze moet doen. Het is de enige manier om zowel Moon te redden als om de aandacht van het publiek vast te houden. In gedachten duimt ze als een razende dat Moon zal luisteren. Ze zal haar rechtstreeks aanspreken. Dan komt ze wel. Hoopt ze.

De paniek ebt weg. Resoluut loopt ze naar de band en vraagt om een moment stilte. Dan loopt ze het podium op.

Al die gezichtloze figuren staren haar aan. Een beeld dat haar angst aanjaagt, alsof ze dit ooit eerder in een nachtmerrie heeft gezien. Holle ogen, willoze poppen, gehuld in kleurige kleding. Nu komt het erop aan.

De seconden drijven weg, terwijl ze wacht tot de muziek is uitgespeeld. Het is haar duidelijk dat dit haar plek niet is. Laat haar maar op de achtergrond opereren, mensen steunen die niet verder kunnen. Daar haalt ze haar voldoening uit. En mensen als Tanja kun je maar beter op afstand houden. Die overschaduwen de mensen om hen heen waardoor die steeds verder verpieteren. Haar eigen dosis Tanja is wat haar betreft al ver overschreden. Hoe heeft Moon dat zo lang uitgehouden? En nu is Moon ziek. Ze is zelfs zieker dan ze dacht.

De laatste tonen van de muziek sterven weg. Het is nog niet te laat. Ze moet de juiste woorden vinden, hopelijk komt Moon dan uit haar schuilplaats.

'Mag ik even de aandacht?' Ze pakt de microfoon met beide handen vast.

Haar knieën trillen en door het zweet plakt het masker aan haar gezicht. Alles komt nu op haar neer. De klok boven de uitgang geeft nog iets meer dan een minuut aan. Dan zal Kees bij haar zijn. Dan komt het goed. Seconden die wegtikken alsof het de laatste zijn.

'Geachte aanwezigen.'

Rot op! Dit zijn Tanja's woorden. Moon is anders en het is háár feest. En dus begint ze opnieuw.

'Hoi allemaal.'

Er komt direct reactie uit de zaal.

De woorden stromen langzaam toe. 'Het datingcafé is een groot succes!' Er klinkt direct applaus.

Moon, hoor je dat? Ze klappen voor jou!

'Jullie hebben je prachtig uitgedost en het feest is in volle gang. Toch ga ik dit even onderbreken.' Ze haalt diep adem voor ze vergaat. 'We hebben een belofte gedaan en die ga ik nu inlossen.'

De stilte zoemt door de zaal.

'Er is namelijk maar één persoon die hier in deze schijnwerpers hoort te staan. De schrijfster van de blogs.'

Verbaasde kreten. Tanja's naam wordt ergens achter in de zaal geroepen en al snel wordt het door veel mensen overgenomen.

Amy schudt zachtjes haar hoofd. 'Nee, zij niet. De echte schrijfster is een mooi mens. Een gevoelig persoon. Zíj heeft al die herkenbare verhaaltjes geschreven over wat daten inhoudt.'

Er klinken stemmen uit de zaal: 'Waar is ze dan? Is ze een van de aanwezigen? Laat haar het masker afdoen, dan doen wij dat ook!' Veel mensen laten hun instemming horen.

Amy glimlacht moeizaam en doet een pas naar voren. Langzaam zakt het geluid weg.

'De maskers, ja daar gaat het allemaal om. Ze is namelijk mijn vriendin en ze...' Het is alsof iedereen zijn adem inhoudt.

Ineens ziet ze iemand die door de menigte naar voren komt. De felle lampen in haar gezicht maken het onmogelijk om de persoon te herkennen. Een zweetdruppel loopt in haar linkeroog. Het prikt, maar ze kan niet in haar ogen wrijven. Rot masker. Ze heeft er schoon genoeg van. Dat stomme gedoe. Ze gooit het kreng opzij.

Nog dertig seconden. De grote wijzer hoort ze bijna stukje voor stukje verschuiven.

Nick duikt naast haar op, snel houdt ze de microfoon achter haar rug.

'Ik heb haar gevonden,' hijgt hij in haar oor. 'De Dater heeft een nieuw slachtoffer gemaakt. Blijf praten en zorg dat er geen paniek uitbreekt, dan bel ik de politie.'

Voor ze iets kan vragen is hij alweer verdwenen. Amy blijft ademloos achter. Wie heeft hij gevonden? Is Moon nog veilig?

TANJA

De onbekende vrouw loopt voor haar uit naar de trap. Tanja's blik flitst van de zaal terug naar de vrouw. Ze komt haar vaag bekend voor, maar die hese stem kan ze niet thuisbrengen. Iets in haar houding maakt dat ze zich losmaakt van het feest en haar volgt. Weet ze echt meer?

Als ze de deur naar de traptoren bereiken, houdt ze haar pas in. Maar de vrouw loopt zonder vaart te verminderen door en verdwijnt in het trappenhuis. De deur sluit zich achter haar. Even aarzelt Tanja, daarna snelt ze naar de deur en glipt de toren in. Het geluid van het feestgedruis is ineens verdwenen. Er heerst een bedompte stilte die slechts onderbroken wordt door haar eigen voetstappen. Waar is ze gebleven? Naar boven of... Dan ziet ze dat de vrouw al enige treden is afgedaald.

'Wacht. Kunnen we hier niet...?'

Er komt geen reactie en dus loopt Tanja achter haar informant aan. De zwarte jurk zorgt ervoor dat haar smalle schouders bleek afsteken, toch straalt de vrouw kracht uit. Is zij misschien zelf de onbekende schrijfster? Of heeft ze cruciale informatie over die Dater?

Terwijl ze de trap afdaalt, begint er iets in haar maag te kriebelen. Iets in de afstandelijke houding maakt haar voorzichtig. Stel dat die Utrechtse Dater helemaal geen man is?

'Sukkel,' sist Tanja zacht tegen zichzelf. Loopt ze nu alsnog in de val?

Ik volg je tot de buitendeur, niet verder. Zolang ik binnen blijf, kan me niets gebeuren. Ze blijft zichzelf moed inspreken.

Ze volgen de marmeren lambrisering naar beneden. De gotische ramen gluren de donkere nacht in, terwijl een zacht schijnsel van sfeervolle kaarslampen de gladde treden verlicht. Hoe rustig ze ook loopt, haar hakken tikken luid op het marmer. Het lijkt alsof de vrouw voor haar geluidloos over de treden naar beneden glijdt. Hoe doet ze dat?

Uiteindelijk loopt ze door naar een ruimte die aan de achterkant van het gebouw is. Ze stopt voor een deur en schrijdt naar binnen. Tanja blijft staan.

En nu? Heel behoedzaam nadert ze de deur waarop een bordje hangt. 'THEATER,' leest ze hardop.

Ze aarzelt. Maar dan opent ze voorzichtig de deur en gluurt naar binnen. Voor haar is een trap zichtbaar en helemaal bovenaan ziet ze een zacht schijnsel. Terwijl ze de trap beklimt wordt er een podium zichtbaar. Ertegenover staan vele blauwe stoelen als getuigen opgesteld.

Ze is verbaasd omdat ze niets afweet van deze ruimte. Waarom heeft Amy deze zaal geheim gehouden?

'Hier leggen mensen hun belofte van trouw af,' zegt een lage vrouwenstem achter haar. Is dit dezelfde persoon?

De intonatie geeft herkenning. Verbaasd om de bizarre mengeling aan vertrouwd en afwijkend, draait ze zich om.

De vrouw staat vlak voor haar! Er flitst iets langs en landt zwaar op haar hoofd. De felle pijn komt vertraagd binnen. Daarna is er slechts een oprukkende zwarte mist. Terwijl ze wegzakt ziet ze de ogen achter het masker. Een laatste vraag dwarrelt door haar verwarde hoofd, en dan weet ze ineens wie het is.

MOON

De vele krachttrainingen met de boksbal hebben haar spieren sterk gemaakt. Daardoor heeft ze het ook nu weer binnen een paar minuten voor elkaar. Toch is het anders. Die witte dame was een eitje, deze tang is taai. De misprijzende manier waarop de vrouw in het wit haar benaderde raakte haar aan op ongewenste plekken. Ze is genoeg gedenigreerd. Dat pikt ze niet meer. Nooit meer.

Moon kijkt om zich heen. De stoelen staren haar aan met lege gezichten. Het is de laatste keer. Haar eigen finale. Het is bijna voorbij. Het touw heeft al de hele avond om haar middel gekneld gezeten, alsof zij het slachtoffer was. Nu is ze vrij in tegenstelling tot dit kreng. Ze geeft er nog een laatste ruk aan en doet een paar stappen naar achteren om het resultaat te bekijken.

Midden op het podium zit een figuur, enkel gekleed in een blinddoek. Haar hoofd hangt scheef en naast haar ligt een rommelige hoop kleren. Die moet ze nog even opvouwen.

Ze neemt de tijd om de antracietgrijze jurk en de flinterdunne onderkleding in een mooie stapel naast het slachtoffer te leggen. Het masker legt ze erbovenop, als een kers op de taart.

Moon gaat op een stoel tegenover haar baas zitten. Ze pakt haar mobiel en stuurt een tweet de ether in.

De Dater *@Utrechtse_Dater*

Grijs is de kleur van de naakte waarheid. #Blinddate17

Dit is het moment waarop ze al die tijd gewacht heeft. En nu is het zover. De rollen zijn omgedraaid.

'Geniet, Moon,' mompelt ze tegen zichzelf. Ze kijkt naar de wegtikkende seconden op haar display. Het is tijd. 'Wakker worden.'

'Wat…?' Tanja's hoofd schommelt heen en weer tot ze zich opricht. Het duurt even voordat tot Tanja doordringt wat er gebeurd is.

'Dag Tanja.'

Er komt geen antwoord.

Het moment van verwarring heeft ze tot nu toe altijd gemist omdat ze tegen die tijd alweer onderweg was. De schaduwen riepen haar; de vrouwen bleven achter. Vrouwen die haar gekleineerd hadden. Of die gewoon voordrongen bij de bar alsof ze haar niet hadden opgemerkt. En als ze er dan wat van zei, keken ze haar geringschattend aan en lachten. Ze lachten! Hard en gemeen. Net als toen. Daarom wilde ze hen duidelijk maken dat kleineren een misdaad was. Net als pesten op school. Het doet pijn om genegeerd te worden.

De verschrikkelijke vernedering in het park heeft haar ogen geopend. Vanaf dat moment liet ze zich niet meer wegsturen, niet meer negeren en vooral niet meer kleineren. Het plan om wraak te nemen lag al ergens op haar te wachten. Het werd tijd om op te staan en te laten zien wie ze was. Die vrouwen waren zo gretig op aandacht gericht dat ze het graag gaf, alleen op een manier die ze vast anders hadden gewild. Alleen. In het donker, net als zijzelf. Stomme mokkels.

Vandaar dat ze haar eigen straf uitdeelde. Aan de daders van dit soort onzichtbare misdaden.

Bij Tanja had ze niet direct in de gaten dat ze gemanipuleerd werd. Managers doen een speciale opleiding waar ze leren om ondergeschikten naar hun hand te zetten. De juiste hoeveelheid geslijm, gecombineerd met harde eisen. Worstjes voorhouden en ze altijd weer wegtrekken. Zelf in het gewin komen met ideeën van hun werknemers. Zo groeien ze en duwen ze de mensen onder zich steeds verder omlaag.

Nooit heeft ze gedacht dat ze zo tegenover haar baas zou staan. Maar de dood had haar ogen geopend en de ratrace gestopt. In plaats van de steun die ze na de dood van Chiel zo goed had kunnen gebruiken, had Tanja haar nog verder onder de grond geschoffeld. Ze had haar collega's tegen haar opgezet, en daarna tegen haar gezegd dat iedereen vond dat ze niet goed meer functioneerde. Tanja wist precies hoever ze daarmee kon gaan. En toen ze doorkreeg dat het tegen haar ging werken had haar baas haar een etentje aangeboden. Geld, geen steun. Alsof ze haar onethische manier van managen kon afkopen. Ze was met Amy uit eten gegaan, maar het smaakte bitter.

Moon geeft opnieuw een tikje tegen Tanja's wang. 'Word eens wakker. Je bent toch altijd zo alert?'

Nu het zover is, geeft het haar een enorme voldoening.

'Hallo, ik ben het,' zegt ze simpel en ze zet haar masker af en trekt de pruik van haar hoofd. Dat lucht op.

De stem moet voldoende zijn. Toch duurt het even voor Tanja zover is bijgekomen dat de herkenning terugkomt.

'Nee, er is hier niemand die je kan horen,' zegt ze snel als ze ziet dat Tanja wil gaan schreeuwen. 'Bovendien…' ze grinnikt. '… wil je dat ze je zo vinden? Of is dit misschien juist het tenue waarin je je het prettigst voelt? Dit is denk ik de meest intieme blind date die je ooit hebt gehad.'

'Wat wil je, Moon?' De stem klinkt schor.

'Ik ben niet zo gemeen als… als jij.' Moon zoekt naar woorden, maar ze kan er niet bij komen omdat ze hier eigenlijk allang niet meer wil zijn. Ze wil hier weg. Het is eindelijk voorbij. 'Ik gun je zelfs in dit laatste moment nog je blinddoek. Vind je dat fijn?' Moon wrijft in haar brandende ogen. 'Het duurt vast maar even voor ze je ontdekken.' De glimlach valt nauwelijks op te brengen. 'Maar *even*, hoor je dat? Even.'

'Je bent ziek.'

Moon schiet uit haar triomferende gevoel en landt in een duister landschap. Niemand zal haar ooit begrijpen. Ze is ziek gemáákt.

Het gaat erom dat ze zichzelf mag zijn. Dat niemand haar meer over het hoofd ziet. Dat niemand over haar praat alsof ze er niet bij is. Dat ze er is. Dat ze er mag zijn. Maar ze weet nu dat ze dat nooit gaat bereiken.

'Wat stom.' Tanja lispelt zacht, maar de woorden komen binnen. 'Je bent niets waard. Ik wist het eigenlijk...'

Moon ziet ineens de boksbal in volle glorie voor zich, met die gemene grijns die ze maandenlang heeft bevochten. De woede knalt naar buiten.

Een snerpende pijn trekt door haar hand. Het is als een voorbode van wat er verder nog staat te gebeuren. De kreun eindigt in een hijgende zucht. Zie je wel, Tanja is hetzelfde als al die anderen. Ze is niet beter. Of sterker.

Opnieuw haalt ze uit. Het zachte weefsel laat haar vuisten terugkaatsen. Ze bonkt hard op de lappenpop die voor haar zit. Die pijnlijke woorden moeten stoppen. Het onbegrip doet zo'n pijn dat messen haar vanbinnen bewerken. Keer op keer laat ze haar vuisten neerkomen.

'Het gaat om mij!' gilt ze hard. Ze hoort de echo die haar laat herhalen wat haar hele leven al speelt. 'Waarom ziet niemand míj?'

Pas als ze zich vele minuten later hijgend overeind houdt aan de leuning van de stoel blijkt dat Tanja voor haar zit. Haar hoofd hangt opzij en er loopt een straaltje bloed onder de blinddoek uit.

Moon staat op en loopt over het podium. Haar voeten zijn bloot en plakken vast aan de houten planken. Ze wrijft over haar knokkels die net zo gehavend zijn als die eerste keer.

'Mijn moeder is vertrokken, omdat ze mij niet wilde. Mijn vader zag me niet staan. En nu is hij dood. Wist je dat?' Ze wacht op antwoord, maar dat komt niet. Moon ziet de foto van Chiel voor zich met die helderblauwe kijkers waarmee hij altijd alleen de vrolijke dingen zag. Wat is er fout gegaan? Ze kan niet anders dan doorpraten omdat er nu eenmaal geen terugweg meer mogelijk is. 'Mijn blog was het enige wat ik over had. En jij hebt het afgepakt. Het is bezoedeld en het kan nooit meer worden zoals ik het voor me zag.'

'Ik wist niet dat jij het was.' De stem komt van ver.

Ergens boven zich hoort Moon een traag drumgeluid. Of is het haar hart dat langzamer gaat kloppen?

Als ze voor Tanja gaat staan, dwingt ze zich om de vrouw goed in zich op te nemen. Daar zit ze dan. Kwetsbaar in al haar naaktheid. Toch geeft zelfs deze ultieme wraak op haar baas haar niet het gevoel van triomf waar ze op hoopte.

Heel even verlangt Moon terug naar de tijd dat de pillen haar emoties verstilden. De watten dempten alles tot verwerkbare porties. Nu steekt haar verdriet met pijnlijke stekels naar buiten. Ze duwen haar naar een rand die haar eindelijk bevrijding zal geven.

Ze draait zich van Tanja af. Het is te zwaar. Niemand zit op haar te wachten.

'Ik heb je echt liefgehad,' fluistert ze denkbeeldig tegen Nick die haar ook in de steek heeft gelaten. Zijn liefde wilde ze voelen. Puur en diep. Maar ook die is haar afgepakt.

Er klinkt zacht gekreun naast haar.

Waarom heeft niemand het gezien? Al haar blogs kwamen recht uit haar hart. Elk woord, elke zin. Deze verbinding met mensen kon ze aan. In de verborgen digitale wereld. Iets anders bleek voor haar niet weggelegd.

'Jij bent de laatste,' zegt ze dan.

'Moon, niet... Ik zal je helpen. Ik...'

Moon haalt nog één keer uit en slaat alle 'ikken' aan gort, dan draait ze zich af en loopt naar de deur. 'Te laat,' mompelt ze.

Dan stuurt ze een laatste tweet de wereld in, zodat iedereen weet hoe ze ervoor staat.

De Dater *@Utrechtse_Dater*

Zwart is geen kleur. Dus die bestaat niet. #Blinddate17

Moon draait zich nog even om en loopt dan terug. Met een plechtig gebaar legt ze haar masker voor Tanja op de grond.

'Beschouw het maar als mijn handtekening,' fluistert ze.

En terwijl ze de treden naar de toren een voor een beklimt, voelt ze de kou langzaam bezit nemen van haar lichaam.

AMY

Het zweet breekt haar aan alle kanten uit, terwijl ze zich blijft afvragen of Moon wel in orde is. Nick is direct weer weggerend, maar heeft haar met haar vragen achtergelaten. Ze klemt zich vast aan de microfoonstandaard en richt haar blik over het publiek heen.

'Blijf rustig. Moon is in orde,' prevelt ze zacht, terwijl ze haar ogen strak op de klok gericht houdt. Het idee dat de wijzer gewoon verder schuift, terwijl de tijd verstreken is, is haar houvast. Ze leeft, Moon leeft nog.

Dan duwt ze de microfoon weer voor haar mond, haalt ze diep adem en begint te praten. Dit is voor jou Moon! Blijf bij me!

'Mijn vriendin heeft heel wat voor haar kiezen gehad. Toch bleef ze zich inzetten voor haar baas.' Even weifelt Amy, dan zet ze door. 'Ze durfde zich niet ziek te melden, bang als ze was dat ze niet goed genoeg haar best deed. Ze nam elke opdracht aan, werkte hard, zorgde ervoor dat haar resultaten niet gewoon goed, maar vooral uitstekend waren. Haar baas beloofde van alles, maar kwam haar beloftes niet na. Steeds opnieuw kreeg ze een harde duw en ze werd steeds ongelukkiger.'

Nu ze het verhaal van Moon onder woorden brengt ziet ze pas hoe haar vriendin geworsteld heeft. Het publiek luistert ademloos, alsof hun eigen verhaal verteld wordt. Soms klinkt er een onderdrukte snik.

De klok gunt haar een zee aan tijd, de druk is verdwenen. Als ze maar over Moon blijft praten komt alles goed. Nick zorgt nu voor haar.

'Tot ze het schrijven ontdekte. Eigenlijk was het per ongeluk. Ze wilde haar grote liefde vinden. Die ontdekte ze, maar het bleek een andere liefde dan ze gedacht had. Schrijven werd haar uitlaatklep. Het was prachtig om haar te zien opbloeien. Uit angst voor het harde oordeel van haar baas, verzweeg ze haar passie. En vanavond...' ze slikt om de tranen weg te duwen. 'En vanavond wordt het tijd om op te staan. Eindelijk kan ze zelf de waardering krijgen voor wat ze voor zo veel mensen betekent.'

Instemmend gemompel gaat als een zachte golf door de zaal. De een na de ander doet zijn masker af. Ineens staan er mensen voor haar. Hun ogen kijken haar vol compassie aan. Links achter in de zaal begint iemand te klappen. De een na de ander neemt het over. En algauw klinkt er een denderend applaus.

Amy weet niet zo goed wat ze ermee aan moet. Dit zou Moon moeten zien, maar waar is ze? Als ze haar mond opent, ebt het applaus langzaam weg.

'Mijn vriendin had nooit verwacht dat ze met haar blog zo veel mensen kon raken. Ze wilde alleen maar haar eigen ervaringen opschrijven. Verder niets. Maar in november...' Even is Amy van haar stuk gebracht. Kan ze dit wel vertellen?

Terwijl ze de mensen in hun ogen kijkt, neemt ze de beslissing. Het is tijd. Iedereen mag weten wie het is. De stilte hangt tussen het zwijgende publiek.

Met een enorme klap wordt er achterin een deur opengegooid. Iedereen draait zich om.

'Het is Moon!' gilt de man.

Er klinkt applaus en opgewonden gepraat.

Amy ziet Kees naar binnen rennen. Zonder masker. Pas als hij bijna bij het podium is, boren zijn wilde ogen zich in die van haar. Het is geen enthousiasme wat ze ziet, maar blinde angst.

'Het is Moon,' roept hij naar haar.

'Wat bedoel je?'

‘Moon...’

Er volgt een schreeuw: ‘Er staat iemand op het dak!’ De sfeer slaat ineens om. Schrille kreten schieten door de zaal. Iedereen stormt naar de gang.

Dan is Kees bij haar. ‘Moon zit op het dak. Ze gaat springen.’

MOON

De wind streelt haar blote armen en tilt soms zacht haar haren op alsof hij ze wil kammen. Verzorgende zachtheid die Moon nauwelijks lijkt te voelen.

Haar blik is gericht op de Oude Gracht onder zich waar de tafeltjes als vage witte vlekken op de grond zichtbaar zijn. De gracht slingert er als een zwart lint tussendoor en een eenzame boom lijkt haar te wenken.

Het gevoel dat ze uit haar huid wil springen is allang verdwenen. Ze zit stil. Het koude beton van de kantelen dringt door haar kleding heen. Haar handen naast zich, de vingers gespreid. Haar benen bungelend in het luchtledige. Er is geen uitzicht meer.

Het maakt niets meer uit.

Alleen die gedachte al geeft haar rust. Dat ze niet meer hoeft te vechten. Het lijkt alsof de duisternis aan haar trekt. Ze laat het toe en strekt haar handen al uit. De pijn is te groot. Het is voor iedereen beter als ze er niet meer is. Amy en Nick zijn haar liever kwijt dan rijk.

Zelfs Kees heeft haar niet tegengehouden. Hij liet haar gewoon weggaan om met Tanja te praten, terwijl hij als een van de weinigen wist hoe dat kreng was. Terwijl ze bij hem wegliep heeft ze de stappen geteld. En bij dertig wist ze het zeker: Kees zou haar niet helpen. Hij zou zelfs niet op haar wachten.

Vanuit de traptoren was ze nog kort naar de zaal teruggegaan. Ze had zich voorgenomen dat ze Kees nog een kans moest geven. Als Kees met twee drankjes voor zich op haar zat te wachten, moest ze terug.

Niet dus.

Kees was nergens te bekennen, zijn belofte was als gesmolten suiker in warm water.

Amy stond op het podium te stralen. Op háár plek. Ze praatte over zaken waar ze geen ervaring mee had. De vele 'ikken' waren weer aan de macht.

Alweer.

Ze wist dat ze nooit meer terug wilde. Er was geen toekomst meer. De pijn is in de afgelopen tijd alleen maar groter geworden, ook al heeft Amy keer op keer beweerd dat het elke dag beter zou gaan.

De tijd is geen medicijn. De verstreken maanden hebben de confrontatie met het verdriet zelfs groter gemaakt. Ze kan niet leven zonder haar broer. Het doet pijn. Het schuldgevoel vreet zich een weg naar de plek waar niemand mag komen. Haar hart is beschadigd alsof zij ook een fataal ongeluk heeft gehad, maar alleen niet direct is overleden.

Het is goed om definitief afscheid te nemen.

Ergens beneden op de straat beweegt iets. Daar bij de boom. Als ze verder vooroverbuigt om het beter te kunnen zien, duwt een duizeling haar verder naar voren.

Snel grijpt ze zich vast. Nog niet.

Dan herkent ze hem. Het is de zwerfhond. Hij heeft haar opgezocht, terwijl ze hem in de steek heeft gelaten. Nog even en ze kan het goedmaken.

AMY

'Waar is Nick? Is er iemand bij haar? De politie. Is die er al? Waar is Moon? Ik moet naar haar toe, ik moet haar tegenhouden.' Amy gooit van alles naar buiten, terwijl ze hijgend de laatste meters aflegt. Kees rent voor haar uit.

In de deuropening treft de koude wind haar recht in het gezicht. Ze stopt abrupt als ze iemand boven op de rand van het kasteel ziet zitten.

'Nee, Moon!'

Kees duwt haar terug. 'Blijf hier, Amy. Laat mij met haar praten.'

'Maar...'

'Ik zal haar voorzichtig benaderen.' Hij loopt langzaam naar voren.

Ze zou naar haar toe willen rennen en haar in haar armen willen nemen. Maar de angst dat ze van schrik zal vallen is groter.

Kees loopt over de smalle windgang naar voren, waar een donkere figuur afsteekt tegen de nachtelijke hemel. Hoe komt ze daar boven? Het is al een wonder dat ze nog niet gevallen is.

Op een paar meter afstand blijft Kees staan. Amy ziet dat Moon heel rustig heen en weer beweegt. Ze klemt haar hand voor haar mond om een schreeuw tegen te houden.

Als ze een hand om haar middel voelt, springt ze van schrik omhoog.

'De politie is onderweg,' zegt Nick naast haar.

'O, Nick. We moeten haar tegenhouden.' Ze kan haar tranen ineens niet meer inhouden. 'We moeten nu ingrijpen.'

'Ik ben bang dat het te laat is.'

Met een schok draait ze zich naar hem toe. Zijn gezicht staat strak en het weinige licht toont rimpels in zijn voorhoofd die ze nooit eerder heeft gezien. Dan legt ze haar gezicht tegen zijn schouder en huilt. Ze prevelt elk gebed dat zich aandient. Voor dit moment heeft ze altijd gevreesd, maar nu het zover is, kan ze het onmogelijk accepteren.

Ze hoort de stem van Kees die een rust uitstraalt die ver buiten haar bereik ligt. Er zit een klank in die ze altijd bij hem heeft gezocht. Is dat liefde?

'Hoor je me, Moon? Ik ben er voor je, dat weet je. Ik wil je gelukkig maken, maar dan moet je nu naar me luisteren.'

Amy tilt verbaasd haar hoofd op als ze Moon hoort antwoorden. Haar stem is veel zachter dan ze ooit heeft gehoord, de woorden zijn onverstaanbaar. Ze ziet haar vriendin zo ver vooroverbuigen dat zelfs Kees zich niet kan inhouden. Hij roept een waarschuwing. Moon is echter volledig geobsedeerd door iets wat ze beneden ziet.

'De politie is er,' gromt Nick naast haar. 'Dat werd tijd.'

Ze merkt dat Nick zich wegdraait van het tafereel en ze knijpt in zijn hand. Samen wachten ze af, terwijl Kees met waanzinnig veel geduld steeds een stapje dichterbij doet. De tijd lijkt stil te staan.

MOON

Er vallen regendruppels op haar schouders, alsof ze haar steeds een klein duwtje willen geven. Een prikkeling die kleine warmtestootjes afgeeft. Verder is het koud. De kilte dringt diep door in haar botten. De gure wind is weggezakt, maar heeft haar als verstijfd achtergelaten.

Heel kort duikt het moment op dat ze uit haar auto stapte en in de tunnel het wrak zag waar volgens haar niemand meer levend uit kon komen. De alarmlichten van de bus die de waarheid toonden. Naakt. Zonder enige bedekking van details.

'Het spijt me, papa,' fluistert ze naar de maan die als een dun streepje achter een wolk vandaan komt. Er komt geen antwoord. Het stopt alleen met regenen, maar haar huid is al zo verdoofd dat het haar nauwelijks opvalt.

Het is rood en het zit in een boom.

'Die ken ik al, Chiel.'

Je moet raden!

Zo dwingend was hij. Als ze niet met hem meespeelde kon hij driftig worden.

'Ik weet het niet.'

Je moet naar mij luisteren!

'Ik luister.'

Het is rood en het zit in een boom.

'Een aardbeienboom?'

Ze schrikt van de keiharde schreeuw die ergens opzij van haar klinkt.

Niet doen!

'Sorry, Chiel. Was het niet goed?'

Dat gegil haat ze. Chiel kon zo overheersend zijn en tegelijkertijd waanzinnig lief. Ze deed alles voor hem. Alles! Maar als hij schreeuwde, was ze weg. Ze wist dat haar vader het dan van haar overnam en met zijn onwaarschijnlijke geduld zijn zoon weer rustig kreeg.

Soms gluurde ze om het hoekje van de deur en zag ze die twee innig verstrengeld zitten smoezen. Ze zag het. De liefde tussen hen. De band die onmogelijk verbroken kon worden. De aandacht die altijd naar hem uitging. En eigenlijk kon ze er nooit kwaad om worden. Het was zo.

'Papa, had je wel van me gehouden als ik gehandicapt was geweest?'

Op die momenten merkte ze dat er iets kouds in haar maag lag, alsof ze te veel ijsjes had gegeten. Pas later schoten de tranen toe om haar te helpen het verdriet toe te laten.

'Kijk papa, ik huil.'

Er reageert niemand. Haar vader en Chiel zijn weg.

Er kriebelt iets warms over haar wang. Als een vlieg kruipt het naar beneden in een chaotische lijn, onvoorspelbaar waar het uit zal komen. Warm en vochtig. Ze strijkt er met haar vinger overheen en proeft daarna het zout. Tranen helpen je niet. Dat zei hij altijd tegen haar.

Ik zal je helpen!

'Te laat,' mompelt ze tegen Tanja. Ze heeft genoeg voor haar gedaan. Was ze maar veel eerder bij haar weggegaan; die tang maakte haar ziek.

Onder zich ziet ze zwarte figuren. Ze krioelen door elkaar heen en slaken vreemde kreten.

Ineens zijn er blauwe lichten onder haar. Ze draaien rond en brengen haar terug bij haar zwartste moment. Het is ineens duidelijk. Ze kan terug in de tijd. Leeft Chiel nog?

Hij moet dood.

'Nee, ik moet dood!'

Ze buigt zich wat verder voorover en haar jurk schuurt over de ruwe stenen. Ze strekt haar hand uit. De takken buigen zich naar haar toe.

Het is zwart en het zit in een boom.

'Die weet ik! Dat ben ikzelf.'

Een kort moment laat ze de denkbeeldige zwarte takken los en kijkt naar boven waar een grijze hemel zich boven haar uitstrekt. Een vreemde wisseling van plaats trekt door haar heen. Is ze thuis?

De nachtelijke stilte wordt slechts onderbroken door stemmen die vast niet voor haar bedoeld zijn. Niemand ziet haar toch?

Kom bij me, lieve Moon. Samen redden we het.

'Ja, Chiel. Wij samen. Net als vroeger.'

En terwijl de stemmen dichterbij komen en dwingender om haar aandacht vragen, buigt ze verder voorover.

'Straks weet iedereen wie Moon is,' fluistert ze zacht naar het water van de gracht waarin het blauwe licht weerspiegeld wordt. Het publiek kijkt toe en wacht op haar.

AMY

De ijselijke gil van Kees verscheurt haar hart. De pijn dringt zo diep door dat ze direct weet dat het voorbij is. Moon is gesprongen.

Met hun armen om elkaar heen staan Nick en zij op het oude kasteel. Had ze maar ingegrepen. Het idee dat ze haar vriendin op het allerlaatste moment in de steek heeft gelaten dreunt in elke slag van haar hart door.

'Ze luisterde niet meer,' fluistert Nick, terwijl zijn stem verstopt zit door de tranen.

'Ik had haar...'

'Je kon haar niet meer helpen. Als er iemand was die haar nog kon bereiken dan was het Kees. Het is voorbij, Amy.' Dan neemt een diepe kreun zijn stem over. En terwijl de tranen over haar wangen stromen, streelt ze zacht over Nicks rug.

'Mogen we erlangs?' Een duw zet de woorden kracht bij. Twee agenten lopen voorbij.

'Te laat, jongens.'

Amy kijkt naar de lege plek op de betonnen rand waar nog geen minuut geleden Moon heeft gezeten. Kees staat over de balustrade geleund en staart naar beneden. Het kan niet anders dan dat het een vreselijk beeld is. Het liefst wil ze naar hem toe, zijn hele lichaam schreeuwt verdriet.

Voorzichtig maakt ze zich los van Nick en doet een paar passen in zijn richting.

‘Niemand had haar kunnen redden, Kees.’
Geen reactie.
‘Ze heeft eindelijk rust.’
Langzaam maakt Kees zich los van de oude stenen. ‘Het is háár schuld.’ In zijn lage stem ligt een woede die haar de rillingen bezorgt.
‘Ze was niet gelukkig, Kees.’
Hij draait zich naar haar toe en ze schrikt van zijn verwrongen gezicht waarop tranen zich in zijn ogen hebben verzameld. ‘Had ik haar maar vastgepakt. Ik hou van haar! Ik had het moeten weten! Tanja spant samen met Reinier, die kenau is niet te vertrouwen.’ Dan duwt hij haar ruw opzij en beent weg.
‘Kees?’
Ze ziet Nick verbaasd een stap opzij doen. Daarna begrijpt ze pas wat Kees bedoelt.
Met een paar passen is ze bij Nick. ‘Waar is Tanja?’
Hij haalt zijn schouders op.
‘Wanneer heb je haar het laatst gezien?’
‘Ik denk toen ze bij ons op het podium stond?’
‘Wie had je dan gevonden?’
‘De vrouw in het wit.’
‘Waar is die vrouw nu?’
‘Het personeel zorgt voor haar. Ze is alleen heel erg geschrokken.’
‘Maar waar is die Dater dan?’
Een van de agenten onderbreekt hen. ‘Ik wil u graag wat vragen stellen.’ Hij pakt een notitieboekje uit zijn borstzakje.
‘Moet dat nu? We willen graag naar beneden. Onze vriendin…’ Nick strijk met een hand over zijn voorhoofd.
‘Als ik het goed begrepen heb, bent u van de leiding.’
‘Ik heb u gebeld,’ bevestigt Nick zacht.
‘Over deze vrouw?’
‘Nee, dat was een andere vrouw. De Dater had haar…’ Nick stokt. ‘Fuck,’ zegt hij dan met een veel te lage stem.

'Tanja?' Terwijl Amy het zegt, weet ze het antwoord al. 'We moeten op zoek, Nick. Voordat...' Dan realiseert ze zich dat het nu waarschijnlijk allemaal niets meer uitmaakt.

Nick is al weg. Amy rent achter hem aan en laat de agenten verbouwereerd achter. Ze duwt iedereen opzij die nieuwsgierig is komen kijken wat er aan de hand is. Het is vreselijk om al die lui te zien, die niets liever willen dan een glimp opvangen van de ramp die zich net voltrokken heeft.

Nick neemt de trap met twee treden tegelijk. Amy schopt haar schoenen uit en vervolgt op blote voeten haar weg. Shit, Moon! De tranen duwen zich een weg naar buiten. Moon is dood, het is nog niet voor te stellen.

Ze komen veel bezoekers tegen die hen verstoord aankijken; ze hebben nog steeds niet in de gaten wat er gebeurd is. Een snelle blik in de feestzaal. Overal liggen vertrapte maskers tussen de confetti die eerder die avond rijkelijk uitgestrooid is. Geen Kees. Ook geen Tanja.

'Waar kunnen ze zijn?'

'Beneden?' is het enige wat ze kan uitbrengen.

Ze rennen naar beneden. In het café stokt ze als ze de voordeur open ziet staan. Buiten staat een grote groep mensen. Ze moet naar Moon, maar haar benen gehoorzamen niet.

'Het is beter als je niet gaat kijken,' zegt Nick en hij duwt haar terug. 'Ik ga er wel heen.'

'Maar Tanja?'

'Misschien is die ook wel buiten.'

Amy staat vastgenageld aan de marmeren vloer en kijkt Nick na. 'Mooie Moon, wat heb je gedaan?'

Ineens wordt ze ruw opzij geduwd door een cameraman. De geluidsvrouw die achter hem aan snelt, haalt verontschuldigend haar schouders op. Ze lopen naar de achterkant. Wat gaan ze doen?

Pas als ze de deur opent waarachter de twee verdwenen zijn, ziet ze een tafereel dat haar zo schokt dat ze direct haar gezicht afwendt.

Op het podium zit een naakte vrouw, een blinddoek voor haar ogen. Haar gezicht zit vol opgedroogd bloed. De cameraman laat direct zijn camera zakken en staart met open mond naar de vrouw die vol in een schijnwerper zit. Op de eerste rij in de zaal zit Kees. Zijn ogen zijn tot spleetjes dichtgeknepen, zijn lippen zijn smal en zijn handen zitten als klauwen om de leuning.

Ze heeft geen idee hoeveel tijd er verstrijkt voor de geluidsvrouw haar sjaal afdoet en over Tanja's lijf legt. Pas als zij zegt dat ze de politie gaat halen, laat Amy zich verbouwereerd naast Kees op een stoel vallen.

Nadat de cameraman als een geslagen hond achter zijn collega is aangelopen, haalt Kees iets tevoorschijn. 'Kijk.'

Amy neemt het zwarte masker in zich op en schudt dan langzaam haar hoofd alsof ze alsnog wil ontkennen wat nu duidelijk wordt. 'Dus Moon was zelf de Utrechtse Dater.'

'Moon is waanzinnig,' zegt Kees naast haar, met een stem waarin verdriet doorklinkt.

AMY

De kamer van Moon is bijna leeggeruimd. Morgen komen ze de rest weghalen. Kees staat voor de kapotgesneden boksbal en ziet er verslagen uit.

'Eerst een biertje?' vraagt Amy.

Hij knikt en gaat aan de tafel zitten die voor het raam staat. Het was Moons favoriete plekje.

'Hier heeft ze menig blog geschreven,' zegt ze terwijl ze twee blikjes opent.

Kees neemt een paar grote slokken en ademt dan luid uit. Hun onderlinge band is vriendschappelijk; Amy beseft dat het nooit meer zal worden dan dat. Hij hield van Moon, en dat dit ver ging is inmiddels wel duidelijk geworden.

'Als ik het van tevoren had geweten, had ik iedereen zo lang mogelijk weggehouden.'

'Maakt niet uit. Het is toch gelukt?'

Amy laat de drank door het blikje draaien en denkt terug aan het moment dat ze naast elkaar in het theater zaten. 'Ik heb het gedaan,' had Kees zacht maar toch onmiskenbaar tegen haar gezegd. 'Tanja was nog niet dood. Ze stamelde dat Moon gevaarlijk was. Dat zij de Utrechtse Dater was. Ik werd zo kwaad dat ik me niet in kon houden.'

'Dus je hebt eigenlijk Moons werk afgemaakt.'

Een schamel lachje volgde. 'Zo kun je het inderdaad noemen.'

'Je hebt zelfs bewijsmateriaal ontvreemd.'

'Niet ontvreemd, alleen maar naar een andere plek gebracht. Het was beter dat dit masker niet dáár gevonden werd.'

'En die lui zijn gewoon op onze verklaringen afgegaan.' Amy vindt het nog steeds onvoorstelbaar dat de politie op dat moment alles zo makkelijk heeft gepikt. Het onderzoek naar Tanja's dood loopt nog steeds en het kan zomaar zijn dat er alsnog vragen gesteld gaan worden. Het heeft geen zin om dit nu tegen Kees te zeggen, die weet vast beter hoe zo'n onderzoek plaatsvindt dan zijzelf.

Kees draait zich naar haar toe. 'Jij hebt me geholpen. Als jij niet had gezegd dat de Dater in alle commotie ontsnapt moest zijn, hadden ze me vast niet zo makkelijk laten gaan.'

'Ik sprak toch de waarheid.'

Het duurt even voor tot Kees doordringt was ze bedoelt. 'Ja, als je het zo bekijkt. Weet je, ik had alleen maar wat te winnen. Het idee dat Moon voortaan als zieke aanrander te boek zou staan, was onverteerbaar. Ik had Tanja al gewurgd voor ik er erg in had. Dat kreng vormde zelfs na haar dood nog een gevaar voor Moons goede naam. Daar heb ik gelukkig een stokje voor gestoken.' Een diepe zucht volgt.

Vele minuten verstrijken waarin de stemmen van de bovenburen zacht te horen zijn. Uiteindelijk schraapt Amy haar keel. 'Zullen we gaan? We hebben hier niets meer te zoeken.'

Ze trekken de deur achter zich dicht en lopen minutenlang zwijgend naast elkaar. Het is de route die Moon ook zo vaak gelopen heeft. Als ze bijna bij het centrum zijn begint het te regenen. 'Toen regende het ook,' zegt Amy zacht.

'Vanaf nu regent het elke dag.'

Ze pakt haar paraplu en steekt haar arm door die van Kees. 'Ik heb de eerste dagen continu gedacht dat je opgepakt zou worden.'

Een vragende blik is zijn enige antwoord.

'Er waren zoveel onduidelijkheden. Zoals die vrouw in het wit? Zij had je toch behoorlijk in de problemen kunnen brengen.'

Hele nachten had ze wakker gelegen en zich afgevraagd hoe ze zou reageren als de politie bij haar op de stoep zou staan. Als die haar vragen zou stellen die ze niet kon beantwoorden zonder Kees in de problemen te brengen.

Maar Kees schiet in de lach. 'Nick was zo vriendelijk om me te vertellen hoe hij die vrouw gevonden had. Waarschijnlijk was de Utrechtse Dater in zijn werk gestoord, want het mens was slechts half ontkleed en volkomen buiten westen. Die zal nooit gezien hebben wie haar neersloeg.'

'De Utrechtse Dater,' mompelt Amy. De term is gelukkig niet meer actueel in het nieuws. Nog even en niemand weet meer iets van hem af. Voor alle zekerheid had ze alle reacties verwijderd van de blog. Het is nog steeds bizar dat Moon zelf haar blog bedreigde. Hoewel Amy zich sindsdien ook afvroeg of Moon dit had gedaan om meer aandacht te krijgen. Maar daar zal ze nooit meer achter komen.

Kees draait zich ineens naar haar toe waardoor hij haar paraplu opzij duwt. Een gordijn aan druppels valt over haar heen. 'Je bent echt een van mijn beste vriendinnen, Amy. Dat je mij hierin steunt, zegt me zo veel.'

Amy klemt haar kaken op elkaar. Het is de *story of her life*, altijd alleen maar die beste vriendin.

'Dat is toch vanzelfsprekend,' zegt ze dus, zoals van haar verwacht wordt.

'Ik zou het niet kunnen verdragen als Moon als zieke aanrander bekend zou staan. Dat verdient ze niet. Haar naam moet voor altijd in het teken van de liefde staan.' Zijn rode krullen zitten vol regendruppels die in een onregelmatig ritme naar beneden druppen.

Rood is de kleur van de liefde. Die tweet zal haar altijd bijblijven. Ze heeft bedacht dat dit zomaar kan betekenen dat Moon van haar hield. En dat maakt het verdriet om Moons dood iets dragelijker.

Het begint te plenzen en Kees grijpt haar hand. En zo rennen ze hand en hand tot ze buiten adem bij het punt aankomen waar hun wegen scheiden.

Amy likt de druppels van haar bovenlip. 'Ik ben blij dat haar naam nu pontificaal op de blog staat.'

'Ik ook, Amy.' Hij blijft tegenover haar staan en kijkt haar zo indringend aan dat ze even denkt dat hij haar wil kussen. Dan slaat hij zijn blik neer. 'Je doet goed werk. Daar mag je trots op zijn.'

'Dank je wel. Ik doe mijn best om haar naam eer aan te doen.'

'Zie ik je morgen?'

Ze begint te lachen. 'Nou en of. Ik denk dat Nick het niet zal accepteren als we niet op ons werk verschijnen.'

'Pas goed op jezelf.'

Amy buigt zich naar hem toe. 'Ja, want het is best een eng idee dat die Utrechtse Dater nog steeds ergens in Utrecht rondloopt,' fluistert ze in zijn oor.

Hij duwt haar lachend van zich af.

Pas als hij om de hoek verdwenen is, maakt Amy haar blik van hem los. Ze houdt nog steeds van hem. Maar Moon mist ze nog het meest. Het enige wat ze nog voor haar vriendin kan doen is haar blijven steunen, zelfs na haar dood. Daarom zal ze nooit aan iemand vertellen wat er echt is gebeurd.